L'homme qui marchait avec une balle dans la tête

Philippe Pollet-Villard

L'homme qui marchait avec une balle dans la tête

roman

Flammarion

ISBN : 2-08-06-9039-6

Pour Basil et Gaby.

J'ai longtemps dit, la vie c'est un gros bastringue qui tourne, un manège huilé avec plein de petits véhicules posés dessus, tous bien différents.

Au départ on a le choix : le petit camion de pompiers, le cheval noir, le cheval rouge, l'avion, la fusée, la diligence, le cochon qui vole, le dragon, l'hélicoptère, ça tourne et ça ne s'arrête pas. Dans ce grand manège, il y a des enfants qui prennent tout de suite leur place, par exemple sur le petit cheval, après ils ne changeront plus jamais, leur vie, ce sera toujours le petit cheval. Ils n'auront rien essayé d'autre et même pire, ils n'auront jamais vu le petit camion de pompiers qui roulait juste à côté du petit cheval, ni la fusée qui clignote. Quand on parlera d'eux, ce sera le « petit cheval » par-ci, le « petit cheval » par-là et ils seront très contents comme ça. Plus tard on dira : il a toujours su ce qu'il voulait, il était né pour ça, son petit cheval, sa petite vie, son petit tour de manège toujours pareil. Ils croiront qu'ils ont choisi, alors qu'ils n'ont rien choisi du tout et rien vu non plus de ce qu'ils auraient pu voir et surtout rien compris au grand bastringue qui tourne dessous, de comment ça fonctionne dans les rouages tout en bas. Dans la graisse qui fume. Le grand panorama du monde en dessous. Les bas-fonds.

Le grand bastringue

C'était, ce fut. C'était il n'y a pas si longtemps, dans les carrières de marbre, du côté de Massa e Carrara, sur les premières montagnes qui dominent la mer dans le nord de l'Italie. Tous tailleurs de pierre, les hommes qui étaient au-dessus de nous, ma famille. Mon père en parlait souvent, des hommes couverts de poussière blanche, ces tailleurs de pierre, ils fabriquaient les sépultures. C'était comme on dit – mais pas méchamment – en ce temps-là, dans ce coin de l'Italie : des gens très terre à terre. Des hommes qui toussaient, paraît-il très bruyamment en descendant de la montagne ouverte à cet endroit par le milieu. Acharnés telle une ribambelle de fourmis à tirer derrière eux des blocs de marbre depuis des générations, du bloc brut à la pierre polie, toute la chaîne, jusqu'à en faire des tombes magnifiques. Les pierres sortaient du sol ici. Et pour pas mal d'Italiens de cette époque, ce marbre, cette tombe et ce nom gravé devait être la chose la plus importante de leur existence. On jugeait la vitalité d'un chef de famille à ça, la taille d'un caveau. Alors ç'aurait pu durer longtemps, j'y serais moi aussi sûrement encore, à genoux dans les carrières de marbre, si mon grand-père, mon illustre grand-père ne s'était pas levé, au milieu d'une nuit, dans une carrière qu'il n'avait pas eu la force de quitter pour rentrer dormir. Il s'était levé, le visage blanc de poussière et en regardant le ciel, comme somnambule, il avait murmuré : *Construire des villes, construire des villes. Je vais construire des villes !* Il n'était qu'un enfant, mais c'était devenu obsessionnel et irrémédiable comme une pierre qui bascule, tout le monde en avait parlé dans la région et je vous jure que cette histoire est vraie. Il avait lu son destin dans les étoiles. Il ne devait pas avoir plus de quinze ans et sa famille n'avait rien su répondre.

Dans cette région plus qu'ailleurs, on acceptait l'idée que les choses étaient gravées quelque part. Et c'est ainsi qu'il avait quitté son pays, sa mine et ses parents pour venir en France, à Paris, étudier l'architecture. Place d'Italie. Parce qu'un quartier ne porte pas son nom par hasard, mon grand-père avait atterri là et c'est ainsi qu'il était devenu architecte bâtisseur. Certains immeubles portent son nom dans le 13ᵉ, pas seulement l'immeuble de notre famille, d'autres façades. Une plaque apposée au-dessus de la porte, ses initiales entourées d'étoiles, un certain nombre d'étoiles et disposées d'une certaine manière, parce qu'entre-temps, il était aussi devenu franc-maçon.

C'était mon grand-père, quand on parle de lui, et on en parle encore assez souvent, c'est avec de longs soupirs dans la voix, on souffle, on souffle, un peu comme quand on veut raviver un feu. On voudrait voir encore la braise, la petite lumière, l'inspiration céleste. Mais c'était, ce fut, c'était une autre époque. Dans l'appartement, je veux dire dans un coin du salon, dans les boîtes qui traînent, il y a encore des plans qu'il a dessinés : des choses très concrètes, des brevets, des systèmes de canalisations, des meubles et puis des choses plus poétiques, comme par exemple des plans du ciel. Un compas dessiné dans les étoiles. De grands papiers bleu nuit. Il a fait ça, mon grand-père, des plans du ciel.

Peut-être que cet homme était fou, parfaitement fou, que cette illumination dans les montagnes n'était que démence hallucinatoire et que les gens qui l'ont cru ne valaient pas mieux. Mais cet homme, ce bon génie, a engendré ma mère. C'était paraît-il une enfant formidable dont il était très fier et cette femme formidable, un jour, a rencontré mon père, encore dans le 13ᵉ et parce qu'il n'y a toujours pas de hasard, c'était aussi un Italien de la région des montagnes marbrières. Mon père était constructeur, maçon et franc-maçon comme son beau-père mais il n'était pas un génie fou, c'était un esprit rationnel. Bon ouvrier avant tout, je l'ai toujours vu avec une truelle dans la main.

Et je ne sais plus comment mon grand-père est mort, ni comment mon père a rencontré ma mère, mais leur nom fonctionnait comme une seule phrase parce qu'on n'échappe pas à sa destinée et que les montagnes n'en finissent pas de fabriquer des pierres et des coïncidences. Mon père s'appelait *da Pietra* et ma mère *Radice*, « Radice da Pietra », racine de pierre, un nom qui semble vouloir dire quelque chose, et cela reste sans importance. C'était une belle famille d'après-guerre, ce n'était plus seulement des enfants d'immigrés, je veux dire qu'entre-temps, ils avaient fait la guerre et que cette guerre les avait faits eux aussi : Français. Mon père et ses frères avaient été résistants, ils s'étaient battus pour la liberté, ils avaient crié un nombre incalculable de fois *Vive la France !* avec le moins d'accent possible. Il y avait eu le sifflement des balles dans la rue, ils en parlaient souvent, mais ce n'était pas seulement ça, il y avait eu l'après-guerre et l'après-libération. Ces hommes du bâtiment avaient remis les murs en place, une multitude de murs effondrés, fissurés, percés. Rebouché çà et là les impacts de balles. Et donc ces hommes, ces gens du bâtiment, n'avaient pas seulement fait la guerre, ils en avaient effacé les traces.

Dans le salon, en guise de décoration, il y a toujours eu deux tableaux : à gauche, un portrait de Jean Moulin, à droite, une photo du général de Gaulle. Le côté Jean Moulin c'était mon père, le côté de Gaulle c'était ma mère, chacun son coin et chacun ses certitudes. Sujet sensible, très sensible dans la famille, et pour cette raison dans le salon, il y avait deux fauteuils et deux tableaux : de Gaulle et Jean Moulin. Mon père avait quelques têtes désignées comme ça, pas seulement celle du général de Gaulle, il y avait aussi par exemple Jacques Brel. Mon père n'aimait pas du tout Jacques Brel. Il disait *Ce type est un trou du cul vaniteux* et l'objet du mépris était, je crois, la chanson *Ces gens-là.* Parce que pour lui, mon père, *chez ces gens-là,* c'était un peu chez lui, et ce chanteur serait comme un type du Nord qui se moquerait de la misère du Sud et allez savoir pourquoi. Le dimanche matin, quand il se rasait, mon père passait toujours le même disque, le chant des partisans :

Ami, entends-tu le cri noir des corbeaux dans la plaine ! C'était censé remplacer la messe, ça résonnait dans tout l'immeuble, avec les chœurs qui reprenaient derrière : *Ami, entends-tu,* le plus fort possible, c'était ça l'ambiance de ma famille, des gens qui s'étaient battus pour. Et cette musique, ce chant des partisans et ces cris noirs jetés dans l'oreille des voisins, agissaient comme un rappel permanent. La guerre pouvait resurgir ici, dans la famille Radice da Pietra.

C'est là que j'ai atterri, moi, Jean-Pierre, dans les années cinquante et quand j'écris ce nom, je ne peux pas m'empêcher de penser qu'il y a encore le mot « pierre » dedans, c'est un détail, une sorte de petite malédiction, il y a toujours un caillou qui traîne, un gravier dans les rouages, comme on dit. J'ai donc atterri dans cette famille en troisième position, parce qu'avant moi, il y avait eu ma sœur Mylène et encore bien avant mon frère Virgile. Virgile, le premier petit garçon, qui avait été le premier vrai drame de mes parents, l'enfant tragique, tombé malade dans sa poussette avant même de savoir marcher. Méningite, déflagration cérébrale. À l'époque, ça ne se soignait pas, alors voilà, mon frère Virgile est resté toute sa vie un peu absent. Et je vous parlerai de ma mère plus tard, du courage qu'il faut pour être une mère et de ce lien si particulier qui unissait ma mère à la vie. J'en reparlerai.

Pour un certain nombre de gens, je ne parle pas de ma proche famille, je parle d'un certain nombre d'autres gens, Virgile mon frère était l'être tabou, le sujet d'un malaise récurrent dans les conversations, d'ailleurs quand il fallait prononcer son nom, et les occasions n'étaient pas si courantes, les gens ne prenaient pas la peine d'articuler, c'était fait rapidement, comme si le simple fait de l'évoquer pouvait porter malchance. Les gens glissaient sur la dernière syllabe, et chose curieuse, moi Jean-Pierre, dans la bouche des autres, je n'entendais pas Virgile, j'entendais « Virgule ». Comment va ton frère, virgule, Jean-Pierre ? Comment va-t-il, virgule. Donc cet enfant, ce garçon, Virgile, Virgule, est resté longtemps une ombre devant, parce qu'un grand frère est normalement là pour vous défendre ou vous apprendre à vous défendre, et que la première chose que j'ai dû admettre, moi Jean-Pierre, c'est que le monde serait un peu à l'envers et qu'il y aurait quelque chose à dépasser. Virgile ne serait jamais un grand frère protecteur et rassurant, le genre de grand frère que l'on appelle à la rescousse dans les cours de récréation, et pourtant, il aurait pu, physiquement j'entends. Virgile était un géant. Aussi grand que moi je suis resté petit, un enfant dont on dit très tôt qu'il est déjà très grand pour son âge. Ces quelques centimètres le rendaient d'autant plus visible et donc d'autant plus absent. Virgile était un enfant attardé trop grand pour son âge et ce ne serait jamais un grand frère. Jamais. Ce handicap me rendait susceptible, les autres enfants le sentaient, pendant les compétitions de karaté, depuis les gradins, ils gueulaient *Pense à ton frère, Jean-Pierre, pense à ton frère !* Ça me réveillait spontanément ; ça n'était plus seulement moi qui tapais, c'était lui à travers moi. Il sortait dans mes poings, on se retrouvait à deux contre un. Et quand je dis que je le sentais, lui, ce frère en moi, plus fort que moi, ce n'est pas une image, je ne parle pas de magie, ni même de poésie, non, je le sentais vraiment, vivant en moi, plus fort que moi, et moi seul le sentais. Et ça n'en finissait pas d'être une petite tristesse personnelle.

Cette absence, je lui cherchais une raison. Je me disais parfois que mon frère était peut-être plus intelligent que la moyenne et qu'il faisait semblant de ne rien comprendre. Parce que, comme souvent les gens très intelligents, il avait peut-être besoin d'être vraiment tranquille pour réfléchir à son aise. Je dis : *J'ai appris à me battre pour lui.*

Alors voilà, sur la table d'accouchement, on avait été content de me voir venir, ma sœur Mylène surtout. Je serais le véritable petit frère. Un vrai petit garçon pour lui tirer les cheveux. Elle n'a pas été déçue, Mylène. D'ailleurs, c'est sa manière de parler, elle emploie souvent cette image, elle dit *Je m'en suis fait des cheveux !* Mylène s'en est fait des cheveux pour Virgile, le frère anormal, et pour son autre frère, moi.

Dans la rue, il y avait un autre enfant, et il me comprenait : lui aussi fils d'Italiens mais plus au sud, ça n'était plus tout à fait la même Italie. Ses parents avaient débarqué plus tard, pas de combats dans la résistance, pas de portraits sur les murs. C'étaient des immigrés d'après-guerre. Un petit regard noir perpétuellement en colère, qui contenait la violence comme moi je la contenais. Tous les fils d'immigrés connaissent ça, cette colère. Il s'appelait Massimo. Fils unique, il aimait Virgile comme son propre frère. Quand il venait à la maison, il aimait s'asseoir à côté de lui. Il lui parlait, lui racontait sa vie, ses parents, sa solitude, ça pouvait durer des heures, c'était très touchant. Maintenant, j'en viens à me demander si je ne l'ai pas rêvé et pourtant non, Massimo préférait Virgile aux bandes dessinées. Mon frère Virgile se laissait faire, Virgile ne comprenait rien, Virgile voulait bien être le frère de n'importe qui. Ça devait d'ailleurs être sa principale qualité, un enfant socialement disponible, tout le faisait sourire. Tout.

Massimo était gros, aussi gros que ses parents étaient maigres, parce qu'ils étaient vraiment maigres ses parents, ils l'avaient rêvé comme ça leur enfant, comme on se rêve un avenir, opulent. Et pour lui, ce début d'obésité n'était pas un complexe, au contraire, il était fier de ça, Massimo. Ses kilos. Il disait *Je suis baraqué !* Laissant sortir son ventre, il en rajoutait pour l'occasion, et cet effort musculaire lui dessinait une véritable silhouette, ses bretelles surtout lui donnaient des allures de caïd. Il disait encore *Dans la rue, ici, c'est moi qui fais la loi !* Il parlait de notre rue et c'est amusant de penser à ça maintenant, il voulait faire la loi. Nous allions aux cours de karaté ensemble, à la salle de l'Éléphant Blanc, rue des Cinq-Diamants, elle était connue à l'époque, cette salle. Nous y croisions les voyous du quartier, les sommités. Nous avions neuf ans, et ces voyous, ces sommités avaient peut-être douze ans ou douze ans et demi. Ici, dans cette salle, on se faisait une réputation, on prenait le risque de la perdre aussi. Il ne fallait pas se tromper d'ennemi. Pour cette raison, Massimo et moi évitions de nous retrouver l'un en face de l'autre. Dans les cas extrêmes, si par le hasard d'un tournoi nous y étions forcés, on se tirait vaguement par la manche, en essayant si possible de tomber simultanément en criant d'une seule voix *Ex æquo !* et ces manières de perdre en duo nous donnaient des allures de singes apprivoisés.

En classe, c'était différent, les règles n'étaient pas les mêmes, il voulait réussir Massimo, écrire mieux que ses parents. L'école ne lui suffisait pas, le soir après les cours, il avait souvent besoin de parler encore. Il me disait *Ça te dérange si on s'assoit cinq minutes sur le mur pour discuter ?* J'en parle légèrement maintenant, mais ce n'était pas n'importe quel endroit, ce muret. On voyait le boulevard Vincent-Auriol depuis là, et il s'en passait des choses sur ce boulevard, à condition d'être attentif, bien sûr. Les grandes villes engendrent une multitude de comportements. C'est une activité sans relâche que de vouloir paraître normal, les adultes ne font que ça dans les villes et les enfants ne voient que ça, et puis ils oublient. Il doit y être encore ce mur. Je me souviens de ces longues discussions. Massimo aimait par-dessus tout l'histoire de France, il disait qu'il aurait aimé *y être*. Il ne s'attachait pas à une époque particulière de l'histoire, ça variait, c'était une multitude de regrets. En fait, Massimo se rêvait une origine française dans l'histoire de France. Il se rêvait d'autres ancêtres, parce que les siens, ses ancêtres, il ne les connaissait pas. Ça se situait quelque part en dessous de Naples pour ce qu'il en savait, des paysans sanguinaires qui crachaient des noyaux d'olives sur la tête de leur chien, en parlant fort comme des sourds. Ce dialecte qu'ils éructaient n'était presque plus de l'italien, ça sonnait lourd et lointain comme une langue slave. Oui, Massimo en semblait convaincu, cette province de l'Italie, cette région qui devait en fait s'appeler les Pouilles touchait presque la Russie et ça le rendait honteux. Il parlait encore des grands poètes, il les apprenait par cœur, Baudelaire et Cie, il disait *Je ne comprends rien, mais ça me touche !* C'était censé être ça, la poésie. Là sur notre mur, parfois, Massimo ouvrait son livre, il me disait *Écoute*, il récitait. Il s'arrêtait entre deux phrases, nez levé au ciel avec un air de félicité nostalgique, comme si Baudelaire en personne l'applaudissait. Ça se terminait souvent à la tombée du jour, parce que le jour tombait déjà à cette époque. Massimo avait encore des choses à dire, il n'était jamais pressé de rentrer chez lui. Moi si.

On est restés amis longtemps, cul posé sur ce mur, cette sorte de muret, pieds battant dans le vide. Les années sont passées et puis un jour, il est devenu inspecteur de police et puis encore plus tard commissaire-divisionnaire. Ce n'était pas tout à fait le même chemin. C'est toujours mon ami. Maintenant il est à la retraite, il habite avec deux chiens dans la forêt de Chantilly. Je ne me rappelle plus le nom de ses chiens. Ma mémoire est abîmée. Je ne sais plus quoi faire de ces souvenirs. Je n'en finis pas de recevoir des lettres de lui, mais dans ces lettres, je ne retrouve rien de ce qui faisait de lui l'enfant-poète. Au point de départ, il y avait ce dont on rêvait. Il reste ce que nous sommes devenus, pas de regrets, chacun son petit cheval, mais pas chevauché pareil.

La vie est un combat, je l'ai senti très tôt, une multitude de combats à venir. Et j'ai compris que le terrain de jeu varierait inlassablement. Il y a des limites aux coups de poing, on sait très vite que le grand sujet de toutes les bagarres c'est l'amour, ou même juste l'amitié, l'affection. C'est très difficile à admettre, ça ne se gagne pas comme un trophée. Et pour moi c'est devenu une obsession très tôt. Je voulais me prouver des choses, être un homme qui serait aimé d'une femme, une vraie femme. Adolescent, je n'étais toujours pas grand pour mon âge, mais j'avais un corps d'athlète, des bottes à talonnettes et des Ray-Ban. Je traînais des heures dans le quartier en prenant des airs mystérieux, comme quelqu'un qui serait très pressé et qui ferait un effort monstrueux pour se ralentir. Je cherchais. Et parce que, dans la vie, tout est affaire de seuil, je voulais franchir le seuil d'une femme qui serait comme la vie, devant. Je parcourais des kilomètres. Parfois, dans mes explorations, je passais le périphérique. Je me disais *Je serai plus impressionnant en prenant le chemin de Cachan. Là-bas, les gens s'ennuient, je serai l'homme de la ville qui leur rend visite, les gens se retourneront sur mon passage !* Ce qui n'est pas tout à fait vrai puisque dans ces quartiers-là les rues étaient souvent désertes. Je voyais quand même des femmes qui faisaient leurs courses. À l'heure du déjeuner, elles passaient, ne me voyaient pas et je ne perdais pas espoir, parce que dans la vie il ne faut jamais perdre espoir, jamais, je m'acharnais. Je marchais, je marchais. Et c'est ainsi que j'ai rencontré ma première grande histoire d'amour, j'avais treize ans, elle en avait soixante-treize, elle s'appelait Émilie. Ma belle Émilie. Merveilleuse femme, somptueuse et très sainte Émilie. C'est la plus belle femme que j'aie connue. Vieille, certes, mais elle s'entretenait et quand je dis qu'elle s'entretenait, ça tenait du combat. Le premier jour, elle m'a dit *Alors beau jeune homme, on se promène, je peux vous offrir quelque chose ?* J'ai franchi le seuil d'Émilie sur ces mots-là, hypnotisé : Alors beau jeune homme on se promène je peux vous offrir. Elle m'a tout donné, tout. Elle a su me parler exactement comme je l'attendais. Vénérable créature, elle se déguisait pour me recevoir, elle mettait des porte-jarretelles et des gants longs, elle m'ouvrait la porte avec un fume-cigarette à la main, alors qu'elle détestait la fumée. Le combat d'Émilie se situait là justement, pour elle aussi, dans l'ordre des choses à dépasser. Elle me disait *Comme ça je me sens naturelle !* Elle voulait dire avec ses bas, ses accroche-bas et son fume-cigarette. Je n'ai jamais connu de femme aussi belle, et je tuerai le premier homme qui sourit de cette histoire. Dans un sens et pour des raisons différentes, nous étions des gens pressés. On n'avait pas le temps de se mentir. J'étais son homme tout entier. Elle me l'affirmait à chaque fois, durant sa longue vie, elle n'avait jamais connu ça. Elle me disait *Tu vois Jean-Pierre, je suis contente d'être vieille. La vie n'a pas été simple, certes, mais j'ai ma récompense.* Et moi je ne trouvais rien à ajouter. J'étais comme on se sent parfois quand on est vraiment amoureux, bercé, emporté, taraudé. Je regardais dans le vide, vers le plafond, sans voix.

Quand je rentrais dans le 13e arrondissement de chez ma divinité, parce qu'il fallait bien rentrer, tout le monde me paraissait vieux, terriblement vieux et englué de principes : Massimo, ses projets de loi, sa poésie, son bout de mur et ses discussions sur Richelieu. Ma sœur surtout, qui passait son temps à me rappeler que j'étais plus jeune qu'elle et que je lui devais le respect. Je faisais le compte, en additionnant l'âge de ma sœur à celui de ma mère, ça faisait toujours moins qu'Émilie. J'étais Jean-Pierre et je tenais la femme suprême.

J'ignore ce que cette femme est devenue, elle est forcément morte, disparue, parce que le temps passe ainsi, bêtement sur tout ce qui est beau et tout ce qui tente de lui résister. C'était, ce fut, comme une pelletée de sable sur le son d'une voix.

J'ai quitté la salle de l'Éléphant Blanc et les après-midi d'Émilie pour les cours de Gérard Korch qu'on appelait à l'époque, et non sans raison, le Marcel Cerdan du tatami. Chez lui, il y avait des règles strictes, il fallait venir à l'heure ou s'abstenir. Les cours commençaient à dix-neuf heures jusqu'à parfois deux heures du matin selon l'inspiration profonde du maître. C'était du karaté revu et simplifié. Le corps d'un homme divisé comme sur un poster de boucherie, avec les points sensibles, les points douloureux et les points mortels. Il disait *Ton adversaire, même dans le noir, tu dois voir au travers !* Et je pense que dans son jargon, ça voulait dire *Tu dois passer au travers*. Parce que c'était ça le sujet : passer au travers, mettre en vrac, pulvériser. L'humain comme un sac. Là, j'ai rencontré Roger Battistel qui était un jeune adulte parmi les élèves. Encore un Italien, mais tout en finesse, un homme très sensible, très à part dans ce cours. Pour lui, savoir se battre consistait à ne pas avoir besoin de se battre. Il aimait employer cette formule : *Dans la vie, seuls les chiens se battent vraiment*. M. Korch s'en prenait souvent à lui, personnellement. Il l'emmenait au centre du tapis, là deux mondes s'affrontaient. M. Korch cherchait la bagarre, Roger l'évitait. Roger ne semblait jamais perdre vraiment, pour lui, le sujet n'était pas d'ailleurs de perdre ou gagner. Il disait *Dans la vie, tout est affaire de savoir*. Il faisait des études de psychologie, dans l'âme c'était un éducateur. Un éducateur avant l'heure.

Un jour, cet homme, Roger, ce jeune homme dont je sais maintenant qu'il s'agissait d'un très grand homme, est parti pour monter sa propre salle. Avec deux ou trois copains, on l'a suivi, il y avait Alain, Jean-Claude et Mathieu et puis d'autres plus tard, je ne sais plus qui. On partait en minibus des journées entières sur les routes de province, on allait disputer des trophées à Rouen, Dreux, Arpajon. Ces expéditions nous prenaient tous nos week-ends. Nous avions dessiné un drapeau et le motif de ce drapeau était, je crois m'en souvenir, une colombe posée sur une enclume. L'association de la force et de la paix, une très belle idée de Roger. Ce drapeau flottait souvent à la portière, les jours de victoire surtout. Roger aimait chanter en conduisant, Roger chantait, il n'avait pas honte, d'ailleurs il le disait, *Il n'y a pas de honte à ça.* Nous, ses jeunes disciples, étions censés faire les chœurs derrière lui, ainsi le chemin des tournois paraissait plus court. Il fallait faire *oooh* ou *aaah*, selon, en prenant garde de ne pas couvrir trop la voix de Roger, sans pour autant disparaître totalement sous le roulis du moteur. Nous jouions de notre mieux ce rôle d'enfant de chœur en kimono, mais au fond du bus et au fil des trajets, dans le dos de Roger, nos voix muaient, nous devenions plus sûrs de nous. Nous rêvions de violence vraie, les applaudissements ne suffisaient plus, nous voulions voir les gens blêmir pour de bon, leurs mains tremblantes posées sur le bord des tiroirs-caisses. Toujours une histoire d'ouvrir. Vouloir franchir le seuil encore, dépasser quelque chose.

On a commencé par se faire la main sur des petits braquages, minables petits braquages : les entrepôts de Bercy les jours de paie, et puis les bals de province, le samedi soir surtout. On pratiquait le coup de la panne EDF, c'est-à-dire qu'on faisait sauter le compteur électrique avant d'intervenir. On pillait dans le noir et dans la confusion générale, ça restait amateur. Tels des petits spectacles ratés, anonymes. Quelques poignées de billets ramassés prestement en guise de butin et dans le pire des cas, nous repartions sans le savoir avec des sacs remplis de billets de tombola « Grand prix du bal des pompiers » parce que personne n'est virtuose dans l'obscurité, personne. Roger n'était pas dupe, il nous faisait la morale. Un jour, sur un parking, entre deux sandwichs, il m'a pris à part et il m'a dit *Fais gaffe Jean-Pierre, sinon tu finiras dans une petite cage !* Je me souviens très bien de ce jour-là. La voix de Roger, l'émotion très particulière de cette journée. J'étais seul en face de lui. Mais la cage dont il parlait était encore trop loin, beaucoup trop loin. Du fait de la perspective, je la voyais vraiment toute petite. En fait, elle était tellement loin que je ne la voyais pas du tout. Je disais *Oui, oui*, en piaffant. Et Roger ne faisait pas semblant de me croire. Il me disait *Je te vois venir*. Parce qu'il semblait tout sentir cet homme-là. Et je sais maintenant que Roger n'avait rien vu venir. Rien pressenti de ce qui allait lui arriver.

Le vent n'en finit pas de tourner. Quelques mois plus tard, la non-violence de Roger a été subitement mise à rude épreuve. Sa belle-sœur qui bossait comme serveuse dans un bar a eu un problème avec son patron qui était tunisien. Un problème humain. Je ne sais plus quel était le sujet de cette humiliation et quelle sorte de femme était vraiment la belle-sœur de Roger. Le patron avait eu des gestes et des paroles déplacés, c'est tout. Et c'est un peu vague, mais ses beaux-frères sont venus le chercher. Ils lui ont dit *Roger, dans la proche famille, il n'y a que toi qui puisses nous aider, c'est une question d'honneur.* Le sujet n'était pas l'argent pour cette fois, c'était l'honneur. C'est impalpable l'honneur et c'est un piège pour tout le monde. Roger a donc réfléchi quelque temps, parce qu'il fallait bien réfléchir, il a réfléchi, et puis il a décidé de régler ça à sa manière, qui serait une sorte de leçon de savoir-vivre. Humiliation pour humiliation. Notre petit groupe d'élèves était invité à se joindre à ce règlement de compte, dans l'esprit bon enfant d'un cours du soir, il faudrait mettre en pratique tout ce que nous avions appris. Le nombre de participants agirait normalement comme une arme fatale. Ça aussi, c'était une belle idée de Roger. On se présenterait derrière lui avec nos ceintures de couleur nouées autour du front. Cette mise en scène produirait l'effet d'un arc-en-ciel terrifiant. Le patron devrait se mettre à genoux devant Roger et devant nous, ses disciples. En perspective, ce serait un peu l'ambiance des films de Bruce Lee : *La Fureur du dragon*, *Big Boss*, un scénario classique. On allait venger l'honneur de la belle-sœur maltraitée comme ça, du simple fait de notre présence. Il y aurait peut-être des échanges de regards inquiets, transpirants, de lourds silences, en cas de bagarre le combat s'effectuerait dans les règles de l'art. Ce serait chorégraphique. Je me rappelle, la veille de la rencontre, j'avais branché une lampe électrique et je me regardais dans le miroir de ma chambre, j'essayais de me voir en mouvement, en faisant les gestes au ralenti maximum. Posture après posture. Je n'en finissais pas d'être merveilleux, je volais et virevoltais. Au fond, je priais pour que ça dégénère, je voulais voir du sang, vraiment. Une vraie belle bagarre avec du sang. J'avais seize ans, je me suis endormi là-dessus, cette image de moi ralentie dans un miroir.

Nous sommes rentrés dans le bar derrière Roger, nous étions sept, le patron nous a demandé ce qu'on voulait, Roger a dit *Une bière !* et il lui a mis la bouteille dans la gueule. Le type a sorti une matraque de derrière le bar, il a essayé de la lever, Roger l'a sonné d'une gifle, mais tout a été très vite, un autre type est sorti de la cuisine avec un 7.65 et Roger a pris deux balles dans le foie. C'était fini. Roger, c'est le premier mort que j'ai connu, dans son ventre il y avait deux trous minuscules. Roger, sa ceinture noire et sa philosophie non violente étaient partis tout entiers par là, ces deux petits trous. Et nous, derrière le bar avec nos ceintures nouées autour du front, nous étions les six imbéciles du maître, la leçon était donnée. Au commissariat, nous n'étions plus qu'une seule flaque de larmes, un torrent. En parlant de nous, les flics disaient *Ce sont les élèves de la victime.* Tout était dit.

Ma mère est venue me chercher le soir même. Ça a été un choc pour elle aussi, pauvre femme. Elle me l'a raconté plus tard. J'étais ce jour-là tel un zombie. J'avais le regard fixe, je bégayais, je ne voulais plus lâcher son bras.

Par la suite, il y a eu un grand vide. Je ne voulais plus retourner à l'école, je passais mes journées à la maison. Je m'occupais de Virgile. Je ne voulais plus non plus rentrer dans une salle de karaté. Une partie de moi était morte. L'avenir s'éloignait. Je descendais au café, je remontais. Il m'arrivait de rencontrer Massimo dans la rue, jeune homme affairé, cheveux et kilos superflus en moins, le front toujours plissé, il rentrait de ses cours de l'école de police. Il me disait *Prenons un verre un de ces jours !* Mais ça ne voulait plus rien dire, on le savait lui et moi, quelque chose était rompu. Il me demandait des nouvelles de mes parents. Le mur de notre enfance avait disparu.

Je prenais ma serviette, je marchais jusqu'à la piscine de la porte Dorée. Tout me paraissait lourd, mes vêtements, mes santiags, le bruit de mes talons, mes projets d'être plus grand. J'entrais calmement dans l'eau, je nageais. Une longueur, plus une longueur. Les journées passaient ainsi d'un bord à l'autre par tranches de cinquante mètres. Je cherchais à me débarrasser d'un son, ce n'était pas celui des détonations mais celui d'un souffle. Le dernier souffle de Roger, je l'avais senti sur moi. Je n'en finissais pas de l'entendre, ce dernier souffle. Alors j'expirais, tant bien que mal, je le mettais hors de moi. Le soir, j'aidais le directeur de la piscine à vérifier les niveaux et à ranger les planches dans les placards métalliques. Et puis j'ai décidé d'obtenir mon brevet de maître nageur. Ça a été mon premier emploi régulier, le seul en fait : la brasse, le crawl, le papillon. Apprendre aux nageurs novices à aller jusqu'au bord du plongeoir. Leur proposer de faire un pas, juste un pas en avant, lever les bras vers le ciel, joindre les mains dans l'attitude de la prière. Avancer encore, leur parler du vide en dessous et de la peur qui n'existe pas. Mentir en somme. Là, j'ai rencontré Mme Raymonde Vassard, une très belle femme de cinquante ans, maître nageuse comme moi. Quatre après-midi par semaine, elle donnait des cours de yoga dans la grande salle du premier étage. C'était une pièce disponible qui s'apparentait dans sa forme impersonnelle à celle d'un gymnase. Toutes ses élèves étaient assises face à elle, sur des tapis de mousse bleu ciel. Les bras s'étiraient, puis, dans un seul et même souffle, les jambes se levaient jusqu'à devenir une forêt de jambes dont les plus belles étaient sans conteste celles de Raymonde. Je restais là des heures, planté derrière la vitre avec l'air sûrement aussi inspiré qu'un pêcheur à la ligne devant un aquarium. Merveilleux spectacle. Ainsi, nos regards se sont croisés et l'histoire a duré quelque temps.

Raymonde avait beaucoup voyagé, traversé certains pays à pied, les Indes, le Népal. Elle disait *Pour moi, le secret du bonheur, c'est de savoir prendre le temps*, et c'était valable pour un certain nombre de choses. C'est elle qui m'a emmené pour la première fois à la pagode, dans le temple tibétain du bois de Vincennes. Elle m'a dit *Si tu aimes les arts martiaux, tu aimeras ça !* C'était l'ambiance des moines. Logiquement, tout ce que j'apprenais dans les salles de combat aurait dû commencer ici, par la méditation, le silence. Cette femme, cette rencontre à ce moment-là de ma vie, c'était comme la parole de Roger qui perdurait. Quand on sortait du temple le soir, on marchait dans la forêt, elle avait toujours une lampe électrique sur elle, on ne l'allumait pas. On marchait dans le noir et puis on s'arrêtait pour identifier une plante qu'on avait reconnue à l'odeur. Dans le noir, elle disait le nom de cette plante. On allumait la lampe électrique pour vérifier, nous repartions dans l'obscurité, accompagnés par le bruit de nos pas sur les branches mortes. On faisait souvent l'amour dans ce bois, parfois même jusqu'à plusieurs fois sur le même trajet, en s'appuyant contre un arbre et les arbres ne manquaient pas dans cette forêt. Aux abords du périphérique, on s'arrêtait pour observer la ville de loin, là, je m'en souviens, le bruit approchait.

À dire vrai, les premiers temps à la pagode, tout me paraissait faux. Cette drôle d'architecture asiatique en bois peint en rouge, marron et doré, cette maison de poupée agrandie cent fois et plantée là au milieu du parc. Il y avait quelque chose de Disneyland dans tout ça, vraiment difficile à croire. Tous ces rituels, ce fatras de rituels, m'épuisaient : prendre le temps de saluer un petit morceau de bois comme son meilleur ami, et puis s'asseoir dessus pendant des heures sans bouger. Et cette horde de moines, ces gardiens du temple dont certains s'étaient affublés de patronymes tibétains. Dans l'ensemble, tous ces types vêtus de toges orange me dégoûtaient. J'aimais Raymonde, Raymonde aimait cet endroit, je la suivais. Raymonde me racontait l'histoire des dieux hindous, les murs de sa cuisine étaient recouverts de leurs images : Vishnu sur son serpent à mille têtes, flottant sur les eaux cosmiques. Les trente divinités ayant pour chef Indra, le guerrier tenant la foudre comme une arme. Ce dieu-là était lascif, il jouait avec le feu, il avait en outre une fâcheuse tendance à s'enivrer. Il y avait encore le singe Hanuman et sa massue en or si lourde que lui seul pouvait la soulever. Et ces dieux-là, monstres singes et autres, ne se permettaient pas seulement de tirer la langue ou d'arborer des colliers de têtes coupées, ils se présentaient maquillés comme des prostituées. Dans mon esprit, les dieux étaient partout confusément, je mélangeais Brahma avec Batman. Il y avait surtout cette théorie de la réincarnation, les vies successives. La mort de Roger prenait une tournure positive. Il n'était plus mort pour rien, il était mort pour être encore meilleur ou pour être encore plus rapidement Roger. Je me sentais guérir de quelque chose.

Le hatha-yoga et le yoga tantrique m'intéressaient beaucoup. Il s'agissait de maîtriser sa force, dompter son propre animal, et je la sentais bien cette force, dessous, bien en dessous. J'étais une horde de singes, une horde de singes en colère. Tout ça battait en moi et ne demandait qu'à sortir et j'en avais presque peur parfois. Les moines m'encourageaient à revenir, et je revenais, tel un disciple, un bon élève, parfois sans Raymonde parce que la vie est ainsi faite et que Raymonde aimait toutes sortes d'hommes. La vie était légère dans cette période, j'allais à la pagode en me disant *Je perds mon temps*, mais j'y allais. Et je n'ai pas cessé d'y aller pendant les trois ou quatre années qui ont précédé ma première peine de prison.

Ces postures assises, ces techniques de respiration auraient pu changer ma vie, définitivement, il y avait un chemin à prendre ici, mais les histoires m'attendaient dehors comme un mouvement plus fort que moi. Terrible manège. Il y avait quelque chose ailleurs toujours, comme un vide et ce vide m'aspirait. Cette vie, ce vide, ce gouffre, je voulais l'essorer. Je me disais qu'un jour, il serait trop tard, parce que tous les gens se disent ça un jour : j'étais jeune. Et c'est dans cette période que j'ai fait la connaissance de Bruno. Bruno Euz. Un Yougoslave qui tenait un garage dans le quartier, tout le monde l'appelait « Euz », c'était très facile à retenir parce que son nom sonnait comme un bruit d'accélérateur. C'était *Eeeeuz* par-ci et *Eeeeuz* par-là. On parlait beaucoup de lui dans le 13e parce qu'il pratiquait toutes sortes de coups avec son acolyte qui s'appelait Gros Marc, il s'agissait surtout de vols à main armée.

Je devais être bien naïf, je sais que je l'étais, naïf, parce que l'on ne sait bien ce genre de choses que plus tard, et pourtant moi qui vous parle aujourd'hui je ne me sens pas l'inverse d'un homme niais. Mais je me disais encore *Bruno, c'est la suite logique de Roger*, la suite logique de Roger, parce qu'un homme qui vous a marqué et qui est mort devant vous n'en finit pas d'être un certain nombre de fois. Bruno était un nouvel homme remarquable, avec un drôle de faciès. Ses cheveux n'étaient pas à proprement parler hirsutes ou crépus, ils semblaient avoir été définitivement brûlés, dressés autour de sa tête comme chez un homme né de juste après la foudre. Un être chargé d'électricité. Rien ne paraissait jamais ennuyeux avec lui, jamais, ni malhonnête. Il disait toujours *Moi je suis un homme de l'Est,* sous-entendant que c'était un atout, ça venait très vite dans les conversations. Je suis un homme de l'Est. Tout le monde semblait faire partie de son entourage d'un simple regard, d'une réflexion ou d'une poignée de main et je crois que c'est ça le charisme.

C'est avec lui que j'ai acheté ma première petite mitraillette, derrière les puces de la porte de Montreuil, chez Ferli, un type qui possédait des stocks de la dernière guerre. On passait dans le bureau de M. Ferli qui prenait un trousseau de clés et nous menait dans un autre hangar, plus petit celui-là, qui sentait la graisse mécanique. Des casques, des plaques de Jeep, des boîtes en fer et dans un coin, sous une bâche, officiellement le coin des pièces détachées, il y avait des piles de mitraillettes vétustes, du matériel parachuté par les Anglais pendant la dernière guerre. Certaines étaient hors d'usage. Des « Sten ». Une arme de résistant, mon père en parlait souvent dans les déjeuners dominicaux avec ses frères. La « Sten » ponctuait les conversations. Dans leurs voix, c'était chaleureux comme le souvenir d'un bon chien fidèle, un bon chien de garde un peu trop agressif, dont on aurait été obligé de se séparer peu après la guerre, non sans regret. La Sten. *Ah, la Sten !* C'était toute leur jeunesse. L'apparente simplicité d'un jeu de Meccano, deux morceaux de fer avec un ressort. N'importe quel abruti pouvait faire fonctionner cette arme, et dans mon esprit ce nom de mitraillette, ce morceau de fer à démonter soi-même résonnait comme les cloches de la liberté. J'étais jeune moi aussi, j'en étais là, je l'ai déjà dit, j'étais jeune et c'était comme une maladie. Les activités méditatives m'avaient donné une nouvelle énergie. J'avais besoin d'en découdre à nouveau et rien ne semblait calmer cette envie, ni mon métier de maître nageur, ni le yoga et ni les coups tirés dans les vestiaires de la piscine avec Raymonde. Je le disais souvent, je disais *Il faut que ça sorte !* Il faut que ça sorte. Et ça ne sortait jamais suffisamment. Jamais. Les bons conseils ne servaient à rien, mon père m'en donnait souvent, bien sûr, comme souvent les pères, ça concernait le travail. Se faire une place dans la société des adultes par le travail. Canaliser son énergie par le travail. Donner un sens à sa vie par le travail. Mais ça ne me parvenait pas. Ça n'était pas du mépris à son égard, au contraire, bien au contraire, je me sentais bien de lui. J'avais son énergie, oui, je la sentais cette violence, j'ai envie de dire que je la sentais *surtout*, avant tout, et comme disent les vieux depuis toujours, ce qui devait me manquer à moi, Jean-Pierre, à ce moment-là de ma vie, c'était « une bonne guerre ». Mon père avait eu la sienne après tout. Il avait crié *Vivre libre ou mourir !* un certain nombre de fois. Cette guerre-là, la sienne, était faite et bien finie, et moi Jean-Pierre, j'étais son fils, sa suite logique et moi aussi je voulais vivre libre ou *quelque chose* parce que ça n'est pas une vie de ne pas savoir pourquoi on vit ou pourquoi on veut être libre, et ma vie la mienne, serait donc : vivre libre ou mourir, d'ennui. *Vivre libre ou mourir d'ennui.*

Bruno aimait les armes passionnément, comme souvent les lâches, mais plus encore, il en aimait l'apparat, regard porté vers le miroir. Il en savait sensiblement le son, tel un chef d'orchestre celui des instruments. Il disait *Telle arme fait : tel bruit.* Il en imitait le son, avec les variations basses, le claquement de la culasse, le léger sifflement en fonction de la taille du fût. Les balles sifflaient dans sa bouche. Il en restituait même jusqu'à l'écho, passant d'un instrument à l'autre, du plus petit calibre jusqu'aux mitrailleuses, en agitant le poing pour mieux se faire comprendre et ce son-là ajouté à ce geste-là, répétitif, masturbatoire, lui donnait un regard de fou. Chez lui, les armoires étaient pleines de ces fameux livres dont les collectionneurs s'entichent : l'histoire des armes à feu. Un résumé de notre belle civilisation, dont le thème central n'en finirait jamais d'être encore et encore l'histoire du feu, colporter le feu. Certaines de ces revues étaient austères comme des catalogues de manufacture et d'autres plus imagées avec parfois des illustrations en couleur. Les armes y étaient mises en scène. On y voyait par exemple : un légionnaire à genoux, en uniforme avec le pli bien fait, un agent de police, un béret vert. C'étaient les armes et les galons. On ne pouvait pas se tromper, certains chapitres encadrés ou soulignés par Bruno Euz lui-même, qui prenait des positions dans son salon pour vous expliquer la bonne tenue de tel ou tel fusil d'assaut ou tel pistolet. Il prenait la pose exactement comme sur les photos parce que ces livres, ces catalogues, il les connaissait par cœur. On dit que le ridicule ne tue pas et c'est faux, dans le cas de Bruno Euz, on pouvait dire que le ridicule était parfaitement meurtrier.

Il s'était fait fabriquer une cache dans le plafond de son garage en surplomb de la fosse à vidange, un double plafond qu'il appelait son « cercueil magique ». On y accédait par le pont mécanique grâce à une télécommande. Une machinerie digne des grands illusionnistes. Et c'est ainsi qu'il s'imaginait disparaître, Bruno, le jour venu des grandes perquisitions, parce que ça viendrait forcément un jour ou l'autre. Il s'enfermerait dans son plafond, son cercueil magique, et ce jour-là il prendrait la justice de haut, oui, il ricanerait tel un pharaon. D'ailleurs, il en ricanait d'avance. Quand il parlait de son garage, de cet endroit qui portait l'enseigne d'un garage, il disait *Ma boîte à cirage*. À l'image du maquillage, la graisse mécanique appliquée comme un fard, hermétique. Le rideau de fer baissé la plupart du temps.

Gros Marc, son associé, son fidèle associé avait un porte-clés, une reproduction de casque intégral miniature qui pendouillait au bout d'une chaîne, le genre d'objets qu'on trouve en vitrine dans les stations-service, en métal chromé ou simili, peut-être un cadeau de Bruno Euz lui-même. Dans les conversations, c'était comme un tic nerveux, Gros Marc glissait toujours son index à l'intérieur. Quand il levait le doigt pour donner son avis, c'est-à-dire assez rarement, le bout de son doigt était casqué, sinon, ce petit porte-clés faisait un bruit de fond dans les discussions. Un cliquetis. *Ancien pilote de rallye*. Gros Marc aimait se présenter ainsi : ancien pilote de rallye. Il ne devait pas avoir plus de dix-neuf ans, mais l'ancienneté est une chose bien relative. Très bon pilote, c'est lui qui conduisait dans les braquages, et c'était l'ultime occasion d'apprécier ses talents. Dans ces moments-là, tout paraissait terrain praticable pour la vitesse, trottoirs y compris. On se souvenait de ces virages pris à angle droit, ces tournants opérés au frein à main, la tête des passants surtout. La conduite de Gros Marc déformait les visages. Et ces retours de braquages, je m'en souviens comme d'un jour de fête. Au début, mes expéditions avec eux se limitaient à des stations-service la nuit et ça n'était pas sans danger : des lieux bien éclairés souvent, des caisses bien remplies. Tout se jouait sur une rafale de mitraillette tirée en l'air et sur un coup d'accélérateur. Bruno me parlait comme à un disciple, parce qu'il avait dans les trente ans et c'était déjà neuf de plus que moi. Il me disait *Un jour, mon petit Jean-Pierre, on t'emmènera dans une banque*, et Gros Marc disait *Ah oui, les banques !* En attendant, j'étais censé me fabriquer des nerfs. Bruno me l'affirmait et je n'en doutais pas, j'avais un bel avenir. Ma pratique du yoga faisait de moi un homme de sang-froid, je savais placer ma respiration. En apparence et en apparence seulement, j'étais l'homme le plus calme des trois, et le calme est une chose bien effrayante dans les moments de tension. Cette fameuse banque, j'en avais vraiment envie et bien plus. Je me disais *Je la mérite.*

Un jour Bruno m'a dit *À toi de choisir !* Un geste de reconnaissance. J'ai décidé que ce serait le jour de l'anniversaire de Virgile, une date symbolique de quelque chose. Parce qu'il faut toujours avoir ou s'inventer une bonne raison à quelque chose, je me disais *C'est fait pour ça, les symboles.* Je ne voulais pas passer à côté de cette première fois-là, on ne revient jamais sur une bonne première fois. Jamais. Et pour clore le tout, cette banque, cette première occasion, ce serait une banque de mon quartier, parce qu'ainsi le risque ne serait pas mesuré, ni symbolique, il serait maximal, et je rêvais du risque maximum.

Un petit guichet BNP venait juste d'ouvrir, proche de la rue Albert-Bayet, c'est-à-dire de l'autre côté de la place d'Italie, c'était mon quartier, mais ça n'était pas tout à fait en bas de chez moi. On parlait beaucoup de cette banque à l'époque, la BNP, je ne sais plus pourquoi, il y avait des affiches partout dans les rues. Le slogan disait *Votre argent m'intéresse !* Un nouveau style d'établissement bancaire, des succursales très accueillantes. Les vitres et les portillons électriques n'étaient pas encore de mise, on venait ici pour « parler » argent. C'était en passe de devenir un produit comme un autre à l'époque, l'argent. Il fallait rompre les tabous. C'était marqué partout, *Ne laissez pas dormir votre argent.* Ce petit guichet BNP dans cette rue déserte rivalisait de nouveauté et de civilité dans un dégradé de couleurs bleu pastel. Le midi, avec Bruno et Gros Marc, nous mangions dans la même brasserie que les employés. On voyait qu'ils étaient contents de venir bosser dans notre quartier. On pouvait faire confiance à ces gens-là, c'était vraiment *Votre argent m'intéresse*, et réciproquement. Derrière leurs guichets, ça devait sentir encore un peu la peinture et le plastique des sièges qu'on vient à peine de déballer. À l'heure du déjeuner, ils se marraient entre eux, on avait presque envie d'être leur copain. Même le directeur semblait jeune et plein d'esprit et les petites employées qui bouffaient à sa table paraissaient le trouver elles aussi tout à fait à leur goût, elles rigolaient bêtement à chacune de ses réflexions. C'était un monde parfait. Parfaitement poli, docile et parfaitement bien élevé. Bruno m'a juste dit *Eux, on va se les faire comme une tablette de chocolat !*

Pendant quelques jours, et vraiment pour le principe de faire les choses correctement, j'ai observé les allées et venues des clients depuis un magasin de jeans placé de l'autre côté de la rue. Dans l'ensemble, ça ne paraissait pas trop compliqué. J'ai décidé que ce serait vers les dix heures moins le quart du mercredi suivant, c'est-à-dire trois quarts d'heure après l'ouverture. Ça me paraissait bien comme ça et je ne sais plus pourquoi.

Je suis entré le premier, suivi de très près par Bruno. Gros Marc nous attendait dehors dans la voiture, pied sur l'accélérateur. On avait mis nos cagoules et ces cagoules en laine noire nous rendaient terrifiants. Parfaitement terrifiants. C'était bon de rentrer là-dedans, c'était bien plus qu'un seuil de BNP que je franchissais, c'était le début d'une carrière. Ça se présentait comme un moment de cinéma. Moi, j'étais bien dans l'écran et eux, c'est-à-dire le reste du monde, ils étaient dans la salle. Il ne pouvait rien arriver de grave ce jour-là, on aurait dit que tout le monde allait nous applaudir. Surtout les jeunes femmes derrière les guichets, celles qui bouffaient tous les jours à la brasserie, entre moi et elles, ce serait un peu comme la toute première fois. Avant de gueuler, j'ai balayé tout le monde du regard, avec mes yeux bien écarquillés dans les trous de ma cagoule. Un regard dominateur. Une seconde à peine, c'était une seconde de perdue, mais pour l'occasion ça valait le coup. Je suis parti de la gauche vers la droite, j'ai balayé le champ des guichetières et des clients, bien dans les yeux, les uns après les autres, bien comme il faut. Et en arrivant au bout du guichet, ça m'a fait l'effet d'une douche froide. Parmi les clientes, debout, pétrifiée, il y avait ma sœur Mylène qui était en train d'ouvrir un compte.

Improbable Mylène, plantée là au milieu de mon projet avec ses deux yeux effarouchés, son stylo qui tenait encore bêtement dans sa main prête à signer. Une abominable vision, symbolique de quelque chose encore. Les dates symboliques n'en finissent pas de créer des choses factices et regrettables et de réunir des gens dans une collision, parce que pour elle aussi c'était l'anniversaire de Virgile et cette ouverture de compte, c'était pour lui. Un genre de Codevi junior ou je ne sais quoi. Cette banque proposait cette nouvelle épargne comme on promet un avenir radieux aux enfants et ma sœur plus que quiconque rêvait d'un avenir radieux pour Virgile. C'était son anniversaire pour tout le monde. Le climat s'est refroidi d'un seul coup. Je suis resté penaud, deux ou trois secondes, debout, mitraillette à la main, incapable de prendre une décision et dans certains cas, trois secondes c'est une éternité. Les gens me regardaient. Ils attendaient. La peur était là, présente, mais moi je n'y étais plus tout à fait. J'ai eu envie de ressortir, je me suis dit *C'est foutu, je sors !* Mais l'histoire était trop embrayée, surtout à cause de Bruno, Bruno Euz qui me talonnait. Je n'étais pas tout seul dans cette affaire. Je ne pouvais pas rater cette première banque-là. Il s'agissait de mon avenir et de mes intérêts. Le seuil était franchi. Alors j'ai réuni tout mon souffle et j'ai hurlé du plus agressif que j'ai pu *Les mains sur la tête, bande d'enculés !* Et je dois reconnaître que ce n'était pas le bon timbre de voix. J'aurais voulu le faire comme un orgasme, avec une gamme de graves biens frémissants. Mais j'ai été obligé d'aller vers les aigus pour qu'on ne me reconnaisse pas et ça m'a tordu les tripes de gueuler ça, comme ça et surtout ça, à ma sœur Mylène. Ça faisait forcément faux.

Ceci étant dit, tout le monde a compris, elle aussi qui s'est laissé pousser avec les autres dans le bureau du directeur. On a continué notre braquage comme prévu, c'est-à-dire très superficiellement, juste les tiroirs-caisses. Deux petits sacs-poubelles en tout. Et puis nous avons quitté la rue Albert-Bayet pour rejoindre ventre à terre le garage de Bruno, deux quartiers plus bas, non sans avoir pris la peine de faire un grand détour par la périphérie. Arrivés sur place, on a fait le bilan. Je me souviens très bien de cet argent, cet argent neuf, ces liasses de billets sorties des sacs-poubelles et jetées pêle-mêle sur l'établi. C'était une nouvelle sorte d'argent, ce n'était plus l'argent des stations-service la nuit, cet argent-là était neuf, soyeux, lumineux, si neuf et si lisse que le papier en paraissait presque faux.

Au final ce n'était pas une très grosse somme, mais pour ma première banque, tout le monde était bien content, surtout Gros Marc qui commençait à parler d'une monstrueuse bringue le soir même. Il disait *On va déboucher le champagne pour JP !* Gros Marc n'était pas très expressif, c'était un homme absent ou joyeux. Et ce jour-là donc, il était joyeux. Fou de joie. Ivre de joie. Il criait *Je ne sais pas si tu réalises JP que tu l'as fait !* Et c'est vrai que j'aurais dû en être ému, mais je n'étais pas tout à fait là. Je faisais un peu le malin comme les autres, mais j'avais encore la gueule de Mylène qui ressurgissait par impulsions.

Je la voyais au milieu des billets, ça les rendait un peu ternes, forcément. J'ai dit qu'il fallait que je rentre parce que j'avais un monstre dans la tête et c'était un lapsus parce que je voulais dire *un monstre mal de tête*. Je suis sorti de la pièce un peu mollement en m'étirant, genre un peu blasé. Je leur ai dit de boire un grand coup à ma santé. J'ai descendu lentement les escaliers, traversé encore plus lentement la rue en me disant qu'ils me regardaient peut-être encore par la fenêtre, et je suis rentré direct chez ma mère pour évaluer l'ambiance familiale. Le quartier était désert, la banque était fermée, pas de lumière, pas de flics, rien. En arrivant dans l'appartement, j'ai trouvé mes parents comme d'habitude. Virgile, coincé en bout de table, les bougies étaient soufflées, ma mère lui mettait des cuillerées de gâteau dans la bouche. Mon frère m'a fait un beau sourire, mon père n'a pas levé la tête, ma mère m'a dit *Tu as vu Jean-Pierre, il y a encore eu un hold-up dans le quartier !* J'ai répondu d'un air désolé que *C'était normal, parce que ce quartier c'est un vrai gruyère.* Après, il y a eu un blanc, tout le monde s'est remis à bouffer, tout allait bien de ce côté-là. J'ai demandé à ma mère si elle avait vu Mylène et elle m'a répondu qu'elle n'avait fait que passer, visiblement très fatiguée et qu'elle était sûrement chez elle en face, parce que ma sœur logeait sur le même palier. Alors je suis allé frapper doucement à la porte de Mylène. J'avais prévu un vague sujet de conversation. Je frappe et là, personne, rien, pas de réponse. À dix heures du soir, ça m'a paru un peu bizarre, mais bon, je me suis dit *Pas de nouvelles, bonnes nouvelles.* Et je suis rentré dans mon studio, tranquille. Je ferme la porte, j'allume un bâton d'encens et je commence à me décontracter. Ça avait été une chaude journée, je revoyais les petites guichetières effarouchées de la BNP. J'essayais de me visualiser le mieux possible debout devant elles. J'avais des petits frissons qui montaient, ça me faisait ça parfois dans certaines postures de yoga, des frissons. Je commence à faire quelques exercices de respiration, bien calmement pour tout effacer et là, paf ! le téléphone sonne, c'était Mylène. La voix totalement nouée, elle me dit *Jean-Pierre, je t'ai reconnu, c'était toi à la banque tout à l'heure. Ça ne va pas se passer comme ça, je vais tout dire à maman !* Cette manière de réagir c'était tout à fait ma sœur. J'ai joué la carte de l'étonnement et j'ai demandé depuis quand il y avait une banque à cet endroit-là, je lui ai encore demandé de me la décrire pour entamer une sorte de conversation. Elle ne répondait plus. J'entendais son souffle au bout du fil et c'était comme une machine à pomper la colère, ma sœur respirait la peur et la colère. Je lui ai conseillé de se reposer et je lui ai proposé de prendre un café avec elle dès le lendemain pour faire le point sur la famille et pour parler de maman qui avait vraiment mauvaise mine ces jours-ci et qu'il fallait lui épargner toute tension inutile. J'ai dit *Tu m'entends Mylène ?* et là, elle m'a raccroché au nez, direct. J'étais son frère et même avec ma cagoule en laine, elle m'avait reconnu.

Voilà, c'est comme ça que ma mère a appris que j'étais un gangster.

Ma mère était « maître verrière », c'était le nom de son métier, maître verrière et c'est resté pour moi longtemps comme une anomalie. D'ailleurs, quand, à l'école, on me demandait de décliner sa profession, je me perdais en justifications. Je disais *Ma mère fait des mosaïques* ou encore *Ma mère fait fondre des couleurs, ma mère fabrique des fleurs avec du verre* ou même *Ma mère casse des bouteilles*. Et rien n'était faux. L'art des vitraux est une longue suite de procédés complexes, un métier d'autrefois. Et ça résumait bien ma mère. Une femme d'une autre époque qui avait été élevée dans les règles de l'art et de la sensibilité par son génie de père, l'architecte illuminé. L'homme qui s'était réveillé une nuit dans les carrières de marbre du Nord de l'Italie. Pour cet homme, rien ne comptait plus que la curiosité et l'attrait des phénomènes provoqués par la lumière. Il avait d'ailleurs une expression, et je suis sûr qu'elle était bien de lui, il disait *On meurt tous les yeux ouverts !* ou *les yeux grands ouverts*, je ne sais plus. C'était ça pour lui, le regard des morts, une dernière impulsion de curiosité. Quand il parlait du soleil, il disait *C'est un monstre cyclope*. Il employait cette phrase à la toute fin de sa vie, et ce devait être signe de sérieuse sénilité. Il disait *Je ne veux pas croiser le regard du vieux cyclope. Je veux rester seul dans ma chambre !* Il est d'ailleurs mort dans sa chambre, volets fermés. Je l'ai déjà dit, je ne peux pas affirmer si cet homme était fou ou non. Il était fasciné par la lumière, et c'est une obsession très répandue. Les moustiques deviennent fous eux aussi à l'approche d'un néon.

Ma mère avait été élevée là-dedans, cette ambiance de religiosité solaire. Alors elle racontait des histoires avec des parcelles de verre soudées par une languette de plomb et ces vitraux prenaient place dans telle ou telle église. Certains chantiers l'emmenaient parfois en province ou à l'étranger. Il pouvait s'agir d'une simple restauration, un exercice de chirurgie : changer un morceau de joue de saint Christophe, remettre un pied ou une sandale à la Vierge Marie. Elle possédait plusieurs valises d'échantillons, une longue suite de plaques de verre avec des noms qui semblaient ne plus avoir de sens, comme une liste répertoriée des astres morts, des couleurs disparues depuis la nuit des temps. Ma mère gardait tout ça dans ses valises, et ce n'est rien de dire que ces valises étaient fragiles et qu'elles pesaient lourd. Personne n'avait le droit d'en actionner les serrures. Son atelier était situé rue du Delta dans le 9e arrondissement. Une pièce en longueur. Une odeur de sorcellerie. La lumière parvenait comme dans un puits. Je l'ai vue souvent là, seule dans son atelier avec un échantillon, bras tendu vers la lumière, essayant d'en évaluer l'épaisseur. Ces particules de couleurs se reflétaient sur son visage. Toutes sortes de couleurs, un émerveillement.

Ma mère était une artiste dans l'âme, une véritable artiste. Pour elle, rien ne semblait vrai, ni vraiment grave, jamais. Elle riait aux éclats souvent et parfois même le fou rire la prenait pour des choses futiles, comme si l'acte de rire ou du fou rire pouvait se passer d'une bonne raison. Je n'ai jamais rencontré chez personne d'autre cette faculté. Ma mère fabriquait la joie à outrance, et parfois le malaise aussi, parce que dans ces moments-là on ne pouvait pas rivaliser. Alors on la regardait rire, en attendant que ça passe. S'il y avait des témoins, on haussait les épaules comme pour dire *C'est pas grave, on la connaît, ça va passer !* Ma mère fabriquait la joie et l'oxygène, c'était ça son vrai métier, la joie. Et pourtant tout n'avait pas été facile pour elle, il y avait eu la maladie de Virgile, sa méningite, ça avait été un coup très dur. Vraiment très dur. Des tas de gens ne se seraient pas remis d'un tel événement, ils y auraient laissé quelque chose d'important et peut-être en premier lieu justement : leur joie.

Pour l'histoire de la BNP, j'ai menti de mon mieux et puis petit à petit c'est devenu clair pour tout le monde, y compris pour mon père, que j'étais devenu un gangster. Plus la peine de dissimuler, ça transpirait. Je ne serais jamais vraiment comme lui. Je ne prendrais jamais un emploi régulier, je ne serais jamais ni maçon, ni architecte, ni gérant de brasserie, ni rien de ce qui a trait à une fiche de paie. L'argent ne serait jamais un sujet tabou pour moi, il ne nécessiterait aucune forme de *merci* ou *s'il vous plaît*, je me servirais. Avec Bruno et Gros Marc, c'était devenu de plus en plus régulier, nous vivions ainsi, dans la superficie des comptoirs en évitant toujours l'obscurité des coffres. Et je ne parle même pas d'emploi du temps ou d'une quelconque passion, nous pratiquions ces exercices comme un sport, une hygiène de vie. Nous étions au sens propre du mot des *saltimbanques*, parce qu'en italien, salto in banco c'est l'art de sauter sur un banc, et qu'en Italie, un même mot désigne depuis toujours un banc et un comptoir. Nous étions donc des saltimbanques, très sûrs de notre numéro, et nous ne faisions pas la quête.

Dans la proche famille, il y avait quand même des réflexions, je pense à ce jour de Noël où j'ai offert des beaux draps en soie à ma mère. C'était un très beau cadeau, je savais que ma mère en rêvait et c'est un merveilleux souvenir que celui de ma mère ce jour-là, elle en avait été émue aux larmes. Ma sœur Mylène était encore là pour casser l'ambiance. Elle m'avait balancé *Tu ferais mieux d'acheter des draps tout simples et te lever tous les matins à sept heures comme tout le monde pour bosser !* Je lui avais répondu *Moi, je vais bosser vers neuf heures comme tout le monde. Mais la différence d'avec tout le monde, c'est qu'à neuf heures cinq, j'ai terminé !*

Rien ne paraissait sérieux dans cette famille, rien, ou pas grand-chose. Et je ne crois pas déraisonner, même la colère de mon père ne paraissait pas toujours bien jouée. C'était comme si on lui avait donné ce rôle. Le jour de sa naissance, il y aurait eu un tirage au sort et lui aurait gagné celui du clown en colère. Parce qu'il était clownesque parfois, surtout quand il en venait à parler de mes activités parallèles. Il ne pouvait pas prononcer le mot, il bégayait, il en perdait son français et même *son latin*, parce qu'en italien, le mot gangster ne semblait pas exister dans son dialecte. Il disait *Tu sais ce qu'on dit en Italie des gens comme toi ?* Et moi je disais *Non*. Et lui non plus ne semblait pas savoir. Il tapait du poing sur la table comme un enfant de cinq ans, comme si cette pauvre table portait toujours le nom d'un coupable. Pauvre table. Mon père était un monstre de colère grotesque, maladroit. Ma mère devait le trouver touchant et je ne sais pas pourquoi, parce qu'il était profondément austère, mon père. C'était l'homme de sa vie, peut-être, mais ça n'était pas sa joie.

Je me rappelle qu'un jour, plus tard, dans les périodes chaudes, je venais de faire un petit braquage, j'avais étalé les housses de banque à plat sur la table de la cuisine. L'appartement était calme, j'étais seul avec mon frère Virgile qui faisait la sieste, je comptais les billets comme d'habitude, bien calmement par liasses de dix, et l'on ne parlera jamais suffisamment des vertus zen de ce genre d'exercice. Ma mère était rentrée à l'improviste, il devait être trois heures de l'après-midi, et quand elle m'a vu, elle est devenue comme une gosse. Elle m'a dit *Cache vite tout ça, Jean-Pierre, ton père va rentrer !* Et c'est impossible de décrire correctement ma mère en train de lever les bras au ciel et de se pencher à la fenêtre pour vérifier la porte d'entrée, sans tomber dans l'absolument burlesque.

Il lui arrivait de me prendre à part, parfois, elle me regardait d'un air inquiet et me disait *Alors Jean-Pierre c'est vraiment ça que tu veux faire ?* Elle voulait absolument que je lui confirme que c'était bien mon choix, que ce n'étaient pas les autres qui m'influençaient. Elle voulait m'entendre dire *Oui, j'ai choisi.* C'était ça le sujet de son inquiétude : faire un choix dans sa vie, vivre bien sa vie. Le reste, elle s'en foutait. Elle me disait *Si tu veux mener cette vie-là, ne te fais pas attraper ! Je sais que tu auras une vie différente, même les femmes que tu auras, elles seront différentes, sûrement pas des bourgeoises. Tu sortiras peut-être même avec des filles de joie, parce que les gangsters, ils sortent avec des filles de joie.*

Elle aimait prononcer ce mot-là : fille de joie, et je ne crois pas qu'elle mettait une fonction particulière derrière ce terme, c'était juste l'image d'une fille légère, joyeuse. Ça devait exister quelque part, une sorte de femme qui lève ses jupons en chantant. C'était la poésie de Toulouse-Lautrec et le gangster idéal devait être pour elle, ma mère, une sorte d'Aristide Bruant, un homme toujours pressé avec un grand chapeau et une écharpe rouge nouée autour du cou. Un homme dans le vent, pressé, intuitif et malpoli. Entouré de filles de joie.

Parfois je l'entendais, elle parlait avec sa sœur, ma tante, elle disait *Mon fils est un aventurier !* Dans sa voix, il y avait de la joie et de la fierté. Pour elle, la vie était une scène de théâtre. Des acteurs, juste des acteurs. Un texte appris par cœur, dès le départ, une bouffonnerie.

Le soir, je sortais, j'étais un homme qui avait les moyens, je descendais dans le bas du 13e. Je passais mes nuits dans une boîte qui s'appelait La Falaise océane. Une boîte privée et quand on parlait de cet endroit, on disait simplement : La Falaise. J'y dépensais l'argent de nos braquages. Je n'étais pas la personne la plus malhonnête de l'endroit, loin de là, toutes sortes d'affaires se réglaient ici. Dans cette boîte, il y avait une scène ou plutôt un promontoire composé de rochers en polystyrène, c'était le sens même de l'enseigne : une falaise éclairée par le bas. Des femmes dansaient nues sur ces rochers, et les gens venaient pour regarder ces femmes, en faisant mine de boire un verre, discutailler. Le spectacle ne variait pas vraiment d'un jour sur l'autre. C'était : je bouge une jambe, je pose cette jambe, je lève la tête, je tourne sur moi et je bouge encore une jambe, et les soirées passaient, comme ça, d'une jambe sur l'autre.

J'étais une ombre parmi les ombres, je me sentais bien ici. J'avais fait la connaissance d'une strip-teaseuse qui devait avoir vingt-deux ans, cette fille n'était pas très futée, vraiment, on sentait toute la bêtise du monde dans ses deux grands yeux bleus écarquillés. Une bêtise que l'on pourrait qualifier d'océane, justement. Elle avait un très vilain timbre de voix, ou c'était juste sa manière de vouloir placer sa voix pour couvrir l'ambiance musicale qui avait fini par lui donner ce son strident. Mais son charme n'était pas là, heureusement, elle était nue la plupart du temps et son corps sublime parlait pour elle, surtout en lumière tamisée. Cette fille s'appelait Isa, elle avait une amie qui s'appelait Muriel, qui était en revanche un peu plus intelligente, puisque cette dernière ne dansait pas nue sur les rochers, elle se contentait d'exercer le métier discret et bien plus lucratif d'entraîneuse. Elle passait ses soirées sur la piste de danse en bas des rochers, dans la marée humaine et dans l'obscurité, elle tournait. Je dis que c'était une entraîneuse, mais dans cette boîte, et c'était comme un trait d'esprit, on ne prononçait pas le mot entraîneuse, on disait des *chalutières*. C'était l'image d'un bateau qui avance dans la brume en traînant ses filets. Les gros poissons ne manquaient pas parmi les visiteurs, et je ne parle pas des quelques notables qui permettaient à cette boîte de continuer d'exercer sans préoccupations administratives.

Un jour, Isa m'a dit que sa copine Muriel la chalutière avait un projet, et que ce projet pourrait sans doute m'intéresser. Je parle d'Isa comme d'une fille peu inspirée, mais elle voyait tout depuis ses rochers, rien n'échappait à son regard bleu vide. Et donc j'ai rencontré Muriel et Muriel m'a dit qu'elle avait un bon client qui travaillait au Crédit Agricole et c'était bien plus qu'un employé parce qu'il était sous-directeur et bien plus qu'un simple client puisqu'il était fou amoureux d'elle, et visiblement ce n'était pas loin d'être réciproque. J'ai pensé que ce type ne pouvait pas être n'importe qui, parce qu'une entraîneuse aussi motivée soit-elle ne tombe pas amoureuse de n'importe qui. Muriel était une très belle fille, psychologue et très talentueuse dans l'art des relations humaines, elle aurait pu faire n'importe quel autre métier que chalutière à La Falaise. Cet homme, ce banquier, était fou amoureux d'elle au point de vouloir quitter définitivement son emploi de sous-directeur et sa famille pour refaire sa vie avec elle. Le seul problème, comme le disait si justement Muriel, c'était de savoir organiser leur départ et leurs bagages pour ne jamais avoir à revenir, jamais. Autrement dit, Muriel et cet homme, ce banquier qui s'appelait Hervé, avaient échafaudé un projet, une manière intelligente de ramasser une très grosse somme d'argent en une seule fois. Et leur projet consistait le plus simplement du monde à organiser un hold-up dans la propre agence bancaire d'Hervé. J'ai trouvé cette idée très surprenante, vraiment très surprenante.

Hervé était un homme discret, et c'est bien dommage de présenter les gens ainsi, c'est restrictif, mais il avait vraiment la tête de l'emploi. Il avait un physique de banquier à l'ancienne. Tout chez lui transpirait l'avidité et le sens de la hiérarchie. Quand il ne parlait pas, il semblait plongé dans les méandres d'une addition à deux cents chiffres. Cet homme-là n'était visiblement pas habitué à ce qu'on le contredise, ni à ce que l'on parle à sa place et ce ne fut bizarrement pas lui qui parla durant notre entretien, mais Muriel. Hervé semblait d'accord avec tout, à la virgule près. Leur idée, leur fabuleux projet de fiançailles, ce mystérieux hold-up consisterait à faire une fausse prise d'otages. Un hold-up avec fausse prise d'otages. Le centre de cette histoire, la fausse victime en somme, serait Hervé lui-même. Il faudrait prendre Hervé en otage un soir dans sa villa en banlieue parisienne, et puis il nous emmènerait chez son directeur, à la suite de quoi nous nous rendrions tous à la banque. Hervé disposait des clés du premier étage, celle de l'entrée, et le directeur, la combinaison du code d'alarme et celle des coffres au sous-sol et donc rien ne pouvait se mettre en travers. Le directeur n'aurait pas le choix, il abdiquerait. Muriel disait *C'est simple comme bonjour !* C'était son côté entraîneuse. Simple comme bonjour. C'était une toute petite agence bancaire, mais accessoirement ils faisaient agent de change. Il y avait de tout dans ces coffres, toutes sortes de devises. Le genre de projet dont on peut rêver toute une vie, digne des plus grands stratèges. N'importe qui aurait pu faire ce genre d'opération, ne serait-ce qu'avec des pistolets en plastique, et ça tombait sur nous, les petits truands du 13e, les saltimbanques. À la réflexion, je pense que Muriel et Hervé nous avaient choisis, nous les petits truands du 13e, parce que nous n'étions justement pas des gros calibres. Tout est affaire de pourcentage dans la vie, et un banquier même terriblement mal intentionné reste un banquier.

Je me suis empressé d'en parler à mes amis Bruno et Gros Marc, c'était un sujet de fierté pour moi de leur apporter cette affaire sur un plateau, quand je dis *plateau* je pèse mes mots. Je n'en finissais pas de voir dans cette histoire un signe de la providence, digne de mon ouverture d'esprit et de ma jeunesse. Somptueuse jeunesse. Un homme méfiant ou trop aguerri aux coups tordus n'aurait pas eu accès à une affaire aussi simplement préparée. Et bizarrement l'enthousiasme n'est pas venu tout de suite chez mes comparses parce qu'après tout, dans leur organisation, je n'étais que le *troisième homme*. Dans le quartier, auprès des autres voyous, nous nous vantions d'être une équipe soudée, un trio parfait, mais dans les faits et dans la plus stricte intimité, je restais quand même ce type étrange qui passait du centre bouddhiste de Vincennes aux attaques à main armée. C'était très difficile à admettre pour Bruno, même au nom d'une quête de la maîtrise de soi, vraiment très difficile, comme une infidélité au petit groupe que nous représentions. Pour lui, le yoga et son fatras de postures alambiquées n'étaient pas très éloignés des activités de la danse classique. Et donc, j'ai dû argumenter longtemps sur le sujet de cette fausse prise d'otages qui m'était proposée de surcroît par l'amie d'une amie qui se trouvait être strip-teaseuse. Et je sais que ça a marqué le début d'une tension entre Bruno et moi. C'était comme si je lui disais *À partir de maintenant on devient des professionnels !* Et c'est d'ailleurs à quelque chose près ce que je pensais. Une page se tournerait définitivement après cette affaire. Finis les comptoirs et finies les acrobaties. En descendant à la salle des coffres, nous monterions d'un cran, nous passerions dans la famille plus restreinte du grand banditisme. Une fois ce hold-up effectué, nous aurions les moyens d'envisager les choses en plus grand : soudoyer des employés, graisser la patte des policiers. À partir de là nous aurions « les moyens » d'être *du milieu*, vraiment. Et pour commencer dans cette affaire mirobolante, cette fausse prise d'otages, il ne devrait y avoir aucune violence véritable. Il faudrait jouer finement, juste jouer finement et s'accorder du mieux que possible au jeu de notre providentiel commanditaire Hervé qui n'était ni de notre rang, ni de notre milieu. Ça aussi, ça ferait partie d'un nouveau style de vie : ne plus résumer l'humanité en deux parties de comptoir, ceux qui sont *devant* et ceux qui passent *derrière*. Non, à partir de là nous ferions main dans la main avec l'ennemi.

Bruno m'a dit qu'il était prêt à tenter l'expérience et Gros Marc de même, parce que Gros Marc était souvent d'accord avec Bruno, souvent.

Nous avons commencé les répétitions la semaine suivante et je passe sur les présentations, et les premiers grands malaises entre Bruno et Hervé le banquier. Bruno avait changé de nom par sécurité, il se faisait appeler M. Mathéis, il portait des fausses lunettes de vue en écaille. Gros Marc avait opté pour Alexandre, il disait *Alexandre tout simplement !* en tendant une grosse main molle. Les répétitions avaient lieu chez Muriel qui nous prêtait son appartement pour le samedi après-midi. Le malaise était omniprésent, le mot malhonnêteté n'avait pas le même sens pour Hervé que pour nous trois. Cet homme-là s'envisageait malhonnête une fois dans sa vie, une seule fois, une grande fois, tandis que nous, nous étions destinés à ne rien faire d'autre que ça et ça ne serait jamais brillant. On sent tout de suite ce genre de choses. C'est une affaire de langage et de savoir-vivre.

C'est la première chose que j'ai dite à Hervé : *Le moins de mots et le moins de gestes possibles entre nous pendant l'action, car jouer finement n'est pas notre spécialité et nous n'avons pas suffisamment de réflexes communs !*

Mais je l'ai déjà dit : Hervé était un homme anxieux et tout prenait beaucoup de temps avec lui. Nous étions censés le malmener devant sa famille, tout reposait là-dessus, ce premier moment de brutalité devant femme et enfants. Ce seraient eux les premiers témoins de la prise d'otages. Eux qui raconteraient aux gendarmes comment tout s'était passé. Hervé serait crédible dans son rôle de victime à partir de là et seulement à partir de là. Les enfants diraient aux gendarmes : *On a tout vu, c'était horrible, papa s'est fait taper !* Et les gendarmes seraient touchés, parce que les gendarmes n'aiment rien moins que la vérité et parce que la vérité sort toujours de la bouche des enfants. Et c'était ça le problème avec Hervé, parce que même s'il était prêt à quitter femme et enfants, il ne voulait pas leur laisser le souvenir d'un lâche. Absolument pas. Et ces répétitions sont devenues pathétiques à cause de ça, parce que nous mimions tant bien que mal la réalité et qu'il faisait chaud. Très chaud. Hervé disait *Stop !* pour un oui ou pour un non. Il disait, par exemple

On ne me touche pas les cheveux, ou encore : *On se débrouille pour que je ne perde pas mes lunettes !* et quand il disait on, c'était comme s'il disait les cons, *Attention les cons à ne pas faire tomber mes lunettes*, parce que c'est ainsi qu'il devait nous voir, trois cons. Et il ne devait pas être le seul. Hervé disait *Vous n'avez pas de conseil à me donner sur ma capacité au sang-froid !* Parce qu'en plus il me vouvoyait. Il disait *Je saurai prendre mon rôle le moment venu, occupez-vous d'être synchronisés dans vos mouvements !* C'est tout. Et c'est impossible de décrire ce que l'on ressent devant ce genre de personnage. En fait, il nous prenait pour ses employés. Chaque mot et chaque syllabe qui sortaient de sa petite bouche sévère et dénuée de lèvres rappelaient que c'étaient lui et Muriel qui avaient eu cette idée de prise d'otages. Eux les grands stratèges et nous les cons, d'ailleurs Muriel ne le contredisait pas, au mieux elle tempérait. Elle disait *Ce qui compte c'est le projet, l'ego n'a rien à voir là-dedans !* Parole de pute. Hervé avait un visage de mort. Et c'était encore pire quand il souriait, c'était comme s'il se pinçait la commissure des lèvres, la mort souriait. Il avait dû apprendre ça dans un stage de management, sourire, et ce sourire c'était pire que tout. Sa seule partie sensible semblait monopolisée tout entière par Muriel. Elle le décrivait en privé comme un artiste de l'amour, une sorte de flibustier des sentiments et il fallait quand même l'être un peu pour imaginer pouvoir tout plaquer du jour au lendemain. Alors oui, c'était peut-être un grand gangster refoulé, un amoureux transi. Mais avec nous c'était un petit patron mesquin, ni plus ni moins.

Et je n'ai pas résisté à l'envie de lui mettre une grande claque dans la gueule, au milieu de son salon et devant sa femme qui sortait de la cuisine la bouche pleine. C'était le jour J. Hervé a ouvert la porte en disant *C'est qui ?* comme convenu et moi je n'ai rien répondu, comme convenu, je n'ai rien dit. J'ai bondi dans son salon et je lui ai mis une grande claque. Je dis que c'est une claque, mais c'était une claque avec le poignet, et le terme exact serait donc plutôt une « manchette ». Une sorte de manchette. Hervé avait la gueule en sang, le nez écrasé et il était parfaitement crédible dans le rôle de l'homme qui a peur. Il avait parfaitement peur. Il hurlait *Ne me touchez pas !* Il avait peur. Bruno et Gros Marc dévastaient l'appartement poussant femme et enfants dans les placards. Hervé hurlait, et sa femme, comme un fait absurde, nous suppliait de ne pas faire de mal à son ignoble mari.

Et c'est ainsi, dans la nuit, que nous avons rejoint une autre banlieue pour aller ramasser le directeur qui s'appelait M. Darsovic. Le fameux directeur qui lui vivait seul dans un manoir, un grand célibataire. Dans la voiture, Hervé se tenait le visage et son nez gonflait. Il disait que nous n'avions pas prévu ce genre d'incident. Mais il était finalement moins autoritaire, à croire que cette claque magistrale lui avait remis quelque chose en place. L'aventure était lancée, il était mort de peur et il y avait de quoi. Son directeur nous a ouvert la porte en pyjama, il n'en était pas ridicule pour autant. C'était d'emblée un homme beaucoup plus responsable, d'ailleurs il n'a opposé aucune sorte de résistance à notre armada.

Ce devait être la vision d'Hervé, visage ensanglanté, mitraillette sur le ventre. Cet homme, M. Darsovic, était un vrai directeur et c'est dans ces moments-là que l'on juge vraiment le sens des responsabilités. Il disait *Ne faites surtout pas de mal à mon associé qui est père de famille. Tout se passera bien ! Je vous promets que tout se passera bien.* Il nous rassurait et c'était comme un monde de fous cette nuit-là. On ne peut pas identifier parfaitement la folie, on ne peut pas s'en vanter, la folie est partout, incessante pour peu qu'on la provoque. Nous sommes entrés dans la banque et tout aussi facilement nous sommes descendus dans la salle des coffres, la fabuleuse salle des coffres, merveilleux monde du dessous. Enfin nous y parvenions. Je garde le souvenir de ces murs couverts de tiroirs, organisés comme les alvéoles d'une ruche. Nous étions tous les trois en sueur, il fallait faire sortir l'argent de ces murs. Nous remplissions nos sacs tel un essaim. Avides, terriblement avides, nous ne voulions rien laisser. Hervé, le sous-directeur, était attaché à son directeur, qui lui-même était rattaché au radiateur. Hervé ne parlait plus, il était livide, le sang avait séché sur le bas de son visage, des taches brunes épaisses comme des traces de Nutella rayaient sa mâchoire. Un masque monstrueux, quelque chose d'un guerrier maori. Son directeur continuait de nous rassurer. Il disait *Voyez, nous coopérons !* et ça voulait dire que l'argent est une chose bien relative même pour un banquier, et que rien ne vaut la vie. Nous remplissions nos sacs, rien ne semblait pouvoir se mettre en travers. Et puis, d'un seul coup, Hervé s'est mis à sangloter. Il ne faisait pas semblant, c'étaient de vraies larmes qui coulaient sur son masque de sang. Terrifiant maquillage de sang qui devenait de morve et de sel. Il ne semblait pas tenir le choc. Il sanglotait. Ses mains et ses genoux tremblaient, peut-être prenait-il seulement conscience ici, dans ce sous-sol, du projet qu'il avait initié avec sa dulcinée Muriel, qui, elle, hélas, n'était pas là pour le consoler. De sa main libre M. Darsovic lui tapotait le bras, en répétant encore et encore que tout allait bien se passer, comme une incantation superstitieuse. *Il faut tenir le choc, il faut tenir le choc ! Hervé !* disait-il. Jusqu'au moment où M. Darsovic s'est senti mal lui-même, il s'est mis à tousser bruyamment. Il criait *Ce n'est rien, continuez !* mais il toussait de plus en plus violemment jusqu'à en suffoquer. J'ai pensé que M. Darsovic était en train de nous faire une crise d'asthme ou pire encore une crise cardiaque, et j'ai encore pensé que cette affaire serait beaucoup plus grave avec un mort dans la salle des coffres. Ça ne serait plus seulement une « fausse prise d'otages », ça serait une fausse prise d'otages avec un vrai mort. Et ça vous change l'ambiance d'un tribunal. J'ai donc lâché l'activité du remplissage de sacs pour m'occuper de lui personnellement. Et cet homme, ce directeur très courageux, continuait de me demander de faire vite, très vite. Alors je l'ai déboutonné et je lui ai donné des conseils de respiration. Un cours de yoga en accéléré, la base de mon diplôme à venir, ni plus ni moins. Et c'est une chose bien improbable que d'enseigner des postures de yoga avec une mitraillette sous le bras, à trois heures du matin, dans un sous-sol de banque, mais cette nuit-là c'était comme ça, c'était *Soufflez, respirez. Soufflez et respirez !* Et Bruno ne m'a plus jamais fait la moindre réflexion sur l'incongruité de cette activité parallèle, le yoga, le zen. M. Darsovic me disait *Oui, je souffle, oui je respire !* M. Darsovic m'obéissait et M. Darsovic me remerciait de faire tout ça pour lui. Son visage était souriant et trempé comme celui d'une femme au sortir de l'accouchement. Hervé me regardait avec son air de chien battu. Il semblait me remercier lui aussi, tout en sanglotant, et j'en aurais bien profité pour lui remettre une claque. Juste une grande claque. Ça m'aurait fait du bien, comme un massage de la main, ça m'aurait détendu, mais je me suis retenu. C'est ainsi que cette incursion dans la salle des coffres s'est terminée par une grande respiration et j'ai remercié les dieux ou qui veut bien.

Le cercueil magique de Bruno, sa double cloison, ne suffisait pas à ranger correctement tout l'argent amassé. Un vrai beau trésor de guerre. Dans l'action, les liasses s'étaient défaites, il aurait fallu trier les coupures, les repasser. Une fois le partage effectué avec Hervé et Muriel, tout est rentré dans l'ordre, la division était sévère. C'était soixante pour cent pour eux, quarante pour nous. Hervé et Muriel sont partis dans la nuit en se tenant par la main, Muriel serrait le sac de billets contre elle, c'était beau comme un jeune couple avec leur bébé, leur nouvelle vie allait bientôt pouvoir commencer. Ils ne nous ont pas dit merci, Hervé surtout qui s'abstenait d'ouvrir la bouche du fait de son attelle sur le nez. Par la suite nous ne l'avons plus revu, c'était la consigne que nous nous étions donnée : disparaître du mieux que nous pourrions, revenir à nos activités quotidiennes le plus normalement du monde.

Il m'arrivait de croiser Muriel dans l'obscurité moite de la Falaise, tout semblait être à peu près rentré dans l'ordre, elle avait repris ses activités d'entraîneuse. C'était *Bonsoir monsieur* et *Bonsoir monsieur*. Hervé avait lui aussi repris son emploi, non sans difficulté, il fallait s'y attendre. Ignoble torture pour lui que de devoir retourner tous les jours derrière son bureau, voisin de celui de M. Darsovic, son courageux directeur, l'homme qui avait failli mourir à cause de lui. Et de surcroît, de ne pas avoir droit le moins du monde de piocher dans son trésor et bien pire encore de ne plus devoir revoir Muriel et ce pendant au moins six mois. C'était ce dont nous avions convenu : six mois d'abstinence minimum. Très difficile à supporter pour Hervé, parce que cet amour fou qu'il éprouvait pour elle, c'était quand même la raison de cette folle incursion nocturne dans la salle des coffres. Rien n'aurait existé sans ce désir violent de ne plus jamais vivre séparé d'elle. Et là, pour quelques mois, il ne devait plus la voir du tout. Même pas une fois par semaine, rien.

Il ne faut pas jeter la pierre, non, il ne faut pas. L'amour est une chose décidément trop stupide. Je sais qu'il se débrouillait pour la voir quand même. Muriel me disait *J'ai eu Hervé hier soir* et quand elle disait *Je l'ai eu,* ça voulait dire *Je l'ai vu.* Je n'étais pas dupe. Je lui disais *Et alors ?* Et alors en l'espace de quelques semaines, Hervé avait sombré dans une profonde dépression. Il s'était fait mettre en arrêt maladie et maintenant il tournait en rond chez lui, entre la chambre et son salon. Il ne supportait plus ni sa maison, ni son jardin, ni sa femme et ni ses gosses. C'était l'effet retors des calmants. Il naviguait entre fou rire et crise de larmes, il se réveillait en sueur la nuit.

Bruno et Gros Marc disaient *C'est rien, ça va passer !* comme s'ils en savaient quelque chose.

Muriel a disparu, un jour, je ne l'ai plus revue à la Falaise et j'ai pris ça pour un fort mauvais présage. Hervé a disparu lui aussi, et l'inquiétude est montée d'un cran. Inquiétude toute relative, parce que nous étions riches et même très riches. Il ne restait plus qu'à espérer qu'Hervé et Muriel, nos deux amoureux transis, aient choisi une bonne destination, en fait, la plus lointaine possible. Et cette destination lointaine s'est avérée être la Martinique, comme une incapacité profonde à quitter son propre pays et ses habitudes. La Martinique, merveilleuse banlieue exotique. Et c'est là-bas qu'ils se sont fait pincer tous les deux, un peu moins d'un an plus tard dans une maison qu'ils venaient d'acheter. Devant cette maison, il y avait une voiture de sport et une Jeep, l'ensemble payé en liquide. Je l'ai appris par Isa, ma strip-teaseuse aux yeux bleus et à la voix stridente, et j'ai pensé que si Isa était au courant, beaucoup de gens devaient l'être aussi. Et que cette affaire ne tarderait pas à revenir dans mes parages.

C'était un dimanche soir et nous étions tous attablés, place d'Italie. Ma mère nous avait réunis pour nous présenter le nouveau fiancé de Mylène, un type plutôt sympa, pâtissier de profession dans le quartier de Montrouge. Ma sœur avait enfin trouvé un fiancé, j'ai envie de dire qu'elle avait enfin trouvé « officiellement » un fiancé. Parce qu'elle en avait déjà eu quelques-uns, on en avait entendu parler. Il y avait eu longtemps un surveillant de son lycée qu'elle faisait passer pour un ami étudiant. Elle s'enfermait avec lui dans sa chambre pour réviser, ça durait des samedis entiers, il en ressortait l'œil terne et toujours trop bien peigné. Il y avait eu aussi plus tard le médecin, un autre amant qu'elle faisait passer pour soi-disant des broutilles de santé. C'était la vie sentimentale de Mylène et ce n'était pas très brillant. Trop pudique avec les sentiments, elle avait besoin d'un alibi, toujours. Elle disait *Je ne sais pas ce que j'ai, je me sens un peu patraque* et ma mère, bonne mère lui répondait *Allez, appelle ton médecin !* Au matin nous trouvions la voiture du médecin garée en bas de l'immeuble. L'homme lui rendait visite la nuit, un homme marié de surcroît. C'était du passé tout ça. Cet homme nouveau, ce pâtissier qu'elle nous présentait, c'était du sérieux. Et les pâtisseries posées dans l'assiette au centre de la table en témoignaient, il les avait fabriquées de ses propres mains, l'après-midi même. Certaines portaient les initiales de Mylène entourées d'un cœur, et visiblement elle n'en demandait pas tant, elle était rouge pivoine. Elle disait *Tu n'aurais pas dû Jeanf*, parce que son nom c'était Jean-François et que Mylène aimait bien les abréviations. Mylène apparaissait de toutes les couleurs sur ces gâteaux, nous disions *Mmh, c'est bon !* et je reconnais qu'il y avait un érotisme fou et limite déplacé dans cette présentation d'artiste pâtissier, nous mangions les initiales de ma sœur en famille. En parlant de son nouvel ami, ma sœur disait qu'il avait de belles mains, *bien propres*, comme elle disait, et moi je pensais que c'était la moindre des choses pour un pâtissier. Ma sœur a toujours dit que chez un homme, elle regardait les mains en premier, et je crois qu'elle avait lu ça dans un magazine. Cet homme, on ne pouvait pas lui enlever son talent, ses pâtisseries étaient optimales, et j'ai pensé que Mylène prendrait du ventre bien avant d'être enceinte, si ce devait être un jour le cas. Il fallait renouveler le sang masculin. Redresser la barre comme disent les vieux marins, la famille Da Pietra en avait furieusement besoin. Le géniteur était là, enfin, nous n'avions pas attendu pour rien. Un homme humble avec ça, incroyablement humble. Il disait *Mes pâtisseries sont plâtreuses, je ferai mieux la prochaine fois !* Et mon père très enthousiaste n'était pas du tout d'accord avec l'expression, parce que le plâtre lui, mieux que personne, il connaissait. Il avait souvent eu l'occasion d'en manger pour de vrai. Non, d'après mon père, ces pâtisseries n'étaient pas plâtreuses, ni poussiéreuses, ni gravillonneuses, elles étaient parfaites, cet homme était parfait, il ferait un gendre idéal. Un artisan chez les artisans. Comme toujours en présence d'un nouvel invité, et pour ne pas être en reste, ma mère s'était lancée dans un discours sur l'origine des vitraux, faisant un parallèle entre ces parcelles de verre et la pellicule cinématographique. Oui, d'après elle, le cinéma avait été inventé au Moyen Âge. Le patissier de Montrouge n'en croyait pas ses oreilles. On a sonné à la porte, ma mère s'est levée. On l'a entendue pousser un grand cri suivi d'un fou rire. Elle est revenue dans la pièce en disant *Devinez qui voilà !* J'ai dit *Je ne sais pas*, parce que la joie de ma mère me fatiguait parfois, surtout le dimanche soir et parce que la vie n'est pas toujours une devinette. Donc j'ai dit *Je ne sais pas.* Et là, un homme est entré dans la pièce et pour une surprise c'était une surprise, cet homme c'était Massimo, mon ami d'enfance. Massimo. J'avais encore un morceau de Mylène dans la bouche, je suis resté quelques secondes ainsi, coincé, interloqué. La dernière fois que j'avais vu Massimo ici, debout sur le tapis au milieu du salon, il mesurait un mètre vingt et il devait avoir dans les dix ans. Je me suis dit *Là, c'est bon.* J'ai pensé que ma mère nous avait fait la terrible surprise de l'inviter. Une manie de vouloir toujours agrandir la famille, comme si nos tares respectives ne se suffisaient pas à elles-mêmes. Lui, mon vieil ami d'enfance, ici présent, résultat d'un conciliabule avec ma mère ? Mais non, elle était surprise elle-même, elle n'en revenait pas. Elle était folle de joie et d'admiration pour ce nouvel homme qui franchissait la zone tapissée du salon. Un nouvel homme oui, vraiment méconnaissable, très sûr de lui en apparence, très loin du petit-fils de pauvre qu'il avait été, l'enfant timide dont nous disions qu'il était bien éduqué, parce que la confusion entre la bonne éducation et la timidité est une chose courante. C'était donc bien lui. Il a fait trois pas dans la pièce, il a dit *Bonjour* et *Bonjour, je m'excuse de vous déranger si tardivement.* Très courtois, très terriblement humble et très terriblement courtois. Il ne lui manquait qu'un bouquet de fleurs dans la main.

Je me souviens qu'il y a eu un flottement et puis Virgile s'est mis à grogner subitement, parce que ça lui arrivait parfois, comme un chien. Sans que l'on sache trop pourquoi, surtout là, devant cet homme, Massimo, qui l'appréciait lui, Virgile, autrefois comme un frère. Virgile grognait à son intention et c'était bien étrange. Massimo a juste dit *Non merci !* quand mon père lui a tendu une chaise et *Sans façon !* quand ma mère lui a tendu une assiette avec une part de pâtisserie. Ma mère n'a pas eu le temps d'insister, ni de se lancer dans ses fameuses grandes théories sur la politesse et les bonnes manières qui n'avaient pas lieu d'être ici chez elle, chez nous et entre nous, les Italiens de la place d'Italie. Massimo a dit qu'il n'était pas venu là pour dîner, il s'est encore excusé. Il a dit qu'en fait, il était venu là pour me parler personnellement, à moi, Jean-Pierre. Le silence est tombé là-dessus, rien ne couvrait plus les grognements de Virgile. Aucun souffle, aucun tintement de couvert. Virgile grognait, Massimo attendait. Et puis tout a été très vite, Massimo m'a encore dit *Je dois te parler Jean-Pierre !* et il m'a fait signe de la tête que ce serait de préférence sur le palier. Ça faisait un peu combine de copains, mais je l'ai suivi. Dans le couloir, la minuterie s'est éteinte, j'ai rallumé, Massimo se tenait en face de moi, faisant barrage de son corps devant l'escalier. Il m'a dit *Jean-Pierre, tu gardes ton calme maximum, tu prends ta veste et tu nous suis !* Trois autres flics l'attendaient en bas dans une voiture banalisée. Ainsi, nous sommes partis dans la nuit, tous feux éteints.

J'ai fait l'effort de ne pas imaginer la tête des parents, ni celle de Mylène surtout et je ne parle pas de son fiancé. Ce soir-là, c'était *Bienvenue dans la famille* ou rien.

Massimo était bien chez lui dans ce petit commissariat du 13e, les gens l'appelaient Maxime. Il avait coupé le « o » de Massimo et cette adroite circoncision faisait de lui un homme tout à fait en place, il était devenu *Maxime le commissaire* pour tout le monde. Il régnait une effervescence d'atelier de couture clandestin dans ce petit commissariat de quartier, et ça devait tenir de l'incroyable proportion de Vietnamiens présents dans les couloirs, dont certains parlaient trop fort, comme on parle souvent trop fort quand on a peur de ne pas être compris ou qu'on a peur tout court. Il y avait un mandat d'arrêt contre moi, et Massimo s'était donné la mission de venir m'arrêter en personne, parce que *sinon quelqu'un d'autre s'en serait chargé et ça aurait été moins courtois.* C'était quand même ça le courage et, pour cette raison, on ne peut pas dire que la fraternité des origines n'existe pas, elle existe au moins partiellement. Il reste toujours quelque chose de l'amitié et des liens du sang. Et ce quelque chose ne vient pas toujours à point nommé, hélas, comme là, dans cette soirée familiale. C'était bien regrettable, tout ça. Et je ne me doutais pas que j'y aurais droit encore une fois, et que deux ans plus tard je serais plongé dans un nouvel épisode de la solidarité des peuples et de la manière la plus improbable qui soit.

C'est extraordinaire comme le temps passe, quinze ans à peine nous séparaient de nos discussions philosophiques sur le petit muret du boulevard Vincent-Auriol, cet incroyable point de vue sur le mouvement des adultes. Nous étions alors des enfants. Maintenant, il y avait tout un tas de flics autour de lui. Je me suis dit *On ne choisit pas ses amis*. Voilà, dans la vie, on ne choisit pas ses amis. D'ailleurs, en m'asseyant, j'ai dit à Massimo *Ça me fait bizarre de me retrouver là en face de toi*, et lui m'a répondu *Ah bon ?* en faisant semblant de chercher son crayon et là, j'ai compris qu'il ne jouait plus, enfin, que nous n'allions pas vraiment jouer la carte de l'amitié, et que la soirée serait bien longue.

Massimo Maxime s'est lancé dans une série de questions. Il a commencé par me demander de décliner mon état civil et profession des parents à voix haute et le mieux articulé possible. Un jeune homme en chemise bleu ciel tapait dans un coin de la pièce, une sorte de stagiaire, son arme à lui c'était cette machine à écrire et ça pétaradait. Je l'entendais répéter la fin des phrases. Massimo ne sourcillait pas, alors que c'était terriblement drôle ou curieux, je ne sais pas. C'était comme si à un moment ou à un autre, ses propres parents ou son propre nom pouvaient apparaître dans mon état civil, tant tout ce petit monde du 13e, ces Italiens, était lié par des états de fait, des services rendus à l'occasion. Autrefois mes parents avaient maintes fois reçu les siens pour leur expliquer le sens d'un formulaire à remplir, il pouvait s'agir d'une demande d'allocations, d'une lettre à l'EDF. Et c'étaient parfois de longues soirées à répéter, et encore répéter, pourquoi il fallait mettre une croix dans telle ou telle case et jamais l'inverse. Tout le monde s'accordait à trouver ça laborieux et absurde à l'époque. Et nous en étions là maintenant, Massimo et moi, tous les deux à rabâcher le nom et l'orthographe de la ville d'origine de mon père justement, et ce stagiaire ne comprenait rien à l'épellation de telle petite bourgade du Nord de l'Italie, parce qu'en géographie tout est affaire de prononciation, je me disais tôt ou tard, on va éclater de rire tous les deux. Mais Massimo ne riait pas le moins du monde, d'ailleurs je ne l'avais jamais connu vraiment souriant. Studieux, impatient ou rêveur oui, mais pas souriant.

Il avait pris quelques rides, ça n'était pas celles du bonheur, c'étaient les rides du sérieux, telle une série de fléchettes adroitement plantées entre les yeux, les rides de l'absolu sérieux ou de la concentration. J'ai même cru remarquer qu'il avait déjà quelques cheveux blancs et j'ai trouvé ça extraordinaire pour un homme de moins de trente ans. Massimo menait coûte que coûte l'interrogatoire, et l'interrogatoire s'est très vite orienté sur le club privé La Falaise. Il disait *La Falaise, tu connais, La Falaise ?* Et c'était visiblement le registre « proxénétisme » qui l'intéressait. Il m'a posé tout un tas de questions sur Isa, mon amie strip-teaseuse qui dansait sur les rochers. J'ai pensé qu'il avait dû prendre des cours de diction, parce qu'il parlait beaucoup plus lentement qu'autrefois et c'était presque trop bien articulé, ça lui donnait le timbre de voix légèrement aigre de sa mère et ça je ne l'avais jamais remarqué, oui, sa voix ressemblait à celle de sa mère. Évident qu'avec les années il en viendrait à parler fort comme elle. Parce qu'elle parlait fort et qu'elle aimait bien chanter, sa mère, par exemple en faisant la vaisselle et c'était plaintif comme le chant des esclaves.

Massimo voulait tout savoir sur Isa, à commencer par ma première rencontre avec elle, et puis comment nous avions dépassé ensemble le stade de l'amitié. Qui payait l'addition quand nous dînions au restaurant ? Qu'est-ce que je savais exactement de son activité à la Falaise ? Comme si c'était un mystère. J'ai failli lui répondre qu'elle faisait démonstratrice de maillots de bain sans prendre vraiment la peine de les enfiler, mais ça ne l'aurait pas fait rire. Massimo restait Massimo au fond, un homme studieux et maladroit dans sa manière de vouloir rendre les choses toujours plus claires, facilement traduisibles. Et ces rides dont je parle n'étaient peut-être pas celles de l'intelligence, mais celles de la connerie pure. Parce que Massimo fermait les yeux toutes les deux ou trois minutes pour faire le point, en appuyant très fortement sur ses paupières avec ses deux pouces, ce geste était probablement à l'origine de ces deux sillons. Il m'a prévenu que les choses pourraient jouer en ma faveur si elles étaient dites ici, de manière décontractée. L'affaire était beaucoup plus grave qu'il n'y paraissait. Beaucoup plus grave. Il ne voulait pas entrer dans les détails, ça n'était ni de son ressort, ni de sa responsabilité. Lui, ce qui l'intéressait dans un premier temps et dans son humble commissariat du 13ᵉ, c'était Isa la strip-teaseuse. Le reste, c'est-à-dire moi, Jean-Pierre, ce serait le Quai des Orfèvres et ce serait pour le lendemain. Il a dit ça d'un ton terriblement grave et j'ai pensé que nous n'avions jamais joué à ça lui et moi, étant enfants : le jeu du *gendarme et du voleur*. Voleur et voleur, oui, boxeur et boxeur, oui, et peut-être même au docteur en préadolescence, mais gendarme et voleur, non. Et d'ailleurs, à la réflexion, nous étions maladroits tous les deux, presque *ex æquo*. Il n'était pas suffisamment mystérieux et je n'étais pas suffisamment arrogant.

La soirée est passée de cette étrange façon, brinquebalante. Et j'ai pensé que le temps faisait souvent bien mal les choses. En fin d'interrogatoire, il m'a dit *C'est mal parti, JP !* Comme si je ne m'en doutais pas.

Le lendemain, comme prévu, j'ai été transféré Quai des Orfèvres, ça n'était plus Massimo, c'était un nombre incalculable de policiers. Et je passe la description des locaux, et la taille des box, ces petites cages d'avant les interrogatoires qui n'en finissent pas de faire penser que la vie n'est qu'une course de chevaux. Et que tout recommence ou se termine ici, par une description de l'état civil. C'est toujours un moment difficile ces premières heures d'attente, parce que c'est un avant-goût de la prison. Quand on n'y a jamais été, on la découvre ici, c'est une affaire de bruits ambiants, de ton employé par les surveillants. On doit perdre immédiatement l'habitude d'avoir ou non, besoin de quelque chose. Le premier signe d'humanité, c'est un homme de dos derrière un bureau de l'autre côté des barreaux, et cet homme-là ne doit rien à personne. C'est un homme libre, en uniforme. Et cet homme libre en uniforme n'est pas censé vous croire quand vous lui dites que vous avez, par exemple, un besoin pressant. Tout peut attendre à partir d'ici. Rien n'est urgent.

On m'a fait entrer dans une pièce exiguë, sorte de mansarde, avec vue sur les toits. Là, il y avait encore un homme de dos, cet homme s'est retourné et c'était Hervé, je veux dire le visage d'Hervé le banquier, parce que le corps s'était considérablement épaissi, empâté. Il était assis sur une chaise, voûté, menotté. Vêtu comme pour une promenade sur la plage, une longue promenade du soir avec vent frais : un tricot vert foncé style tennisman flottant sur son pantalon beige très sale, des sandales plastique bleues aux pieds. Pour le reste, le soleil avait œuvré très violemment sur son crâne dégarni, ça n'était plus vraiment Hervé, ça n'était plus tout à fait lui. Face à lui, il y avait deux inspecteurs derrière un bureau, les hommes ont cessé de parler quand je suis entré, coupés au milieu d'une discussion. J'étais l'homme attendu, sans plus.

J'ai fait trois pas dans la pièce. Alors Hervé s'est à nouveau retourné, et avant même que je prenne la parole ou que j'envisage de la prendre, il a dit *Tu peux tout leur avouer JP. Je leur ai tout dit !* Comme pour me simplifier la tâche.

Je dis qu'il était bronzé mais ce n'était pas tout. Par contraste, son regard semblait éclairci, agrandi. C'était le regard d'un homme qui a contemplé l'horizon pendant plusieurs mois, écarquillé les yeux devant toutes sortes de choses réputées extraordinaires, comme par exemple : des verres de punch, des cocotiers et des perroquets. Et ce genre d'habitude finit forcément par vous donner un regard stupide. Les quelques cheveux qui lui restaient avaient blondi. Il portait un bracelet en cordelette de voilier autour du bras, une suite de nœuds tressés, reliés par une manille. Le genre de chose qu'on vous enlève normalement pour une garde à vue, il l'avait toujours autour du poignet en plus des menottes et je ne sais pas pourquoi, ce petit détail, cette chose insignifiante, cette coquetterie d'homme en vacances, je l'ai remarquée. Une chaise s'est présentée à moi et les deux inspecteurs assis derrière leur bureau m'ont paru soudainement très narquois. Ils se retenaient pour ne pas pouffer de rire. L'air de deux cancres au fond de la classe, ils en avaient apparemment fini avec Hervé et c'était mon tour. Ces deux hommes-là n'étaient visiblement pas pressés que je passe aux aveux, au contraire, ils avaient envie de s'amuser encore un peu, je l'ai senti. Et je sais qu'on est bien ridicule parfois, parce que pour me donner une contenance, enfin une sorte de contenance avant de m'asseoir, j'ai regardé Hervé d'un air hautain et j'ai dit que je ne voyais pas qui était ce monsieur et pourquoi il me tutoyait. Un des inspecteurs s'est alors penché sous son bureau pour masquer un début d'hilarité, puis il a sorti une enveloppe kraft de son tiroir. Le geste était étudié. Il l'a posée pesamment sur la table l'air de dire *c'est incroyable ce qu'elle pèse lourd cette enveloppe !* Après avoir marqué un temps, il en a extrait une photo du bout des doigts, un petit tirage amateur qu'il m'a présenté avec beaucoup de délicatesse : c'était une photo prise un soir de fête à la Falaise. Nous étions attablés, Isa, Hervé et moi-même, et nous regardions béatement l'appareil qui devait être tenu ce soir-là par Muriel. Un petit dîner entre amis, une photo prise au flash. Le sourire était forcé, nous parlions la bouche pleine. Le bonheur et la décontraction qui régnaient dans cette photo étaient obscènes. L'inspecteur a dit *Alors ?* Je suis resté sans voix. Il a pris un air d'instituteur à l'ancienne, puis il a posé un doigt sur la tête d'Isa. J'ai dit *Je ne connais pas cette demoiselle.* Il a posé ce même doigt sur la tête d'Hervé. J'ai dit et répété que je ne connaissais pas cet homme qui me tutoyait. Puis il a masqué du plat de sa main mon visage et il l'a fait glisser lentement à la manière comique d'un lever de rideau miniature. Derrière sa paume, mon visage est apparu. Sur cette image, j'avais les yeux rouges, l'air épanoui, je n'étais pas Jean-Pierre dans un commissariat, j'étais Jean-Pierre très loin d'ici. Je me suis senti troublé et je devais l'être vraiment, parce que face à mon portrait, j'ai dit *Je ne connais pas non plus ce monsieur !* Et c'était visiblement la réponse attendue.

Tout le monde a rigolé dans le bureau. Et même dans la pièce à côté, j'entendais d'autres éclats de rire, parce que le rire est communicatif, c'est connu, j'aurais dû rire moi aussi, mais on ne peut pas rire de tout, on peut juste essayer et encore. Je ne savais plus où regarder, je suis resté planté sur la photo. Ce tirage couleur racorni. Hervé était toujours assis à côté de moi, mais on aurait dit qu'il n'y avait déjà plus personne, il tapait nerveusement du genou sous la table. Sa vie était finie, il ne serait plus jamais banquier, ni rien du tout. C'était plus compliqué pour Gros Marc et Bruno qui n'apparaissaient pas sur l'image. Dans la déposition d'Hervé, c'était toujours M. Mathéis et M. Alexandre, le petit brun nerveux décoiffé et le gros blond apathique qui remue toujours son porte-clés, et ça ne voulait rien dire pour personne ici. Je me suis efforcé de les avoir oubliés, moi aussi. J'ai dit *Je ne connais pas leur nom, vraiment non, je ne sais pas qui sont ces gens-là.*

J'ai pris cinq ans ferme. Hervé, sept ans, je l'ai jamais revu.

Alors voilà, on se lève à 8 heures, on mange à 11 h 30, on redescend, il est 13 h 30, on passe dans la cour, ça dure une heure trente, on mange à 19 heures, on appelle ça *casser les journées*, c'est comme des petits tas de bois. Les journées sont vite cassées, une année, c'est douze mois. Au bout d'un moment on prend l'habitude, on fait son fagot, on le regarde tous les jours, on sait qu'il reste tant de temps. Telle heure, c'est telle heure et une heure c'est soixante minutes pour tout le monde. Mais une heure de prison, ça n'est pas une heure du dehors, c'est autre chose. Une journée, c'est une boîte d'allumettes et le temps se relativise de lui-même, il se consume, comme on dit.

Parce que le temps passe de toute manière, moi je disais *Je me fous du temps qui passe* et je crois que c'était vrai, je le pensais pleinement. Cinq ans dans la vie d'un homme, ça n'est rien. J'envisageais la perspective d'une longue carrière, je reconnaissais l'étroitesse de mon parcours, jusque-là une suite d'erreurs, rien de grave. Je me voyais chef de bande un jour et un chef de bande qui n'a pas fait de prison c'est un général qui envoie ses troupes au front sans avoir fait son service militaire. Ça ne passe pas, ou très moyennement. Donc, il fallait y passer. Pour moi, la Santé, c'était le bon endroit, une maison de la culture comme une autre, parce qu'une prison, c'est connu, ça brasse du temps et des relations. Je me disais *Tout le monde se croise ici à un moment ou à un autre*. Dans ce monde parallèle, ce tambour de machine à laver, il y a des figures imposées, évidemment, on s'en rend compte très vite, ça change au fil du temps comme un ministre en son pays, ou son président. Ça ponctue les discussions jusqu'à créer une sorte de radotage. À l'époque par exemple, on parlait beaucoup de Francis Le Belge, c'était la grande référence du banditisme, Francis Le Belge. On disait juste Le Belge ou juste Francis. Et je ne sais plus pourquoi, on rêvait tous de rencontrer un jour cet homme-là, plus que n'importe qui. Beaucoup de gens se vantaient bien sûr de le connaître déjà ou même d'être son bras droit, parce que la mythomanie est une manière comme une autre de casser du bois. Francis Le Belge flottait au-dessus de la prison, il prenait corps dans toutes les discussions. Vénéré tel un dieu, oui, un dieu vivant qui aurait eu une multitude de bras, droits. Et parce que tout est subjectif, j'en suis venu très vite à penser que le monde était con, ici comme partout, relativement con. Et c'est un lieu commun, mais j'en étais là.

Dans ma cellule, et ça me paraît invraisemblable maintenant, nous étions deux pour quatre lits. Mon colocataire se faisait appeler Chat Gris, un Eurasien au regard jaune brûlant qui passait le plus clair de son temps à tirer les cartes. Un homme de petite taille, vraiment très petit, c'est-à-dire plus petit que moi, qui suis déjà bien plus petit que la moyenne.

D'une certaine manière notre cellule en paraissait plus spacieuse, nous étions la cellule des deux nains. Il n'y avait pas de salle de gym à la Santé, et c'était ce qui me manquait le plus, faire bouger mes bras, soulever des haltères. Je n'avais jamais cessé de faire des haltères depuis l'adolescence, j'étais plutôt fier de mon capital musculaire, et là, maintenant, ce petit capital, je le voyais fondre à vue d'œil. Chat Gris se foutait de faire de la gym, il disait *Je me sens bien dans mon corps mince.* En dehors des cartes, il aimait lire et fumer des cigarettes. J'avais passé un accord avec lui. Ensemble, nous avions dévissé la table du mur. Je me couchais par terre, je tenais la table au-dessus de moi, Chat Gris s'asseyait sur le plateau et je le soulevais, tranquille, jusque très tard dans la nuit. Chat Gris, un livre ou une cigarette à la main, montait et descendait dans les volutes de fumée. C'était Chat Gris, mon compagnon de cellule et quand je parlais de lui je disais *Mon haltère humain.* Cet homme en semi-lévitation était une vision insolite pour les gardiens quand ils passaient un œil dans la lucarne, et ça devait passablement les énerver parce qu'un jour, ils nous ont mis un codétenu. La porte s'est ouverte, le gardien a dit *Tiens Jean-Pierre, je t'apporte un nouvel haltère !* C'était l'humour très particulier des surveillants. Un homme est entré dans la cellule, il devait bien peser dans les cent quarante kilos. Il s'appelait Louis, l'Ogre Louis ou encore Louis de l'Ourcq. Il est resté longtemps assis sur son lit sans parler. Prostré comme un écolier qui aurait fait une très grosse bêtise, et ce silence nous rendait inquiets, Chat Gris et moi-même, d'autant plus inquiets que nous nous étions laissé dire que Louis de l'Ourcq entamait une longue peine de prison pour cannibalisme. Le mot est un peu fort, mais il n'y en a pas d'autre pour désigner un homme qui en mange un autre, même partiellement. L'Ogre Louis était un clochard. Un soir d'ivresse sur les berges du canal de l'Ourcq, lui et quelques comparses avaient tué un autre clochard et ils l'avaient partiellement mangé ou mâchouillé, je ne sais plus. Et je ne sais plus non plus ce qu'ils avaient bu. Quand un clochard dit qu'il a bu un alcool trop fort, ce n'est pas forcément liquide comestible. Au matin, pris de panique, ils avaient jeté le corps dans le canal. Le cadavre avait dérivé quelque temps, un cadavre humain avec des traces de morsures. Dans la prison, quand il avait fini par réussir à en parler, l'Ogre Louis avait dit *Je m'appelle Louis, j'ai mangé mon copain. Et après je l'ai jeté !* Et il le disait souvent, comme s'il n'en revenait pas lui-même. *Je l'ai jeté !* les yeux dans le vide comme un lendemain de cuite au bord du canal. Alors voilà, en termes de relation, on était très loin de Francis Le Belge. Il fallait faire avec.

Je recevais des visites parfois, mon père ou ma sœur qui venaient avec Virgile ou parfois mon père tout seul. Il restait planté devant moi au parloir, mains réunies dans une attitude de prière, il parlait peu. Nous regardions lui et moi ses mains. Les mains si particulières de mon père, courtes et bosselées du fait des coups de truelle et du ciment qui était passé sous la peau par endroits. C'était ça, le mystère des mains bosselées de mon père, la présence du ciment sous l'épiderme. Il en avait construit des choses avec ces mains, et là, cet espace vide qui nous séparait, il n'y pouvait rien. Une pleine bétonnière n'aurait pas suffi à le combler. Cet espace vide était : le vide, et rien à faire.

Ma mère ne venait jamais. Je le savais, c'était beaucoup trop dur pour elle, et elle était la seule personne qui me manquait, pourtant. J'ai eu l'occasion de la voir une fois, une seule pendant cette peine de prison qui ne dura finalement que trois ans du fait des remises de peine. C'est comme un rêve maintenant, ça n'en était pas un ce jour-là. On m'avait sorti de l'enceinte de la Santé pour une instruction, ce devait être deux ans après mon incarcération. Comme souvent pour les instructions, j'avais été déplacé d'un endroit à l'autre sans trop comprendre et pour finir, je m'étais retrouvé dans un commissariat du 1er arrondissement. J'étais resté seul dans un bureau, attaché à une chaise une matinée entière. Le temps passe très difficilement attaché à une chaise, on ne dort pas, au mieux on somnole. Et puis comme dans un cauchemar qui n'en finit jamais, la porte s'était ouverte et Massimo, l'ignoble Massimo, était entré dans la pièce, encore lui et ce n'était pas tant sa présence que la manière dont il était entré dans cette pièce qui avait été insolite. Dans un premier temps, il n'avait pas pris la peine de me regarder, pas un mot, ni *Bonjour*, ni *Comment-vas-tu-Jean-Pierre*. Rien. Il était entré et il avait lu des notes qui traînaient sur son bureau, toutes sortes de notes éparpillées qu'il avait parcourues en diagonale, puis il avait décroché son téléphone pour convoquer un inspecteur. L'homme était entré et il avait commencé à se justifier d'une affaire compliquée. Cette affaire ne me concernait pas. Les deux hommes parlaient devant moi comme si je n'étais pas là, ou comme si j'étais beaucoup trop stupide pour comprendre. L'inspecteur semblait s'y perdre lui-même. Massimo l'a insulté et l'homme est ressorti du bureau en disant *Bien, très bien monsieur le commissaire-divisionnaire.* Ainsi, ici Massimo n'était plus seulement Maxime, ni Maxime le commissaire, il était monsieur le commissaire-divisionnaire, et ça a été un choc violent pour moi de l'apprendre, parce que moi, menotté sur cette chaise, j'étais toujours Jean-Pierre. Rien n'avait changé de ce côté-là. L'inspecteur parti, je me suis retrouvé seul avec lui.

Il y a eu là un silence, un très long silence. Je regardais mes pieds, j'attendais. Mes chaussures étaient poussiéreuses, je n'avais pas de lacets. Alors l'infâme Massimo s'est lancé dans une leçon de morale. Il m'a dit que j'étais la honte de ma famille, une véritable honte et que ma mère, pauvre mère, était en dépression à cause de moi. Il me l'a répété plusieurs fois : *En dépression à cause de toi.* Et puis le ton est encore monté, et comme si l'humiliation ne suffisait pas, il m'a dit que c'était une honte que des honnêtes gens paient pour que des crapules de mon espèce restent en prison, bien confortablement. Une véritable honte. Un scandale.

Je n'avais rien à répondre à ça, oui, la honte ici c'était moi. J'étais la honte, je n'en doutais pas. Je n'avais rien à ajouter. D'ailleurs, Massimo n'attendait pas de réponse, il parlait tout seul en effectuant des cercles autour de moi. Ses pieds faisaient siffler le lino, chargé d'électricité comme une auto-tamponneuse.

Son trajet dans la pièce paraissait bien étudié, n'importe qui aurait heurté les meubles dans un pareil état de nervosité. Il n'y avait rien à faire. Je me suis dit ça : *Rien à faire. Rien à comprendre. Juste attendre.* J'étais l'homme en prison, le sujet honteux, et c'était lui l'homme oppressé. Et puis au fil de ce monologue, j'ai compris que la honte était sur lui aussi, pas seulement sur moi, mais sur lui aussi, partiellement, depuis mon arrestation. Ce jour-là, ce fameux dimanche soir, il avait trahi sa propre famille en venant m'arrêter chez ma mère. Toute la communauté italienne du 13e en avait parlé. Ce n'était pas rien cette communauté. Bon nombre de concierges et bon nombre d'épiciers qui avaient fait leur petit travail de gazette. Pour finir, Massimo s'était fait remonter les bretelles par ses propres parents. Voilà, c'était donc ça l'énervement du commissaire-divisionnaire. Ce n'était pas seulement *Ta mère est en dépression*, c'était aussi *Toutes les mères du quartier me crachent dessus.*

C'est une chose bien compliquée que de vouloir être un homme et rester en même temps le fils de ses parents. Massimo, ses diplômes et sa connaissance des lois n'étaient pas épargnés par ça, la famille italienne.

Massimo s'est arrêté de gesticuler, il s'est assis derrière son bureau. Et là, prenant l'air grave et sévère d'un juge à l'annonce de la peine capitale, il m'a dit *Je t'emmène chez ta mère Jean-Pierre, je ne le fais pas pour toi, je le fais pour elle. On va monter tous les deux en voiture, tu vas passer deux heures chez elle, deux heures seulement. Elle seule est au courant. Si tu tentes quoi que ce soit sur le trajet, tu es un homme mort.*

Dans la voiture, il m'a montré son arme de service à côté du siège, un gros pistolet brillant qu'il m'a présenté, gêné comme s'il venait de le voler, et il m'a répété deux fois qu'il n'hésiterait pas une seconde à s'en servir. Il m'a demandé si j'étais synchro, il voulait m'entendre dire *Oui, j'ai compris !* et j'ai eu du mal à répondre. Je sillonnais les rues de Paris, un vendredi après-midi, dans la bagnole d'un flic qui se trouvait finalement être toujours un ami et qui promettait de me tuer si je tentais de m'enfuir en allant voir ma mère. J'ai dit *C'est clair Maxime, c'est clair.*

Maintenant, avec le temps, je ne veux plus juger cet homme, Massimo Maxime le commissaire-divisionnaire, parce que je sais et je n'en finis pas de savoir que la folie est partout et je sais que je n'en finis pas de le répéter : on ne peut rien faire contre la folie des hommes. On voudrait que tout redevienne normal parfois, juste une fois, mais le mode d'emploi n'existe pas.

Ce jour-là, place d'Italie, c'était encore le visage de ma mère. Nous sommes restés assis tous les deux dans la cuisine. Virgile dormait. Massimo attendait en bas dans la voiture. Elle avait fait du thé, il y avait des gâteaux sur la table, elle m'a dit *Je voulais juste te voir Jean-Pierre.* Et ce jour-là, j'ai vu que ma mère allait bien et que rien ne me séparerait d'elle et de sa joie ordinaire, j'étais toujours son fils par-delà les murs de la prison. J'ai envie de dire *ce jour-là, plus que jamais.*

La voiture bleue de Betty

Je marchais dans une rue, c'était un soir d'été dans le quartier de l'Opéra. Tout avait repris comme avant. Quand je dis que tout avait repris, je parle des banques et des guichets et je ne sais plus dans quel ordre, disons que les choses avaient repris comme avant, dans le désordre. Parce que la vie n'est qu'un long désordre et que passé cette peine de prison, ces trois ans à la Santé, mon envie de vivre s'en était trouvée curieusement amplifiée. Je ne me battais plus pour la liberté, j'étais un homme libre, enfin. Totalement libre. J'en avais fini avec un certain nombre de choses. Loin, très loin de mes fantasmes yogi et des moines de la pagode de Vincennes, je n'avais plus besoin d'eux, j'étais un homme sans alibi, j'incarnais le bien-être. Je n'étais plus un volcan endormi, je n'étais pas un homme sur le fil de sa vie, la vie n'était plus un fil, ni une vague, je ne croyais plus à la réincarnation, ni à l'ordre cosmique des choses, rien ne pouvait m'arriver. La vie était redevenue un mouvement, une agitation, j'avais repris ma place dans cette agitation. Les banques s'étaient équipées de sas électriques, les guichets n'étaient plus ouverts, on ne venait plus dans une banque pour « parler » argent et je n'étais plus non plus l'homme naïf d'autrefois. Entrer dans une banque avec une arme, c'était tout un tas de nouvelles manières de procéder. C'était surtout l'art du savoir bien soudoyer. Des nouvelles manières de faire, mais toujours avec Gros Marc qui semblait être devenu sensiblement plus intelligent du fait peut-être qu'il avait ouvert deux bars à putes rue Victor-Massé dans le 9e et qu'il roulait en Porsche, et avec Bruno, Bruno Euz le Yougoslave qui était tombé dans la poudre. Des quantités invraisemblables de poudre qu'il se prescrivait lui-même et quotidiennement, par voie nasale. Hélas, la dépendance était là, mais ça ne se voyait pas plus que ça. Il n'avait de toute manière jamais été autre chose qu'un homme nerveux, Bruno. En revanche, il saignait souvent du nez, il disait *J'ai mes règles* en jetant sa tête en arrière. Voilà, Gros Marc semblait plus intelligent et Bruno plus nerveux encore. Tout le monde avait pris trois ans. Nous étions notre suite logique.

Et donc, ce fameux soir, je descendais vers le quartier de l'Opéra. Je dis que je descendais, puisque je venais de chez Gros Marc, je veux dire d'un de ses salons rue Victor-Massé où sévissaient des femmes magnifiques qu'il se vantait d'essayer lui-même. Quand il parlait d'elles, toutes ces femmes, ces putes, ces hôtesses, Gros Marc disait *mes employées*, ou *ma matière première* ou *mon activité secondaire*. Parce que son activité principale restait sans conteste le braquage. Le pilotage dans les braquages.

J'ai traversé un passage clouté place de l'Opéra et je suis passé dans les phares d'une voiture, c'était une voiture bleu ciel, à la tombée du jour et c'était une Peugeot décapotable. De cette voiture sortait le son d'un radio-cassette, je m'en souviens comme si c'était hier, d'ailleurs c'était il n'y a pas si longtemps, c'était la voix de Mike Brant. Mike Brant chantait *C'est ma prière*, ce jour-là. Il y avait une femme au volant, cette femme donnait des coups d'accélérateur. Une belle femme brune, je me suis dit ça en traversant : une femme belle à sa manière, et j'ai pensé qu'elle n'avait pas une tête à écouter ce chanteur-là parce qu'il y a une tête à ça normalement. Cette femme donnait des coups d'accélérateur sur mon passage, comme un amusement et moi qui n'avais rien d'autre à faire, je me suis approché de la portière et je lui ai dit que je voulais bien me faire écraser par elle quand elle voudrait. C'était une phrase con d'un soir d'été. Cette femme m'a répondu quelque chose en anglais. Je lui ai dit que je ne parlais pas anglais, alors elle m'a encore dit quelque chose en anglais. J'ai dit *Je ne comprends toujours pas*. Cette femme s'appelait Betty. Alors Betty m'a répondu *Je suis en train de vous dire que je vais vous apprendre à parler anglais*.

Betty s'appelait Betty Baumgartner, elle parlait cinq langues couramment, l'anglais, l'italien, le français, l'arabe et l'allemand, c'était sa langue d'origine l'allemand, elle était Berlinoise. Elle s'appelait Baumgartner, elle se disait étudiante et je crois que dans son pays, *Baumgartner* voulait dire « le jardinier de l'arbre ». Une fille vraiment étrange, je veux dire pour moi vraiment une étrangère, vraiment très maigre et l'air de gamberger tout le temps. L'amour est venu de lui-même, le soir même ou le lendemain et cela reste sans importance. Un amour fort, une véritable histoire d'amour. Je n'avais jamais cessé d'aimer les femmes jusque-là, toutes sortes de femmes, mais Betty était encore une autre femme, issue d'un milieu cultivé, dans tous les cas, elle le prétendait. Betty disait beaucoup de choses et c'est d'ailleurs curieux parce que je garde le souvenir d'une femme discrète. Peut-être que cette femme n'ouvrait la bouche que pour dire des choses réfléchies et que je n'étais pas habitué. Elle disait *Dans mon pays, je ne peux pas y aller.* Ou *Je ne veux plus en parler.* Je ne sais plus. Je n'étais pas un homme curieux moi-même, j'étais l'homme qui sort de prison, je respectais les gens qui ont quelque chose à cacher. Je ne voulais rien savoir vraiment. Elle me disait *Tu as l'intelligence d'un chien, Jean-Pierre, tu sais les chiens ?* Et puis elle aboyait bruyamment parce que d'un pays à l'autre on aboie toujours de la même manière, elle aboyait. Cela me faisait rire, elle reprenait, *Tu es un bon chien tu sais, tu ris quand on aboie et tu comprends tout comme un bon chien et moi j'aime les bons chiens qui rient !* C'était la poésie de Betty. J'ai su plus tard qu'en me voyant passer dans les phares de sa voiture, ce soir-là vers la place de l'Opéra, elle avait juste pensé *Celui-là c'est pour ma chatte.*

Betty disait qu'elle ne pouvait pas retourner dans son pays pour des raisons politiques et je pense que c'était une manière de me faire comprendre qu'elle était quelque chose quelque part, parce qu'elle se disait terroriste. Les gens aimaient dire ça à l'époque, surtout les étudiants étrangers et c'était improbable, presque risible, parce que beaucoup de gens se rêvaient quelque chose comme ça, hors-la-loi, hors système, hors quelque chose. Et moi justement, je ne voyais plus le monde comme un rêve, ni comme un système. Je l'ai dit : mon dernier rêve, le mien, était resté quelque part dans la pagode de Vincennes, un certain nombre de choses avait été dépassées. Betty disait *En Allemagne, j'étais activiste* de quelque chose et ça n'engageait qu'elle. Elle se vantait aussi d'aimer la violence beaucoup et les armes à feu surtout et ce devait être à la mode ça aussi, c'était encore un certain vocabulaire. Elle disait *Je n'aime pas l'armée israélienne, mais j'aime leurs pistolets. L'uzi, le petit uzi surtout.* C'était le nom d'un pistolet-mitrailleur israélien. Betty souriait à l'évocation de ce mot-là, uzi, et c'était suffisamment rare pour qu'on s'en souvienne. Elle n'aurait pas prononcer le mot vibromasseur différemment.

Bruno m'avait dit *Cette fille est une mythomane, juste une mythomane.*

Bruno n'était jamais léger quand il parlait des armes et cette arme-là, particulièrement celle-là, représentait un autre standing pour lui. Une arme de guerre contemporaine. Loin des Sten et autres pétoires parachutées par les Anglais, ce n'était plus du tout les armes de papa. *Une mythomane.* Il m'avait dit ça la première fois qu'il l'avait vue, c'était autour d'un café. Betty n'avait certes pas le physique d'une terroriste, je le sais, et je ne sais toujours pas pourtant ce qu'est le physique d'un terroriste. Dans tous les cas quelque chose n'était pas passé ce jour-là entre elle et Bruno. Elle n'avait pour ainsi dire pas parlé et Bruno en avait déduit que c'était une mythomane. J'aimais cette femme.

Pour la distraire, je l'emmenais en Normandie. Nous empruntions la Porsche de Gros Marc et je crois me souvenir que cette voiture était verte, une très vilaine couleur comme parfois les voitures achetées d'occasion. C'était un vert « quelque chose ». Et la mer n'était pas à plus de trois coups d'accélérateur. On se baignait et après on baisait sur le capot parce que c'était comme une image de poster, oui, un fantasme de poster de magazine porno que de baiser sur le capot d'une Porsche, et j'en étais là encore. À baiser sur le capot d'une Porsche. Je m'en souviens comme si c'était hier. Parfois, je sortais d'elle avant l'orgasme pour gicler sur le pare-brise, je savais que ça l'amusait, nous étalions elle et moi le foutre sur la vitre en riant. Ivres, hilares, comme des singes. Nous ne tenions pas en place.

Un jour, nous sommes partis en Italie. Mon pays, enfin l'autre pays, celui de mes parents. Betty rêvait de faire un tour là-bas. Nous avions pris les petites routes, traversé toutes sortes de villages écrasés par la lumière et l'ennui. En passant dans ces villages, Betty disait les noms à voix haute, comme les mots d'une seule phrase, une prière pour elle-même. Iti, Cuomo, Salicia. Parce qu'elle faisait souvent ça. Elle disait *Ces noms, on ne les prononce qu'une fois et puis c'est fini, on ne les dira plus jamais.* Et cette manière de parler c'était Betty tout entière. Elle voulait voir la basilique Santa Maria, c'est là qu'avait vécu saint François d'Assise. Elle était fascinée par cet homme-là, parce que Betty, en plus d'aimer les armes et la violence se targuait d'aimer les fous, ou les illuminés ou les fous mystiques, elle voulait voir cette basilique. Saint François y avait vécu, il s'y était paraît-il jeté dans un buisson de roses. C'était pour expier quelque chose, un buisson de roses, et le guide touristique mentionnait que depuis ce jour, ce buisson de roses ne produisait plus d'épines. Elle m'avait dit *Il faut qu'on y soit JP, entre le 1er et le 2 août. Il faut qu'on y soit, parce que le pardon automatique est accordé à tous ceux qui traversent la chapelle ce jour-là.* Betty ne croyait pas en Dieu, ni en la culpabilité. Son idée, je le savais, c'était de baiser dans ce rosier. Ainsi, entre le 1er et le 2 août de cette année-là, nous nous étions roulés elle et moi dans ce bosquet, et je n'ai effectivement aucun souvenir des épines.

Sur le chemin du retour, il y avait eu ce petit musée dans un village en Ombrie. Des morceaux de vases, des cailloux usés, des visages. Betty s'était arrêtée devant les restes d'une statue de bronze. Un empereur que les gens du patelin avaient extrait d'un chantier. Avec le temps, le métal avait fondu jusqu'à prendre l'aspect d'un parchemin froissé. Ne subsistait de cette posture d'empire qu'un vague mouvement, une silhouette cabossée. Betty me disait *Regarde, JP, ce type, c'était l'ambition de ne jamais mourir, regarde ce qu'il en reste. Les gens l'ont installé ici comme la pièce maîtresse de leur collection et plus personne ne connaît son nom.*

J'étais fier de cette femme, pour autant je n'étais pas toujours sûr de croire à toutes ses histoires. Elle me parlait de gens qu'elle avait connus et qu'elle était censée pouvoir reconnaître encore, là-bas en Allemagne. Dans ses souvenirs, il s'agissait toujours de gens intelligents, c'était l'image qu'elle m'en donnait, des jeunes gens intelligents. Alors que moi, précisément, ce mot-là je ne l'employais presque jamais. J'associais les choses intelligentes aux choses rébarbatives. Une « grande pensée » pour moi c'était comme de la « grande musique », ça m'endormait prodigieusement. Je me disais *C'est les histoires de Betty*, c'étaient les histoires de Betty, ses histoires, je prenais ça comme un cadeau, une comptine. En échange, je lui racontais les miennes, nos braquages, nos histoires de banque, la vie avec mes deux comparses Bruno et Gros Marc, ma jeunesse folle que je décrivais telle une pièce de théâtre. Cette femme comprenait l'image du théâtre, l'entrée en scène, elle disait *Très juste Jean-Pierre, l'image du théâtre, très juste parce qu'au* XII*e* *siècle, théâtre, ça voulait dire : lieu de tournois.* Je ne sais pas d'où elle sortait ça. Je n'étais plus seulement l'homme d'action ou l'homme qui sort de prison, je me sentais devenir l'homme intelligent. Betty était une femme en or, parce que l'amour ressemble parfois à une maladie et qu'il rend les choses brillantes ou lumineuses. Je me disais *Ça y est, je le sens, je le suis.* Je voulais dire profondément mordu par elle.

Je rêvais de l'emmener avec nous dans les banques, oui, de la même manière qu'on emmène l'être aimé dans une fête foraine, parce que tout le monde y passe un jour, et que l'on choisit, ce jour-là, le plus haut des manèges pour avoir peur vraiment, pleinement, ensemble. Le rêve me reprenait. Nous serions ça, Betty et moi, Bonnie & Clyde, je le sentais possible. Betty me disait oui, comme au passage de l'alliance, faire des braquages, avoir peur avec moi, elle en rêvait aussi.

J'en parlais de temps en temps à mes associés, Gros Marc et Bruno. Et Bruno disait *Non. Cette fille n'a rien à voir avec nos histoires, c'est une mythomane !* D'ailleurs, d'après lui, ce n'était plus seulement une mythomane, c'était une indic. Il disait *Ta Betty c'est un inspecteur de police et tu verras qu'un jour, nos emmerdes viendront de son côté.* Et c'était encore le début d'un conflit avec Bruno, parce que la vie n'est qu'une suite de conflits. J'insistais lourdement. Bruno était un homme nerveux et je n'en finissais pas d'être un homme lourd, je le sais. Nous étions complémentaires à ce niveau-là depuis toujours. Gros Marc agissait normalement comme un balancier entre nous. Mais là, vraiment, Betty, Bruno ne voulait plus en entendre parler, il disait *Tu me fatigues, Jean-Pierre.* Et parfois *Tu me fatigues avec ta pute mythomane.* Bruno me faisait l'effet d'un petit contremaître merdique. Un petit chef de rayon à la con, qui n'aurait pas passé le cap de l'affranchissement des femmes en milieu professionnel. Je me disais *Le problème de cet abruti c'est ça : le machisme ordinaire.* Donc, j'insistais. Je ne me raisonnais pas.

Un jour, et c'était comme une manière d'en finir vraiment, Bruno m'a dit *Demande à ta Betty de nous avoir ses fameux pistolets-mitrailleurs, tu sais, ses uzis. Si elle est vraiment terroriste en son pays, elle n'a qu'à demander à ses amis de la bande à Baader ou je ne sais pas qui. Ce ne sera rien pour elle si elle connaît vraiment ces gens-là, et ce jour-là on verra bien !*

Il avait dit ça en rigolant, c'était de la provocation. Je connaissais Bruno, Betty serait forcément ridicule à partir de là, on n'en parlerait plus. Parfaitement ridicule. J'en avais quand même parlé à Betty, Betty avait réfléchi et Betty nous avait donné rendez-vous dans un café quelques semaines plus tard, je m'en souviens c'était à Montparnasse. Pour ce premier rendez-vous, elle était venue avec un homme qui s'appelait ou se faisait appeler Amim. Ce n'était toujours pas la bande à Baader, c'était un jeune homme arabe habillé comme un garçon de bonne famille, aussi poli et peu crédible qu'elle dans le rôle du terroriste ou du marchand d'armes. L'homme disait *Oui, je peux en avoir*, il parlait des pistolets-mitrailleurs, il ne donnait aucune preuve. Nous étions habitués à ce genre de transaction, il fallait avancer l'argent, beaucoup, et ça n'aboutissait que très rarement.

Nous avons payé. Et puis il y a eu encore un rendez-vous, un dernier rendez-vous et nous avons eu ces fameux uzis. Enfin, le petit uzi, puisque c'était ce modèle-là dont rêvait Bruno, précisément, le petit uzi qui était l'arme de pointe et de rêve pour lui, et je ne peux pas jurer qu'il ne dormait pas avec. Ce pistolet.

Betty était la quatrième roue du carrosse, parce que notre nouvelle association nous en parlions ainsi, un carrosse, et ce n'est rien de dire qu'à l'époque nous nous prenions pour Louis XIV. Les frontières du théâtre et de la réalité étaient franchies très largement. Le braquage de banque pratiqué comme un art, un mode de vie à la française, un art du savoir-vivre outrancier. Nous prenions l'apéritif avec des hommes de la police, toutes sortes d'hommes bien placés et parfaitement corrompus et je ne parle plus de Massimo qui me faisait l'effet désuet d'un policier honnête et droit. D'ailleurs, je ne le voyais plus. Et c'est parfois bon signe de ne plus croiser certains amis, signe de véritable transformation. Je me faisais faire mes costumes de braqueur chez un couturier, oui, je sais, c'est risible, une sorte de casquette-bonnet qui se transformait d'un geste en cagoule de pénitent, un cornet renversé sur la tête, le diable en personne. Cette cagoule m'avait coûté une petite fortune. C'était une création en tergal, intérieur doublé velours. Gros Marc s'était fait faire lui aussi ses gants de conduite sur mesure, parce qu'il se sentait, disait-il, la paume très large et terriblement guindée dans un gant de conduite habituel. Le velours était partout dans notre association. Ça roulait. Betty était entrée dans les rangs, nous l'employions comme voiture relais ; elle nous attendait dans sa voiture bleu ciel au bord des routes, souvent sur des parkings à quelques kilomètres de nos braquages et, je ne sais pas si je l'ai dit, mais ces nouvelles manières de faire s'appliquaient souvent à des braquages en province. Paris n'était plus une ville possible pour nous. Les sonneries d'alarme sonnaient trop fort dans la capitale. Betty était une femme irréprochable dans sa voiture bleu ciel, c'est elle qui ramenait l'argent et les armes. Dans l'art de jouer avec le feu, elle jouait le jeu toujours merveilleusement et pour l'occasion elle en rajoutait encore dans ses manières bourgeoises, comme une caricature d'elle-même, son pays, l'Allemagne. Elle disait *Je m'habille comme ma grand-mère,* allant parfois jusqu'à se faire des tresses remontées sur le haut de la tête. Personne n'aurait eu l'idée de contrôler cette femme, seule au volant d'une voiture décapotable. Une jeune femme dans une voiture bleu ciel qui parcourait seule les routes de France.

Bruno n'était pas amoureux de Betty, je n'ai jamais connu Bruno amoureux d'une femme, il lui donnait des cours de tir pour qu'elle se perfectionne. *Une manière d'aller encore plus loin avec elle*, disait-il, c'était dans des carrières de sable en lointaine banlieue, ils s'entraînaient tous les deux. Lui et elle déchargeaient des après-midi entières comme une grande masturbation en duo parce que ce genre d'activité rend sourd aussi, c'est bien connu. Bruno avait enfin trouvé une fan. Il se sentait devenir progressivement un homme de science lui aussi, intelligent, très intelligent et la prise trop régulière de cocaïne n'arrangeait rien. Il ramenait sa science. Il parlait, il parlait, il se heurtait violemment le visage en voulant se recoiffer, oui, comme des violentes claques à lui-même. Il se sentait maintenant l'âme d'un anarchiste, un homme de l'Est anarchiste, et avec son accent yougoslave ça donnait quelque chose comme anarchaïste. *Je me sens l'âme d'un anarchaïste.* Ça ne voulait rien dire. Bruno ne voulait plus rien dire.

Betty prenait des poses avec son pistolet, c'étaient les poses de Bruno. Elle disait *Personne ne nous arrête, personne ne nous arrête !* C'était une phrase qu'elle doublait parfois en allemand. C'était dit comme un slogan. Un acte politique. Il aurait fallu mettre cette phrase sur un drapeau. Nous étions quatre aussi mégalomanes qu'une nation. Les affaires marchaient, l'argent tombait, il tombait, presque trop. Et c'est amusant de penser ça maintenant, parce que l'argent ne tombait jamais suffisamment. Nous en voulions, nous en voulions et après c'était comme si nous lui en voulions, personnellement. Cet argent-là devait payer pour un certain nombre de choses, je parle encore de l'ennui qu'il ne compensait jamais vraiment, parce que l'ennui nous rattrape toujours, à un moment ou à un autre. Et c'était encore un signe de jeunesse que de vouloir le fuir.

À ce moment-là, je m'en souviens, nous descendions sur la côte et cet argent facile partait dans les boîtes et dans toutes sortes de plaisirs inutiles. Tout ce qui coûtait cher nous intéressait. Il fallait consumer cet argent, lui faire payer violemment, le pulvériser, parce que le moment qui nous plaisait le plus était justement celui où nous sentions que l'argent viendrait à manquer. Nous aimions ça comme le bord d'une falaise. Ce précieux moment où nous en étions à devoir décider d'une nouvelle affaire. L'adrénaline remontait, on se disait *C'est bon, on revient.* Comme on sort de l'évanouissement.

Mais cette année-là avait été exceptionnelle, vraiment exceptionnelle. L'argent avait été partout au rendez-vous telle une fatalité, c'en était devenu presque indécent. Nous avions décidé de calmer momentanément les affaires et d'en investir une grosse part dans un projet de boîte de nuit dans la région de Sainte-Maxime, qui n'était d'ailleurs pas à proprement parler une boîte de nuit, mais une boîte de piano-jazz. Une boîte de piano-jazz à vendre sur le bord d'une départementale. On rêvait d'avoir ça pour nous. De devenir en somme propriétaires, parce que tous les gens qui ne savent plus pourquoi ils ont gagné et gagnent encore de l'argent en viennent à vouloir frénétiquement se fabriquer des maisons. Ces maisons ont toujours quelque chose d'une tombe. Qu'il s'agisse d'une tombe en ville, une tombe au bord de la mer, une tombe aux sports d'hiver. Des tombes. Toujours des tombes.

Nous sommes descendus tous les quatre sur la Côte d'Azur pour conclure l'acte de vente. C'était au mois d'août, août 1986. Je sais maintenant que ce voyage sur la Côte était un alibi, et que nous redoutions plus encore l'ennui parisien, parce que l'ennui est partout et qu'il ne propose que la folie comme alternative. Nous étions des nantis et nous devions nous résoudre à ne plus rien savoir faire vraiment. Signer cet acte de vente et commencer à refaire notre vie ici, dans cette région de Sainte-Maxime. Nous étions logés dans un très bel hôtel de bord de mer avec piscine, parce que Bruno disait ne pas supporter l'eau salée pour ce qu'il en savait, autre manière de dire qu'il ne savait pas nager. Et ce petit séjour balnéaire serait donc un avant-goût du bonheur, nous deviendrions raisonnables à partir de là. Ce serait une vie de rentiers sur la Côte, et normalement tout le monde rêve de ça.

Il y a eu un léger décalage dans le temps du fait d'une levée judiciaire sur le bien immobilier. Une formalité administrative : la signature définitive de l'acte de vente a été repoussée d'une vingtaine de jours. Vingt jours de plus avant d'être enfin chez nous dans cette boîte de piano-jazz ; nous avons décidé d'être raisonnables et de ne pas rentrer sur Paris. Nous avons dit *Pas de problème, on reste.* Mais ce petit délai nous a paru très vite très lourd, comme si nous étions devenus vieux d'un seul coup, ce n'était pas seulement nous, le ciel s'est couvert à ce moment-là, parce que du mois d'août, nous étions passés au mois de septembre, et nous avons eu subitement la vision de ce que pouvait être cette région de bord de mer hors saison. Par temps gris. L'hôtel s'était vidé. C'était toujours un hôtel de luxe et nous y tournions en rond. Betty partait à la plage, Bruno restait dans sa chambre devant la télé. Gros Marc et moi passions nos après-midi et nos soirées au bar de l'hôtel. Il y avait un billard à côté du bar, les boules résonnaient et cet hôtel devenait progressivement un mouroir. Nous en étions là, comme les riches, à attendre de devoir mourir de quelque chose. Mourir de plaisir n'existe pas, ça ne tue jamais suffisamment.

Quelques jours sont passés. Et puis Bruno a reçu un coup de fil de Paris. Un ami yougoslave, je ne sais plus son nom et je ne me souviens plus non plus de l'abréviation, un ami yougoslave de Bruno, il était receveur des postes et cet homme dont le nom m'échappe nous renseignait sur des affaires, souvent. Toutes sortes d'affaires, transports de fonds et autres, un homme très pointilleux. Et là, ce coup de fil à Bruno, cette affaire qu'il nous proposait, c'était deux postes en une même journée, quinze jours plus tard. Migennes et Joigny, deux villes de province. Il fallait faire les deux en une seule et même matinée. Très belle affaire *a priori*. Bruno nous en a parlé et j'ai dit *Non* à Bruno, juste *Non*, par principe, parce que je l'ai sentie très mal venue. En vertu de la décence et du savoir vivre, nous n'avions aucune raison de pratiquer ces deux hold-up successifs qui seraient les plus périlleux de notre carrière. Nous n'avions aucune raison, puisque nous en étions justement à ce moment-là de notre existence à devoir placer une certaine somme d'argent dont nous ne savions déjà plus que faire. Cette boîte de piano-jazz résumait bien la situation, nous ne savions rien de cette musique qui se pratiquait paraît-il avec un piano et qu'il était convenu d'apprécier en claquant des doigts. C'était le nom qui nous plaisait : *jazz*, et encore. Donc, j'ai dit *Non* à Bruno. *Non, cette affaire-là, c'est trop !*

Alors Bruno a dit *Non, d'accord*. Mais je connaissais Bruno, il avait dit d'accord et ça ne voulait rien dire. L'hôtel s'est encore rétréci, il pleuvait des cordes. Gros Marc a décidé de partir de son côté, il a dit *Je m'emmerde ici, je pars au Maroc et je reviendrai pour la signature.* Il a pris l'avion le soir même et je suis resté seul avec Betty et Bruno. Bruno ne sortait plus de sa chambre, c'était télé allumée jour et nuit. Je cherchais Betty, je la retrouvais loin de l'hôtel, sur la plage, et même bien après, assise sur les rochers sous la pluie, son flingue à la main. Elle tirait vers la mer. J'essayais de lui parler, entre les rafales. Je lui disais *Qu'est-ce que tu fous ?* Elle répondait *Je chauffe les vagues !* Betty chauffait les vagues et c'était comme les phrases de Bruno, ça ne voulait rien dire. Et puis Bruno a reçu encore un coup de fil, un deuxième coup de fil, toujours son ami yougoslave qui revenait à la charge. Deux jours étaient passés, il n'avait trouvé aucune équipe disponible. D'après lui cette affaire, c'était *nous ou rien.* La pluie frappait les carreaux. Bruno nous a réunis Betty et moi pour nous parler, un soir au bar de l'hôtel et c'était mieux qu'une émission télé. Il nous a présenté les choses ouvertement, en nous expliquant comment il les voyait, lui, ces deux hold-up. Tout semblait parfaitement clair dans sa tête.

Les deux postes étaient espacées de quelques kilomètres. Nous ferions d'abord la poste de Joigny, la plus petite ville. Là il fallait faire le plus de raffut possible, disons : beaucoup de bruit pour rien. Il faudrait vider des chargeurs dans la rue, faire crisser les pneus en partant. Nous nous dirigerions ensuite vers la poste de Migennes, la poste de Migennes qui était un centre de tri, et normalement la police de Migennes serait sur la route de Joigny quand nous arriverions devant la poste de Migennes. Avec un peu de chance, nous les croiserions même sur notre chemin. Cette journée serait comme un champ de foire, bruyante et désordonnée comme un champ de foire, et au final, on récolterait un pactole monstrueux.

C'était redoutable d'entendre cette histoire dans cet hôtel de l'ennui. Je savais que nous ne devions pas le faire, j'étais à court d'arguments. J'ai dit à Bruno que nous ne pouvions pas faire ce braquage sans Gros Marc. Il m'a répondu que pour l'occasion Betty rentrerait avec nous dans les postes. Ce serait une très belle manière d'en finir, une très très belle dernière fois. Sans filet. Betty aurait l'honneur de rentrer avec nous enfin dans ces postes pour ce dernier gros braquage, elle serait bien plus qu'une voiture relais, et Betty s'en est trouvée ravie. Flattée et ravie, elle a dit *Oui*. Et plus que ça, elle était folle de joie. J'étais baisé.

Trois barrages

Ce jour-là, nous avions tiré au sort et je conduisais. Betty, sur le siège du passager, m'indiquait le chemin à suivre. Les petites routes défilaient. Le soleil était là, il n'était donc plus sur la côte, il était ici. Devant nous, des champs à perte de vue, des forêts, des patelins sans hôtels, ni cafés. Je veux dire vides, incroyablement vides. Une région qui semblait tout entière désertée ce jour-là, je parle de ce jour-là, mais ça devait être cette arrière-saison qui générait ce vide, un vide magistral. Et de la poussière, partout, en suspension, de la poussière. Par endroits, d'énormes machines agricoles tournaient dans cette poussière. La période des moissons battait son plein, le maïs ou le blé devait être la raison de ces villages fantomatiques. Çà et là, dans l'alignement des quelques rares façades des bords de route, des panneaux publicitaires rouillés et presque illisibles n'en finissaient pas de vanter encore et encore les vertus de l'ancestrale pile Wonder, des bougies Hutchinson ou des apéritifs Dubonnet. Une région désertée, brûlante, rouillée, aplatie par la poussière et les moissons. Un sentiment d'immense tranquillité.

Betty semblait détendue, pieds nus comme à son habitude, penchée sur sa carte routière à la manière d'une petite vieille sur ses mots croisés, à la recherche d'un nom amusant. Elle disait *C'est drôle ce nom-là... c'est drôle aussi.* Elle disait *C'est drôle* comme on aurait dit c'est ennuyeux à mourir ou ça n'a aucun sens, et c'est l'image que je garde de cette journée, une suite de noms désordonnés, une histoire montée à l'envers.

Pistolets à la main, nous avions quitté la poste de Joigny une heure plus tôt pour rejoindre celle de Migennes et tout s'était passé selon nos prévisions, nous avions croisé la police sur notre route en quittant Joigny, et dix minutes plus tard, la poste de Migennes s'était offerte à nous. Deux hold-up réussis en une seule et même matinée. Un exploit. Nous rentrions d'un exploit. Les patelins défilaient. Un long chemin tortueux, planifié comme une visite des routes régionales les plus rébarbatives de France. Ainsi, nous rentrions sur Paris studieusement, méticuleusement, le plus lentement possible.

Assis en biais sur la banquette arrière, Bruno regardait glisser le paysage, la tête vide, bercé par le son de la radio. La même information passait en boucle : une bombe venait d'exploser deux heures plus tôt dans la capitale, rue de Rennes, et un nombre extraordinaire de voix n'en finissait pas de raconter et d'essayer encore de comprendre et de comptabiliser les victimes de ce supposé attentat. Le bilan n'était pas définitif. Entre deux commentaires du présentateur, on entendait le hurlement des gens dans les rues de la capitale. Un écho lointain, très lointain. Le bruit des klaxons, les sirènes de police, et puis ces voix, toutes ces voix.

Je me sentais légèrement ivre, absent. Ce devait être tous ces curieux noms de villages ou la voix de Betty qui les disséquait en chaînes de syllabes, ou ces présentateurs dans la radio qui semblaient se disputer le micro pour dire qu'il était impossible encore de préciser l'origine de l'attentat et le nombre des victimes. En somme les gens se disputaient le micro pour affirmer qu'on ne pouvait rien dire. Les soupçons se portaient sur l'Iran, et puis après quoi ? Il ne fallait pas quitter l'info. Bruno disait *Laisse les infos, JP.* C'était rassurant d'une certaine manière ce son, ça n'évoquait rien de précis. Juste le désordre, le monstrueux désordre du monde. Et, par contraste, l'invraisemblable calme de ces petites routes régionales. Nous roulions loin du désordre, comme à l'intuition. Nous serions aux portes de Paris en toute fin d'après-midi.

J'étais au volant de cette voiture et c'est un sentiment très vague, parce que ce jour-là, on aurait dit que personne ne conduisait. Et même ces deux bureaux de poste, ces deux hold-up successifs, pratiqués à l'arraché. J'y avais participé et je n'en tirais aucune satisfaction, ni sentiment de fierté. Je me disais *C'est la roulette russe* et je ne sais plus pourquoi, je pensais la roulette russe comme un grand huit, les montagnes russes en fait. Je me demandais quel était le plaisir de jouer encore, et s'il était réellement possible de rentrer de deux hold-up comme on rentre du boulot, tel un représentant de commerce qui rentre d'une tournée en province, avec son costume accroché à l'arrière, ses produits rangés dans le coffre. Oui, ce jour-là, je nous voyais comme ça, et d'ailleurs je le sais maintenant, nous étions plus ou moins ça, des représentants en billets de banque. Nous ne savions rien faire d'autre que ramasser et dépenser des billets, un peu bêtement je vous l'accorde. Tout était trop simple.

L'argent était là, dans le coffre, dans un sac de sport, ballottant derrière nous, comme un étron toujours plus spectaculaire dans une couche de nouveau-né. Un sac bien rempli. Un très gros sac cette fois, mais pourquoi faire ? Ça voulait dire quoi *l'avenir* et ça voulait dire quoi *voir venir* ? Parce que normalement, l'argent, c'est fait pour ça : voir venir. On avait des réserves à ne plus savoir qu'en faire et nous en étions encore là à vouloir encore nous voir venir, encore.

C'est le fait de conduire, ça m'a toujours fait ça, à moi. Les pensées s'enchaînent. Je n'ai jamais senti les choses aussi justement qu'en conduisant et je sais que c'est un peu limitatif de ne penser vraiment profondément qu'en conduisant, mais ce jour-là de cette année-là, c'était encore comme ça. Et je ne pouvais pas imaginer que ce serait la dernière fois que j'aurais l'occasion de tenir un volant et pas la dernière fois que je serais amené à réfléchir. Au contraire, je ne m'en doutais pas, mais j'aurais quinze années bien tassées devant moi. Quinze années pour pouvoir bien réfléchir.

Personne n'aurait été assez fou pour dresser des barrages de police dans ces villages abandonnés. Des barrages pour arrêter quoi ? Qui ? Des tracteurs, des moissonneuses ? C'était quand même malin cet itinéraire champêtre, ce n'était pas seulement agréable, c'était malin. Nous étions hors de danger. C'était *Personne ne nous arrête, personne ne nous arrête !* Au détour d'un champ, un gros nuage de poussière est entré dans l'habitacle. J'ai dit qu'on aurait de la chance de ne pas succomber au rhume des foins, et Bruno a répondu que ce n'était pas du foin, c'était de la poussière d'engrais. De la poussière d'engrais. Ça n'avait aucune sorte d'intérêt, mais ça valait quand même la peine d'en discuter parce que ça me paraissait à moi très improbable d'épandre de l'engrais en cette saison et puis l'engrais ne vole pas, je n'y connaissais rien pourtant, mais pour moi l'engrais est synonyme de fiente et pas seulement pour moi, l'idée est plutôt répandue. Bruno a rajouté que c'était de l'engrais à base de sang de bœuf, qu'il reconnaissait ça à l'odeur et je ne sais pas d'où il sortait ça. Mais il me l'a affirmé, de l'engrais à base de sang séché. Voilà, ce jour-là, il faisait chaud, la chance avait été avec nous le temps de deux derniers hold-up et nous avancions sans en être d'ailleurs vraiment certains dans la poussière de sang séché. La radio grésillait. Mitterrand a pris la parole au sujet des attentats, un genre de discours improvisé. Betty a coupé la radio. Les premiers panneaux verts indiquaient maintenant Paris à trente kilomètres. Les routes étaient de plus en plus larges et nous avancions très curieusement de plus en plus lentement. Les premiers camions ont commencé à ralentir. Nous pouvions maintenant croiser le regard d'autres conducteurs, des vies résumées à un habitacle de voiture, des gens seuls, des familles. La vie en vitrine.

C'est fou comme on voit bien la vie dans les voitures. On voit tout. Furtivement. Mais tout.

En arrivant au niveau de la porte d'Orléans, le flot s'est encore épaissi. Il y a eu là, dans ce périmètre qui regroupe quelques tunnels et deux branches d'autoroutes, un premier vrai bouchon. Les gens ont commencé à s'énerver, d'autres sont sortis de leur bagnole, essayant de reluquer en vain vers le périphérique. La voie inverse était presque vide, personne ne semblait plus vouloir ou pouvoir vraiment quitter Paris. Un camionneur est remonté dans son véhicule en criant à son copilote qu'il semblait y avoir eu un accident devant, à trois cents mètres. Une bagnole en travers de la route a-t-il dit, au centre du périphérique : une bagnole en travers et des lumières d'ambulance. Les voitures ont redémarré. Ainsi portés par le flot automobile, nous sommes lentement, très lentement et très sournoisement entrés dans Paris. Le paysage s'est un peu dégagé. Et c'est là qu'on l'a aperçu, nous aussi, le très fameux gyrophare, encore assez loin de nous. Bruno a juste dit que ça n'était pas une lumière d'ambulance, mais un barrage de police. Aussi placidement qu'une demi-heure plus tôt il avait défini l'origine de la poussière à la surface des champs. Barrage de police. Bruno a rajouté *Alors à partir de maintenant, on reste très calme.* Conseil bien évident, d'ailleurs. N'importe qui aurait pu dire ça, c'était le bon sens même. *On reste très calme.* Bruno l'avait dit en premier, voilà tout. Il a encore ajouté qu'il n'y avait aucune raison de s'énerver parce que l'attention de la police serait plutôt portée sur les Arabes à cette heure-ci. Les Arabes. Et là, dans la voiture, on s'est regardés tous les trois, comme si on ne s'était jamais vus, curieusement, oui. C'était bien vu. Nous étions blancs, bien blancs tous les trois, bien européens. Dans les bagnoles alentour, les gens commençaient à gesticuler. La proximité du faisceau bleu devait faire gamberger la plupart des conducteurs sur l'emplacement de leur vignette, l'usure des pneus ou encore la date de validité de leur contrat d'assurance automobile. Il y a des moments dans la vie où personne ne peut dire qu'il n'a absolument rien à se reprocher. À un moment ou à un autre, tout devient forcément très relatif. Nous par exemple, nous rentrions d'un double hold-up, l'argent et les armes dans le coffre, et nous roulions dans une voiture volée par les amis yougoslaves de Bruno, une voiture volée à un médecin de nuit, une R17. Là encore pas de problème, d'après Bruno tous les papiers étaient bien rangés dans la boîte à gants : carte grise, assurance et tout. L'ensemble bien en règle. Et puis là, à vingt mètres du barrage, les flics ne semblaient pas vraiment s'attarder sur les papiers, c'était plutôt un coup d'œil porté à la tête du conducteur et comme l'avait très justement pressenti Bruno, la question à cette heure-ci était donc bien d'avoir ou non une tête de terroriste, et plus précisément une tête de terroriste arabe.

Betty a encore dit *Personne ne nous arrête !* Mais sur un ton nouveau, de façon très jubilatoire. En regardant bien fixement devant elle. L'air de dire

Alors on avance ou pas ? Comme si ça n'était pas vraiment d'elle ou de nous qu'il s'agissait. Elle était encore pieds nus, le plan replié sur ses cuisses, penchée vers le pare-brise comme on regarde la télé. Le programme semblait passionnant, il s'agissait d'un drame policier. Elle attendait le générique, le déroulant avec le nom des acteurs principaux : Betty, Bruno et Jean-Pierre. J'ai pensé lui demander de remettre ses chaussures et je n'ai rien dit. Elle faisait vrai comme ça, Betty.

Arrivés à hauteur du barrage, un flic s'est penché vers nous, un bref échange de regard. Et puis on est passés, tout simplement. Moi, le menton bien droit, obéissant au geste pressé du policier. Voilà, nous étions passés. Dans la bagnole, nous sommes partis d'un grand fou rire, c'étaient les nerfs, mais surtout l'absurdité de la situation, parce qu'en passant à côté du flic débordé, j'avais dit *Bien monsieur*, sans aucune dérision. Je n'avais fait que lui obéir. Et ce *Bien monsieur* avait été lâché sur le ton d'un bon élève qui ne veut surtout pas bousculer l'ordre établi. *Bien monsieur.* C'était quand même marrant d'avoir dit ça. Betty répétait la phrase en m'imitant. Les mains tendues dans le vide, le coin de la bouche déformé par un sourire. *Bien monsieur !* Sur la banquette arrière, Bruno s'étouffait lui aussi. *Bien monsieur !* Betty reprenait *Bien, bien, bien, très bien, monsieur !*

C'est le genre de chose qu'on est quand même content d'avoir vécu, on se voit déjà en train de le raconter plus tard, dans les périodes de creux. Juste pour cette petite phrase, somme toute très anecdotique, j'étais quand même content d'être venu. À Sainte-Maxime, dans notre piano jazz, on se la raconterait cette histoire, on aurait le temps, hors saison. On dirait *Bien monsieur !* pour un oui pour un non, et ce serait comme un truc entre nous. Peut-être même une enseigne amusante pour une boîte de jazz en rase campagne, le « Bien monsieur » avec un point d'exclamation allumé au néon. Une belle enseigne rouge dégoulinante, pas plus con que le Caméléon, le Dark Silver ou le Pile ou face. Le *Bien monsieur !* un nom très avenant. C'est à Gros Marc qu'il faudrait raconter ça, quand il reviendrait du Maroc, frustré de ne pas avoir participé à ce dernier gros braquage. On lui raconterait ça pour le détendre ou l'énerver un peu plus. Je le voyais bien avec ses gros cheveux en brosse de sanglier. *Alors le flic, il nous fait un geste de la main, et moi je lui dis Bien monsieur ! et là le flic nous laisse passer.* Typiquement le genre de truc qui l'amuserait, Gros Marc. Une bonne blague, une blague courte.

Le barrage était franchi, nous étions dans Paris, la plus belle ville du monde, la bonne humeur en plus. Un peu en retard sur l'heure du rendez-vous qui était fixé avec l'ami yougoslave de Bruno dans une chambre d'hôtel du 8e arrondissement, mais nous étions sains et saufs. Hilares, sains et saufs. Il fallait maintenant arriver porte de Bercy, et de là nous pourrions rejoindre les grands boulevards. C'était la bonne idée de ne pas contourner Paris par le périphérique. Trop de monde sur ce périphérique, trop de fumée, trop de bruit, trop bouché.

On passe le croisement de la porte d'Ivry. Un feu rouge, deux feux rouges, trois feux rouges, on continue, on continue, on continue, des piétons passent devant nous, l'enseigne du Super U au loin sur les toits. Et là, devant nous, encore des bagnoles qui ralentissent, des coups de klaxon qui se répondent. Et cent mètres devant, encore un gyrophare, un groupe de flics qui s'agitent. Deuxième barrage.

Dans la bagnole, la tension est remontée d'un seul coup, d'un bloc. C'était pare-chocs contre pare-chocs. Bruno a demandé à Betty de remettre la radio. Il a dit *Remets les infos, Betty,* et puis il a changé d'avis. Finalement, il voulait écouter sa cassette de Santana, parce qu'il l'avait toujours sur lui, un produit miracle pour se détendre. Je l'ai déjà dit et vous l'avez compris, Bruno était un type nerveux et il ne fallait pas le contredire. Betty a glissé la cassette dans l'autoradio, un modèle très bas de gamme. On ne choisit que très rarement la sono dans une voiture volée. Trois coups de poing plus tard, la musique a démarré, Carlos Santana sortait tant bien que mal des enceintes : *Oye como va ! tss, tss, tss, oye como va !*

Loin devant nous, dans la perspective des capots, les flics n'en finissaient pas de s'emberlificoter dans leur contrôle. De voiture à voiture, les gens commençaient à échanger leur misère. *Deux heures pour aller de là à là, et moi trois heures pour faire cinq cents mètres, et moi qui ne prends jamais ma voiture. Ah ! ma bonne dame !* Le très fameux climat des jours de catastrophe, comme dans les grandes inondations, tous frères devant l'adversité. L'atmosphère devenait gluante, très terriblement gluante et puis cette musique dans l'autoradio, cette terrible rengaine, *Oye como va*. Carlos Santana voulait savoir comment j'allais, il insistait lourdement. Et le solo de guitare qui allait arriver, le très long solo de guitare, qui allait monter et encore monter dans les aigus stridents, avec les effets de réverbération, les coups de pédale wawa et tout le tra la la. Impossible de ne pas devenir fou dans cette voiture. Il aurait fallu casser quelque chose pour se calmer. Mettre un coup de tête dans le pare-brise, ou même deux et puis ma main dans la gueule de Bruno. Ça, ça m'aurait fait du bien, vraiment, magistralement : une bonne claque dans sa gueule, et je me suis dit *Calme-toi JP, calme-toi !* Je m'en suis remis à mes exercices de respiration. Oui, juste respirer. Faire entrer l'air dans les poumons, le faire descendre le long de la colonne, tenir la tête bien droite, comme suspendue par un fil au sommet du crâne. Respirer calmement, bien respirer.

Les gens n'étaient pas seulement contents de gémir ensemble et de se faire contrôler, ils voulaient des explications. Les flics leur faisaient signe de passer, mais ils voulaient encore savoir quel était le meilleur itinéraire pour sortir de Paris en évitant Montparnasse et la rue de Rennes, parce que ce quartier-là, celui des attentats était évidemment bouclé. Les voitures n'avançaient pas, les voitures n'en finissaient pas de ne pas vouloir avancer. Devant moi, sur les cadrans, la jauge d'essence descendait et ce n'était pas le fait de rouler, c'était le fait de devoir redémarrer. Couper le moteur, redémarrer.

Vingt minutes plus tard et dix mètres plus loin, je n'en pouvais plus, il fallait que je sorte de cette putain de bagnole. Prendre une bouffée d'air dehors, respirer. Aller vers le flic, jouer la carte du bon élève, comme tout le monde. Après tout, je n'étais pas le seul mec énervé dans Paris à cette heure-là, j'avais le droit d'exploser moi aussi. Tout Paris avait besoin d'exploser, une bombe n'avait pas suffi.

J'ai ouvert la portière. Bruno m'a demandé où j'allais, j'ai dit *T'inquiète.* J'ai marché droit vers le policier, en remontant la fermeture de mon survêtement. Dans ce survêtement, je me sentais en uniforme moi aussi, entièrement bleu marine, avec mes deux bandes blanches sur le côté. Je me suis approché du policier. J'ai dit qu'on revenait du CAPU, une grosse salle d'entraînement dans le bois de Vincennes que tous les flics connaissent parce que c'est là qu'ils s'entraînent. J'ai dit *Nous sommes moniteurs au CAPU, on a cinq heures d'entraînement dans la vue, on s'est déjà fait contrôler une fois, c'était il y a dix minutes. On est crevés. Vous comprenez, terriblement crevés, il faut qu'on rentre se doucher. On pue !*

Et j'ai dit ça en remuant mon survêtement, comme si je me dégoûtais vraiment moi-même, comme si je disais *Je ne suis pas bon à prendre même avec des pincettes.* Je n'en doutais pas, il y avait quelque chose de paramilitaire dans cette manière de se dénigrer soi-même. Ça sentait l'armée de carrière, la flagornerie des bons petits soldats, c'était le ton juste. Le policier était à peu près dans le même état que moi, à deux doigts de tout envoyer chier lui aussi, en sueur, en nage et avec un vrai besoin de crier. Il m'a dit *Je sais monsieur, je sais, nous sommes tous énervés. Le monde est à bout et tout le monde veut rentrer ! On se calme, vous allez passer. Remontez dans votre voiture et passez sur le côté !* Et là il a fait signe à un de ses collègues de nous laisser passer. L'affaire était réglée, aussi incroyable que cela puisse paraître, sur un simple mensonge le deuxième barrage semblait franchi, mais la tension était encore là en moi, trop forte. Ça n'était pas suffisamment sorti. Je ne pouvais pas retourner dans la caisse retrouver Bruno, Betty et Carlos Santana dans cet état de nerfs. Impossible. Parfaitement impossible. Alors j'ai continué sur ma lancée, un peu grossier, je le reconnais. *C'est quoi ces histoires de terroristes qui nous font chier ? Hein, ces putains d'Arabes, qu'est-ce qu'on leur a fait ! Nous, au CAPU, on reprend l'entraînement à sept heures demain ! à sept heures ! On s'entraîne, vous comprenez, on s'entraîne ! On travaille honnêtement. Et eux, ces Arabes, ces putains d'Arabes, ces terroristes, qu'est-ce qu'ils foutent ? Hein ? On paie la sécu pour eux et eux ils nous mettent des bombes !* J'aurais pu continuer des heures comme ça, je le sentais bien, ça aurait dû me calmer. Mais ça ne remplaçait pas le coup de boule dans le pare-brise, et ma main dans la gueule de Bruno. Et puis sur la voie de gauche, l'agent préposé à la circulation était en train de me faire des grands signes de passer, de plus en plus nerveux lui aussi. Il attendait.

Je suis remonté dans la voiture, j'ai coupé la radio. On a redémarré, et là, j'ai commencé à me sentir vraiment très mal, un genre d'affaissement général. J'aurais dû être content, mais je sentais un drôle de truc dans ma tête. Une phrase courte. Cette phrase courte tournait. J'entendais *Deux fois la chance. C'est trop. Deux fois la chance, c'est trop.* Ma tête décongestionnait, le sang passait dans mes avant-bras, devant moi dans l'axe des compteurs, la jauge d'essence tirait vers le rouge. Je sentais des battements courts, furieusement réguliers. Ça faisait des petites palpitations sous l'épiderme. Je tremblais. J'essayais de ne pas le voir, mais c'était là quand même. Oui, je tremblais. Et plus bas, je le sentais encore, mon ventre se nouait, et ces symptômes, je ne l'ignorais pas, c'étaient les prémices de la chiasse. Peut-être que dans la bagnole tout le monde se sentait mal pareil, et peut-être qu'on faisait tous semblant. En somme, ce devait être la peur ordinaire. Au bout d'un moment, je n'en pouvais plus, je me suis dit *Je vais quand même tester Bruno.* Alors, je prends ma voix la plus calme et je lui dis *Tu sais ce qu'on va faire Bruno ?* Bruno me dit *Non.* Je dis *On va s'arrêter là. C'est plus la peine de continuer, c'est trop dangereux. On n'a qu'à partir sur le côté, on change de quartier, on remonte l'avenue Daumesnil, on trouve un parking, on y gare la bagnole. On range le fric et les armes dans le coffre. On rentre en métro tranquilles tous les trois et on revient chercher tout ça demain. Demain matin à l'aube, c'est mieux.* Voilà, j'avais tout dit.

Bruno a pris un temps pour réfléchir. Quinze secondes. Il essayait de croiser mon regard dans le rétro, comme on éprouve parfois le besoin de jauger les pupilles d'un alcoolique quand c'est lui qui conduit. Donc environ quinze secondes sont passées.

Bruno n'a pas pris le temps de réfléchir plus. Il m'a dit calmement *Non, non, non, pas question d'arrêter là, c'est des conneries tout ça. On continue ! Jusque-là, personne nous a reconnus, donc on continue !*

De son côté, Betty n'a même pas pris la peine de relever, et ça voulait tout dire. J'aurais bien échangé un regard avec elle, mais j'ai préféré m'abstenir. Clair, net et précis. En fait, dans cette carlingue, il n'y avait que moi qui gambergeais et j'avais forcément la mauvaise place, puisque dès le début sur la Côte d'Azur, dans notre hôtel de l'ennui, j'avais joué le rôle du trouble-fête. Bruno lui, ne jouait pas, il ne faisait pas semblant de ne pas avoir peur, il était encore très sûr de lui, ça s'entendait dans sa voix. D'ailleurs c'est la dernière fois que j'ai entendu sa voix.

Ok, je dis, *pas de problème, on continue* et j'ai essayé de faire le vide. J'ai cherché une image rassurante pour le reste du trajet, il m'en fallait une, n'importe laquelle : un lieu, un arbre, une rivière, n'importe quoi. L'image de la poste de Migennes est revenue. La fin du braquage, quelques heures plus tôt. Betty se tenait dans le coin de la porte d'entrée, une fesse posée sur le rebord de la fenêtre dans l'attitude d'une bergère. Sa main refermée sur son pistolet-mitrailleur. Elle regardait au loin, rassurante comme la Vierge. Les gens étaient couchés devant elle, face contre sol. Une image de mosquée à l'heure de la prière. C'était bon. La belle image, le bon silence. Le recueillement.

Porte de Bercy, je prends une voie sur le côté et d'un seul coup des rues quasiment vides se sont présentées à nous, les vraies petites rues de Paris, la vibration du pavé, les troquets, les épiceries, tout se remettait en place. Le sang remontait dans mes veines, finalement. C'était bon de rouler dans ces petites rues, on aurait pu s'arrêter là, à une terrasse de café, reprendre notre souffle autour d'un verre, mais l'ambiance n'y était plus.

Encore un rond-point, une seconde d'hésitation, première à gauche pour rejoindre le quartier de Lachambaudie derrière Bercy. À cet endroit-là, on passe sous un pont de chemin de fer, un tunnel, un long boyau résonnant qui débouche sur une place. Au centre de cette place il y a une église, et sur le côté une caserne de pompiers. Je la connaissais par cœur cette petite place. La tranquillité même. Une petite place avec des arbres et des pigeons, une place pour les vieux. Oui, une place pour vieillir bien.

Dès l'entrée du tunnel, sous le pont de chemin de fer, dans l'obscurité, j'ai vu un point lumineux, loin, très loin devant nous. En fait, pas seulement un point, une succession de points lumineux clignotants qui auraient pu définir de mon point de vue un panneau de signalisation. Un *stop* ou un *ralentissement*. Rien de très important. En fait, c'est juste la hauteur du panneau qui m'a intrigué. Un panneau de signalisation à cinq mètres du sol, j'ai trouvé ça inhabituel. Vers le milieu du tunnel, l'image s'est précisée. Ce n'était pas un panneau de signalisation. C'était une peinture entourée d'une guirlande lumineuse nichée dans une cavité, dans le dos de l'église, un genre de décoration sans doute placée là à l'occasion des dernières fêtes de Noël, une image religieuse. Le genre de représentation que l'on trouve parfois dans les rues en Italie. De beaux souvenirs de vacances pour moi. J'ai pris ça comme un signe, un présage. Je me suis dit *Cette lumière, c'est la fin du tunnel.* C'était facile de penser ça. Bien évident en fait. La fin du tunnel. Et j'ai encore pensé qu'en sortant du tunnel, je me rangerais sur le côté et je reprendrais la parole. Oui, sur le sujet de laisser la voiture, ce serait l'endroit idéal. On la laisserait à côté de la caserne de pompiers, beaucoup plus sûr qu'un parking, parce qu'aux abords de cette caserne, il y a toujours quelqu'un en poste jour et nuit. Personne ne viendrait fouiller dans le coffre d'une bagnole aux abords d'une caserne de pompiers, personne. Bruno et Betty fermeraient leur gueule, ils la fermeraient. Et puis s'il fallait discuter, cette fois, je l'ouvrirais pour de bon. Je n'avais rien à perdre. Cette place dans Paris, c'était le point lumineux à atteindre. D'ici là, rien ne se passerait.

Arrivé au coin de l'église, j'ai pris à droite, parce que je n'avais pas le choix, c'était sens unique et je me suis dit *Voilà, ça va être l'endroit idéal pour discuter.* Et là, pile devant nous, dans l'alignement des véhicules rouges de la caserne, à dix mètres devant, un nouveau point lumineux, pas orange comme la peinture religieuse, mais bleu cette fois. Un fourgon de la gendarmerie. Deux hommes en tenue. Un motard rangé sur le côté. Troisième barrage.

Je me suis dit quelque chose, je me suis certainement dit quelque chose à ce moment-là et je ne sais plus quoi, j'étais transi. Le corps tout entier secoué, impossible de parler. C'était le chiffre trois, j'ai juste pensé ça simplement : trois. Et puis cette phrase encore, *Deux fois la chance.* Ça avait été deux fois la chance. Toute la malchance du monde était concentrée là, dans la lumière merdique de ce troisième gyrophare. Un gendarme s'est avancé sur la chaussée, il a fait un signe du bras. J'ai ralenti, rétrogradé, et je me suis garé sur le côté, en montant un peu sur le trottoir des pompiers. Entre l'aile du fourgon et le bord du mur, ça laissait une petite marge. Dans le pire des cas, en mettant un grand coup d'accélérateur, je pouvais passer. Il n'y avait aucune raison que je ne puisse pas passer. Le gendarme s'approche de la portière, un jeune type, très calme. Incroyablement calme pour un jour comme celui-ci. Ce jeune homme qui ne devait pas avoir plus de vingt-cinq ans avait dû passer son après-midi là, à attendre. Une après-midi d'ennui, le sort que l'on réserve habituellement aux débutants. C'est l'histoire que je me raconte maintenant. Il se penche vers moi et me demande les papiers du véhicule.

L'instinct n'était plus là, c'était la fin, je l'ai senti très fortement. Mais il fallait lutter contre ce genre d'intuition raisonnable. Il fallait réessayer encore, reprendre le ton des deux précédents barrages, tenter de jouer encore quelque chose, n'importe quoi. Le type énervé, ça avait marché. Il fallait jouer encore le type énervé. Et donc je reprends mon petit discours : *Ouais, c'est quoi ces histoires, on a déjà été contrôlés, deux fois, il y a à peine plus de vingt minutes ! Vous n'avez qu'à leur demander à vos collègues des autres barrages. Juste un coup de talkie-walkie, ils vous le diront, ils nous ont laissés passer. Parce que nous là, on est vraiment crevés, on revient du...* Mais dans ma voix, c'était devenu faux. Dans ce quartier calme, devant ce jeune gendarme au regard clair, la colère était hors sujet. Il n'y avait aucune raison de s'énerver et ça m'a paru évident, totalement évident et j'ai essayé de rectifier le ton en cours. Baisser progressivement le niveau sonore, ne plus être énervé. Être fatigué, juste fatigué, et ça sonnait faux encore. Le jeu de la fatigue sonnait faux. En disant ça, moi aussi, je m'entendais. Ce n'était pas moi qui parlais. Ça faisait mauvais doublage. La phrase était sortie de ma bouche, elle était partie quelque part, j'essayais de me persuader que j'avais dit quelque chose. Je fouillais les yeux du gendarme. Rien. Rien dans ses yeux. C'était comme si je n'avais pas parlé. Quartier très calme. Pas d'embouteillages, pas de bruit, juste nous.

Il me répète *Présentez-moi vos papiers monsieur s'il vous plaît !* Alors, je me tourne vers Betty, je lui demande de me passer les papiers qui sont dans la boîte à gants. Betty était parfaitement calme elle aussi. Aussi parfaitement calme que le jeune gendarme. Pas le moindre agacement à ma droite. Elle aurait pris un briquet ou une cigarette de la même manière détendue. Elle s'en foutait, ça se passait loin, très loin. Hors d'elle. C'était une nouvelle fois *Personne ne nous arrête !* Elle me tend les justificatifs que je pose à mon tour dans la main du gendarme en essayant de ne pas trembler. Un geste anodin. Il fallait que ça reste anodin. L'attitude de Betty m'avait inspiré, tout était normal après tout, oui absolument normal. Et après ce petit geste normal, il y aurait plein d'autres gestes normaux. Le gendarme me rendrait les papiers, je les reposerais dans la main de Betty qui les remettrait à son tour calmement dans la boîte à gants. Je ferais un petit signe de remerciement au gendarme qui ferait un signe au fourgon pour qu'il nous laisse passer. Le gendarme du fourgon acquiescerait d'un mouvement de tête, il passerait la marche arrière, le fourgon reculerait. Je poserais ma main sur le levier de vitesse, je redémarrerais en douceur, on entendrait le bruit du moteur. On serait bien fatigués, juste fatigués. On rentrerait dans une piaule d'hôtel, je caresserais le visage de Betty, elle me regarderait avec son air habituel de penser à autre chose, je prendrais ma place dans ses yeux, on aurait plus besoin de parler.

À ma gauche, la main du gendarme feuilletait le contrat d'assurance, la carte grise, le duplicata de la vignette, avec l'air las de quelqu'un qui lit un livre ennuyeux, mais qui comporterait quand même quelques bons passages. Un jeune gendarme qui, à ce moment-là, avait encore toute une vie devant lui. Les pages tournaient dans ses mains, et puis le temps d'une vague hésitation, il est revenu à la page précédente, celle de la carte grise, en me demandant si je m'appelais bien N'Guyen, si c'était bien mon nom parce que c'était celui inscrit sur la carte grise, et si j'étais vietnamien.

J'ai retrouvé le son de ma voix pour lui dire que c'était la voiture de mon père et qu'il nous l'avait prêtée, j'ai ajouté *Mon père est médecin, ma mère est française. Mon père est médecin, il est vietnamien.*

Je me suis senti brûlant, j'ai eu honte à ce moment-là. Honte d'être là, d'en être là, réduit à devoir raconter n'importe quoi. Je m'entendais parler avec un accent, ce devait être l'effet de la peur, ma gorge se nouait. Je voyais la sueur perler entre mes doigts, j'ai senti monter les larmes. Ce devait être la fatigue, des larmes de fatigue. Tout jouait contre moi. Personne n'aurait pu avaler une histoire pareille, digne d'un sketch de Fernand Raynaud. Le fils du médecin vietnamien. Une parfaite idiotie. Le gendarme m'a regardé, l'air intrigué. J'ai cru qu'il allait me proposer de souffler dans le ballon. Puis il a réfléchi et il m'a dit *Présentez-moi votre permis de conduire.* Gentiment cette fois, ce n'était plus un ordre, c'était un conseil. Une manière de terminer correctement cet entretien. Les mensonges les plus énormes sont les plus faciles à avaler. Le gendarme ne semblait pas dérangé par cette absurde histoire de père médecin. Il me demandait juste mon permis de conduire. Le ton était poli. Presque aimable. Et c'était le mot de la fin, parce que ce permis de conduire, je ne l'avais pas sur moi. Je n'avais aucune sorte de papier sur moi à ce moment-là de ma vie, j'étais la prudence même. Ni permis, ni passeport ni quoi que ce soit, et même si je l'avais eu, ce permis, je ne l'aurais pas montré. Le cirque était terminé et il fallait agir là, maintenant. Tout de suite. Entre le gendarme et moi, il y a eu un silence, presque rien, une hésitation d'un quart de seconde. Je me suis dit *C'est maintenant, là maintenant ! il faut démarrer.* Mais le quart de seconde était passé et j'ai vu que le gendarme avait compris. Il s'est jeté à l'intérieur de la voiture pour essayer d'arracher la clé de contact d'une main, et il m'a serré la tête de l'autre.

Coup de première. J'appuie sur l'accélérateur, la bagnole démarre, je réussis à passer entre le mur et le fourgon comme prévu. Coup de seconde, le type est toujours accroché à la portière, il ne veut pas lâcher ma tête. J'envoie des coups de coude, mais ça ne sert à rien. Betty lui gueule de lâcher, mais ses cris couvrent à peine le hurlement du moteur coincé en seconde. Les mains de Bruno frappent sur celle du gendarme et c'est en même temps sur ma nuque qu'il frappe. Il ne crie pas lui, il frappe. Et l'homme ne lâche toujours pas. Alors Betty plonge la main sous son siège et sort son uzi, l'uzi qui était là sous son siège. Elle le braque au-dessus de la tête du jeune gendarme pour lui faire peur, deux ou trois mots gueulés en allemand, la rafale part. Les balles traversent le plafond. Une effroyable détonation. Le type lâche. Voilà, le type vient de lâcher, une grande secousse nous déplace d'un mètre sur le côté, un cri, un dernier cri. L'homme est passé sous la roue arrière. L'homme est passé sous la roue arrière. Cette secousse c'était lui. Il est passé sous la roue arrière.

Un corps désarticulé gît au centre de la route, derrière nous. Dans le rétroviseur. Une secousse.

Dès lors, il n'y avait plus rien à faire, il fallait dépasser, oui, le sujet n'était plus de rentrer quelque part, il fallait juste dépasser, sortir de là, de ce nœud, de nous, de notre ambition de voir venir encore. Le troisième barrage était franchi, mais parfaitement impossible à dépasser. Après cette secousse, ce n'était plus une fois, deux fois ou trois fois la chance, c'était fini. Grillé, figé, net dans le rétroviseur.

De nouvelles perspectives d'immeubles se présentaient à nous : des sens uniques, des embranchements, des ruelles, dans la logique universelle d'un grand huit, on ne sortirait pas de ce nœud. Je sentais encore la pression des mains agrippées à moi. Le type était tombé, passé sous le train arrière de la voiture, peut-être déjà mort. Ses mains étaient encore là, pourtant, bien vivantes. Elles ne me lâchaient pas. C'était maintenant que je les sentais au plus fort. Des mains jeunes, puissantes, déterminées et motivées par un acte de justice. J'avais été l'ennemi désigné et je ne m'en sortirais pas indemne. Un morceau de ma paupière était resté sous ses ongles. Dans sa chute, l'homme était parti avec ce morceau de paupière. Il fallait garder cet œil-là ouvert, ne pas tenter de le refermer. Continuer de chercher encore une rue, plus une rue dans le rideau de sang, pied cassé au plancher.

Arrivés au pont de Tolbiac, le milieu de la route était sombre et rectangulaire. Une forme irrationnelle, un tunnel à la surface du bitume, une fermeture. De ce rectangle sombre émergeaient des reflets métalliques. Et ça n'avait aucun sens. Nous avancions vers ce rectangle sombre qui devenait progressivement un groupe de véhicules arrêtés au centre de la route. J'ai laissé mon pied sur l'accélérateur, jambe tendue comme pour freiner, mais sur l'accélérateur. Des contours se sont précisés, des casques, des antennes radio, des hommes vêtus de noir, à genoux. Des mitraillettes. Braquées sur moi, sur nous, sur mon œil déchiré.

Les premières balles sont arrivées, en silence. Les vitres se sont brisées, une épaisse fumée est sortie du capot, par saccades : des flammes, des arbres et des toits d'immeubles qui surgissaient encore çà et là dans l'épaisse fumée noire. Dans l'habitacle nous n'étions plus qu'un seul cri monstrueux. La voiture est partie en travers. Dans ce dernier mouvement, j'ai aperçu Bruno, la gueule pleine de sang. Le haut de son crâne était aplati, disloqué, ce n'était plus Bruno. Betty était accrochée à mes cheveux, elle m'a crié quelque chose que je n'ai pas compris. Un dernier mouvement de lèvres et puis le décor s'est immobilisé autour de son visage. La bordure du pont, vertical derrière elle. Son faciès s'est redressé. La fumée l'a momentanément effacée, puis elle est réapparue. Mais dans ses yeux elle n'y était plus, et je n'y étais plus non plus. C'était blanc, entièrement blanc. Presque plus rien, et puis plus rien. Rien. Betty n'était plus.

Autour de moi, le bruit de la ville se résumait tout entier à un bourdonnement, peut-être le bruit persistant du moteur ou encore celui des balles, ou la peur, ou un mélange de tout. Un liquide tiède ruisselait dans mon dos, une cascade, un ruisseau. J'ai tendu une main vers la portière, mis un pied sur le bitume. Le sol ne vibrait plus. Devant moi, au bout de la rue, au cœur du rectangle noir, des têtes se dressaient maintenant comme au spectacle, une fin de représentation. J'étais Jean-Pierre et je sortais de l'écran, oui, je l'ai senti précisément, il y avait eu un cadre jusque-là et je venais de poser un premier pied hors du cadre. J'ai essayé de marcher dans leur direction, j'ai fait quelques mètres sur la route et puis petit à petit, devant moi, la chaussée s'est rétrécie, considérablement rétrécie, puis le centre s'est affaissé et je me suis effondré. Le bourdonnement a disparu.

Je n'ai jamais entendu Bruno parler de la mort, ni Betty parler de la mort. Bruno ne s'envisageait pas mourir vraiment. Il se voyait disparaître.

Il disait *Un jour, moi, Bruno, je disparaîtrai.*

Betty disait qu'elle n'aimait pas parler.

Enfant, on disait d'elle qu'elle s'acharnait à vouloir toujours tout comprendre, comme une qualité remarquable.

Un jour, dans un cours de catéchisme, elle avait entendu cette phrase : la lumière du paradis, c'est la clarté de quinze soleils terrestres. Elle en avait déduit qu'au paradis, la température devait avoisiner les trois cents degrés. Betty s'était fait très tôt son idée de l'enfer. Betty n'était encore qu'une petite fille quand elle avait dit cette phrase étrange : *Rien ne différencie vraiment l'enfer du paradis.* Dans le cours de catéchisme, ce jour-là personne n'avait ri.

Ça avait été ma toute première image de Betty : une femme assise dans une voiture bleue, les phares allumés, un soir dans une rue du quartier de l'Opéra. Une chanson de Mike Brant sortait de son autoradio. L'homme dont nous disions qu'il chantait pour les midinettes chantait aussi pour elle. Betty. Je m'étais penché à sa portière, j'avais dit quelque chose. Betty m'avait répondu quelque chose en anglais. J'avais dit *Je ne comprends pas l'anglais.* Betty m'avait répondu *Je suis en train de vous dire que je vais vous apprendre à parler anglais.*

Quelque chose était mort tout à fait.

La salle des miracles

Il y a eu un carré bleu, quelque temps. Juste un carré bleu. Je le percevais, en dehors de moi. Il était froid et immobile, comme un iceberg devant, dans ma nuit. Ce que j'appelle ma nuit. Je n'étais qu'obscurité. Autour de ce carré bleu, il y avait des bruits, des craquements, indépendants eux aussi, dont je ne pensais rien. Je ne leur donnais aucune consistance particulière, ce pouvait être du bois, des branches, de l'eau, un craquement d'eau. Je n'étais pas apte à juger. Quelque chose qui était moi, ou ce carré bleu, craquait.

Le temps devait passer, probablement.

D'autres sons plus sourds que le craquement apparaissaient parfois, c'était comme s'ils se battaient pour être plus présents. Et parfois ce combat s'effectuait entre les sons et la lumière, jusqu'à devenir une forme, plus une forme. Et progressivement ces formes se battaient elles aussi, pour devenir plus précisément : une table, une armoire, une fenêtre, un contour de fenêtre. Un rideau tiré. Bleu. Le temps devait passer, forcément. Et puis l'obscurité revenait, totale. Le carré bleu n'avait jamais existé. Il y avait ces voix aussi qui parlaient de moi, elles disaient *Son état.* Cérémonieusement, comme on aurait dit *Son altesse la forêt,* ou *son altesse l'arbre qui craque.* Ces voix parlaient de moi, en dehors de moi. Je les entendais. Ainsi je savais que je n'étais pas mort. Non, je n'étais pas mort. Parfois je sentais des mains sur moi, choyé comme une plante, on me mettait des liquides. Je me laissais faire. Je redevenais une chose parmi les choses. Un homme, un lit. Un homme sur un lit. Je produisais des sons, des douleurs, des odeurs.

J'étais dans un hôpital qui était une prison, je m'en suis rendu compte progressivement. Cette chambre était une chambre, dans un service de réanimation, au bout d'un couloir, dans une prison. Dans un hôpital.

Mes yeux restaient ouverts.

Les sons se plaçaient d'eux-mêmes devant mes lèvres, je balbutiais. Les médecins n'avaient pas le temps de m'écouter et le personnel des surveillants infirmiers devait être gêné de m'entendre. À cause de moi, un gendarme avait vu sa vie brisée, lui, ne remarcherait jamais. La justice était hors d'eux.

Autour de mon lit, il y avait des petites barrières pour me retenir. Je les percevais de plus en plus distinctement, comme mon espace de vie privé, privilégié. Un tout petit pays. J'avais le droit de revenir au monde ici, entre ces barrières. Parfois la nuit, je trouvais la force de les dépasser et de me laisser tomber sur le sol. Je rampais, tel un reptile, une tête abîmée qui aurait bénéficié d'une paire de bras. Un têtard.

Puis je me re-hissais sur le lit, comme ça, tant bien que mal. Au matin les infirmiers s'en rendaient compte à mes doigts écorchés.

Petit à petit, j'ai pu aller jusqu'au mur de ma chambre en faisant de tout petits pas, pas plus de cinq je crois. Quand j'arrivais au mur, je craignais de me retourner, j'avais retrouvé un peu d'équilibre à gauche, mais à droite, je trimballais encore mon précipice. Je pouvais même aller pisser tout seul comme ça, vers le lavabo. Quelques mètres de flou géométrique. Au pire, avant d'arriver je me pissais dessus, mais j'étais déjà fier de pouvoir me pisser dessus, donc je recommençais à penser.

Un homme venait parfois s'enquérir de mon état. C'était lui, cette voix que j'avais perçue dans la nuit : lui qui disait *Son état* en parlant de moi. Il avait un visage, une odeur, une voix lui aussi. Ce chirurgien me parlait. Il me disait *Vous devez comprendre, c'est important que vous compreniez. Votre état.* Il disait *Nous avons fait de notre mieux, vous êtes en vie et nous avons fait de notre mieux.* Un autre jour, il m'a dit *Je dois vous expliquer, vous allez faire un effort. Je vais vous expliquer et vous allez comprendre.* Il m'a parlé de l'opération. Il m'a dit qu'il y en avait eu plusieurs. Une balle s'était logée dans une partie du cerveau. On avait essayé de me l'extraire et puis on avait renoncé. Personne n'essaierait plus de la retirer maintenant, je finirais ma vie avec elle.

Ce jour-là, j'ai compris. L'anéantissement, la fatigue. Le chirurgien m'a dit *Je sais que vous comprenez. Je le vois, vous comprenez.*

Oui, je comprenais. Quelque chose était bel et bien évident, je n'étais pas à l'endroit du miracle. Tout avait été tenté. Je n'étais pas mort comme Betty et Bruno, et c'était peut-être encore plus grave.

J'allais peut-être remarcher, repenser, reparler, petit à petit, je redeviendrais un homme au monde des hommes. Normalement. Ou alors la vie choisirait de me laisser entre deux, comme mon frère Virgile, un adulte qui parle le langage des enfants, un nourrisson. Je serais peut-être Jean-Pierre, le petit frère de Virgile dans l'ordre normal des choses, deux ombres ensemble.

J'ai été transféré dans un centre de rééducation, difficile de dire où. L'idée même de devoir réapprendre des gestes courants à des gangsters était forcément bizarre, mettre une béquille dans une main qui a brandi une arme et puis le reste, les exercices ; c'étaient des exercices pour les enfants, dans certains cas à peu près du niveau de la maternelle. La plupart des gens qui étaient là n'y avaient peut-être même jamais joué dans leur enfance. Oui, ce lieu n'existait pas vraiment, logiquement, ou alors si, dans la logique d'une trêve comme en temps de guerre, le monde divisé en deux camps, avec des drapeaux blancs hissés pour l'occasion. Un espace au centre. Un espace blanc. Je comprenais les choses par étapes. Il ne fallait pas me parler trop vite, mon corps avait changé, j'avais des toutes petites jambes, je voyais à peu près distinctement jusqu'à trois mètres et mon bras droit était souvent en retard. Heureusement, les autres détenus me respectaient, mon passé marchait derrière moi, je ne le voyais plus, mais eux le reconnaissaient encore, vaguement. On m'encourageait à manger. Parfois je mélangeais les peines, je confondais la première de cinq ans avec celle-ci, qui serait en fait de quinze. Je les amalgamais. Il aurait fallu mettre des étiquettes sur chaque geste, fixer les choses du passé, les ranger, faire un tri entre les choses utiles, les classer pour des jours meilleurs. Mais dans ma tête fracassée ça faisait mortier et tout se confondait dans une même matière.

Il y avait dans cet endroit une grande salle qui me semblait être celle des formes géométriques. C'était la salle des exercices de logique. Cubes, losanges, rectangles, ronds, étoiles. J'emportais ces formes sur un plateau, je choisissais une table. Je devais trouver le moyen de faire par exemple un bateau avec ces morceaux de bois. J'y employais mes doigts. C'était une relation intime entre eux et moi, un service que je leur demandais. Ces doigts étaient comme dix souris désordonnées. Je tenais le rôle du dompteur, je leur proposais de bien vouloir m'obéir un peu, juste le temps de l'exercice. Un infirmier surveillant passait dans la salle. Si on se prêtait au jeu attentif de sa tranquillité, tout paraissait normal, vraiment normal. Quand j'avais fini mon bateau ou juste mon ébauche de bateau, je me levais, mains serrées sur le plateau, j'essayais de ne pas le faire glisser en marchant. Il représentait parfois des heures de travail. Précieux, très précieux ce bateau en équilibre. Je le posais sur la table de l'infirmier surveillant à l'entrée. Il n'y avait rien à attendre de ce surveillant, il posait la pointe de son crayon sur un papier, un trait ou une croix dans une case, selon. Puis il défaisait le fragile édifice. Les doigts du surveillant semblaient obéissants, le bateau redevenait cubes et losanges, formes libres et disponibles jetées en vrac dans les grandes bassines bleues disposées à l'entrée.

Dans cette salle, on finissait par reconnaître des visages, comme des petits coups d'œil portés à soi-même, une compétition à la guérison : bon, moyen, mieux, discutable. Au fond de la pièce, mais alors vraiment tout au fond, dans l'angle mort du radiateur, quasi collé au mur, il y avait un type qui était tombé d'un toit en essayant de fuir par des échafaudages. Le visage tout entier recouvert de cicatrices, les cubes ne s'emboîtaient plus dans ses mains, les losanges glissaient sur les cubes, pour retomber au sol. Son état de santé se portait là, en vrac, à ses pieds. Il ne s'énervait jamais. Par moments, tout s'arrêtait. Son regard partait vers le côté, il mettait un cube dans sa bouche. On entendait le bruit de ses dents qui rongeaient le morceau de bois. Dans la grande bassine bleue, certains cubes portaient la trace de ses morsures. Impossible de l'oublier.

Il m'arrivait de recevoir des visites, mon père, ma sœur encore. Moments très difficiles. Je lisais toute la peine du monde sur leurs visages. Sans espoir aucun. Je leur ai demandé de cesser les visites.

Quelques mois plus tard, on m'a remis en centrale à Poissy. Le lieu des punitions normales. Ça voulait dire que je pouvais me débrouiller tout seul. C'était flatteur d'une certaine manière, presque encourageant. Là, je revenais dans le grand ventre. Les premiers temps, pour me donner une contenance, je faisais un peu de marche à pied autour du stade, parce qu'il y avait un stade à Poissy. Des petits pas que je faisais en sautillant, avec l'air sérieux et menaçant de quelqu'un qui n'a besoin de personne. Deux ou trois tours comme une locomotive usée. Dans ma tête, c'était déjà courir. Ça m'essoufflait considérablement, mais c'était ma dignité.

Un jour, absorbé par cet exercice fastidieux, devant moi j'ai vu un type qui émergeait du brouillard. En fait, il ne bougeait pas, il attendait tranquillement que j'arrive à lui, campé bien droit sur mes rails. Il faisait à peu près ma taille, assez petit en fait, la vision d'un meuble posé sur le gazon. L'épaisseur de ses bras était égale à celle de son cou qui était l'équivalent de ses cuisses. C'était un meuble avec une petite tête triangulaire d'iguane. Et deux petits yeux au milieu qui me regardaient fixement, bien bleus. À ce moment-là, j'étais, si l'on veut, la cigogne boiteuse, lui, c'était l'iguane, mais nous n'étions ni l'un ni l'autre dans une fable de La Fontaine. Arrivé à sa hauteur, il m'a dit *C'est toi Jean-Pierre ?* Et puis encore autre chose que je n'ai pas compris, j'étais fatigué, mes tempes battaient. Alors je lui ai demandé de répéter, il a pris ça comme un défi et il m'a donné un coup de tête en pleine face. J'ai eu le réflexe de m'accrocher à lui avec mon bras gauche valide. Je me rappelle, je ne le lâchais pas. Mon poignet tremblait, mais je ne lâchais pas. Je suis tombé par terre avec lui et il continuait de me frapper. Des surveillants nous ont séparés. On nous a convoqués tous les deux devant le directeur. Le directeur m'a demandé si je me sentais menacé par cet homme, j'ai dit *Non, c'était juste un jeu entre nous. On s'entraînait à la lutte comme un jeu et ça a mal tourné.* Alors le directeur a insisté, il m'a redemandé si je me sentais menacé par cet homme, j'ai répondu non, une deuxième fois. Mon visage enflait de manière spectaculaire, la partie droite surtout. Alors on m'a fait une piqûre et on m'a remis une semaine à l'hôpital de Fresnes, au cas où je serais mort de ça, de son coup de tête.

J'ai revu une dernière fois le chirurgien, l'homme qui disait respectueusement *Son état* en parlant de moi, c'était à l'occasion d'une ultime radio, enfin une sorte de radio, un scanner. Là, dans la plaque gélatineuse, j'ai enfin vu la balle. Le médecin m'a montré l'endroit précis, il m'a dit *Voyez ce point blanc, c'est là, c'est ça. C'est la balle.* C'était une forme insignifiante, de la taille d'un ongle d'auriculaire. Et j'ai pensé que cette forme insignifiante, je finirais ma vie avec elle, et bien pire encore, cette forme me survivrait. Je veux dire qu'un jour, il ne resterait de moi que mes couronnes dentaires et ce morceau de plomb.

Le médecin semblait satisfait du scanner. Rien ne paraissait trop dérangé dans ma tête. Le coup de boule sur le stade ne me serait pas fatal. Il m'a dit *Je ne suis pas inquiet, si vous aviez dû en mourir, ça aurait été sur le coup* et ça en disait long sur la précarité de mon état cérébral. Le médecin a rajouté qu'il avait souvent eu l'occasion de parler de moi et de l'emplacement très particulier du projectile, quelque part ailleurs dans un monde qui était le sien : le monde de la recherche scientifique. Mon nom avait même été cité dans certaines revues, j'étais un sujet passionnant pour ces articles. Le médecin a dit qu'il était fier de moi, fier de ma survie. Vraiment fier.

Je crois que cet homme ne trichait pas, j'étais son demi-chef-d'œuvre, sa créature. Frankenstein en moins solide. Je lui devais cette succession de coutures sur la partie droite arrière de ma boîte crânienne. Signature indiscutable. J'étais en vie grâce à lui. Il m'a proposé de lui rendre visite, un jour plus tard, quand je serais sorti et il m'a donné sa carte, l'adresse d'une clinique à Paris dans les beaux quartiers. J'ai tendu la main, j'ai dit merci, et j'ai perdu la carte.

Quand je suis revenu de ma semaine à l'hôpital, j'ai décidé de ne plus rien faire, me fondre dans la masse des détenus qui, pour la plupart, restaient assis dans la cour. Fixer le vide le plus loin possible, ne pas croiser de regard, ne pas non plus essayer d'engager de conversation. J'avais été frappé par quelqu'un et je ne savais pas pourquoi. Faire quelques pas, m'asseoir, faire quelques pas, m'asseoir et là, par hasard, je me suis encore retrouvé en face de lui, l'homme du stade. Comme la première fois, posé devant moi telle une machine à frapper. Je me suis arrêté, j'ai amorcé un pas de côté et c'est lui qui est venu vers moi, main tendue. Il m'a dit qu'il s'appelait Pierrot et il a ajouté *On te prend avec nous.*

Nous, c'était lui et ses frères, Pierrot, Joseph et Jackie, une grande famille de gitans d'origine allemande, des yenishes. Ils tenaient des casses de voitures dans la région de Saint-Denis, quand on parlait d'eux, on disait juste « les frères Barek », c'était un peu comme « les Daltons », trois gabarits et trois styles bien différents. Pour qu'ils se tiennent au calme, on les avait mis dans une seule et même cellule, ils se faisaient la loi entre eux, c'était du boulot en moins pour les surveillants. À partir de là, je suis devenu leur voisin.

Pierrot était une sorte de terreur, on ne pouvait pas lui mettre de limite, il n'avait d'ailleurs aucun sens des règles du milieu. Le seul milieu qu'il reconnaissait c'était ses frères, les deux qui partageaient sa cellule et les six autres qui étaient encore dehors. C'est dans cette société-là qu'il avait dû trouver sa place, le combat de sa vie. Dans cette prison, tout le monde le craignait et lui ne craignait personne, il avait déjà purgé quatre ans, il lui en restait encore six. Des histoires abracadabrantes, un braquage de banque dont il avait éventré la façade la nuit avec un bulldozer. Un fracas énorme à trois heures du matin, suivi d'une arrestation digne d'une fête foraine, son complice de l'époque y avait d'ailleurs laissé une jambe ou un pied, en tout cas, quelque chose, ça s'était vraiment très mal passé. Quand il parlait de cette histoire, Pierrot n'arrêtait pas d'affirmer qu'on les avait balancés, lui et son complice. Son braquage nocturne au bulldozer n'aurait pas dû échouer. On n'osait pas le contredire.

Ses deux frères étaient différents de lui, enfermés là pour des actes que j'ai oubliés : Joseph était de taille moyenne et d'une nature plus effacée. Jackie était une sorte de géant qui attrapait les assiettes avec le plat de la main, par le dessus. C'étaient des mains énormes, vraiment très impressionnantes. Par contre il ne disait jamais rien et il était un peu lent. Une grande silhouette voûtée affublée d'un chapeau enfoncé sur les oreilles, qu'il ne quittait jamais. Le chapeau, c'était une idée de son père qui le lui avait donné quand il avait douze ans, l'âge où il a conduit son premier camion. Quand il traversait les villages en passant vite, ce couvre-chef lui donnait l'allure d'un adulte. Ici, il jouait de la guitare toute la journée, une vieille guitare en bois usé qui paraissait toute petite dans ses bras. De prime abord il semblait parfaitement calme et inoffensif, mais dans la prison, tout le monde savait qu'il ne fallait pas toucher sa guitare, jamais, parce que dans ces moments-là, il se dressait sur ses deux jambes et devenait tel un grizzly.

Pour le distraire, on lui avait confié le nivellement du terrain de foot qu'il avait effectué seul, avec une bêche. Transformé pour l'occasion en pelleteuse humaine, il avait fait de ce terrain cabossé son pire ennemi jusqu'à lui redonner une allure parfaitement plane et lisse. En guise de remerciement, il avait eu le droit de jouer au foot avec d'autres détenus et ça avait mal tourné, parce qu'il donnait des coups de pied dans le gardien de but qui était couché au sol avec le ballon. Il était comme ça Jackie, il avait compris qu'il fallait mettre des coups de pied dans un ballon, et le fait qu'un type soit enroulé autour ne changeait rien à sa logique. Taper dans le ballon, c'était taper dans le ballon. C'était Jackie et il valait mieux le laisser gratouiller sur sa guitare, ça ne dérangeait personne.

Quand je pense à eux, je les vois comme des Indiens. Ils savaient imiter le bruit des oiseaux, ils en avaient chacun un. Pierrot, le coucou, Joseph l'hirondelle et Jackie le corbeau. C'était bien plus que des imitations, l'oiseau était là, à côté de vous. Ça partait de leur cellule le soir à destination des autres gitans de la prison. Il s'agissait de leur langage codé, celui des oiseaux en cage, rien n'était impossible pour eux, c'étaient les fils du vent. Quand on devenait leur ami, on découvrait trois enfants, des gens d'une immense gentillesse. Les sentiments semblaient les traverser comme de la chevrotine, depuis toujours, ils s'en protégeaient.

Joseph m'avait fait un cadeau significatif, un pull dont j'étais obligé de retrousser les manches deux ou trois fois, mais dont la longueur restait désespérante, presque une robe. Un lainage globalement mauve, traversé d'une bande beige sur le torse. En le portant, je devenais l'ami intime de Joseph Barek dans le regard des autres détenus. C'était un laissez-passer éblouissant, ridicule à voir certes, mais terriblement efficace. Je ne risquais rien avec ce pull, j'étais l'ami des Barek. Moi, en échange, j'essayais de leur apprendre à écrire. Je n'avais pas beaucoup de culture, mais je pouvais encore simplifier la grammaire, parce que dans leur manière de parler, il n'y avait pas de passé et pas de futur, juste le présent. Ils voyaient les choses telles qu'elles étaient là devant eux, ils ne cherchaient pas ailleurs. S'il s'agissait d'un homme, rien ne leur échappait, comme on se déshabille eux vous rhabillaient comme ça, d'un seul coup d'œil. Vous étiez cerné dans leur regard, déchu de votre identité, et ils vous affublaient d'un surnom approprié. Vous pouviez oublier qui vous aviez été avant, vous deveniez *La Tringle, Louzdé, Faux derche, Retors, Presque-mort.* Et pour eux, vous restiez ça jusqu'à la fin, le petit surnom qu'ils vous avaient donné. Ils l'avaient lu dans la position de vos pieds, votre manière de respirer, votre regard, votre haleine, votre façon de serrer la main ou d'hésiter, de dire *Au revoir* et encore celle de marcher juste après. Vous les aviez perdus de vue, mais eux vous voyaient encore, même de dos.

Un jour, un psychologue est venu de l'extérieur, c'était un habitué des prisons, un homme calme et courtois, qui croyait dur comme fer aux vertus de son métier. Il avait demandé un entretien avec Pierrot. Le psy lui avait parlé assez longuement de sa condition de gitan. Pendant l'entretien, Pierrot l'avait écouté, il n'avait presque rien dit et en redescendant dans la cour, il m'avait crié *Ce type est fou Jean-Pierre ! Je te jure que ce type est fou ! Je l'ai bien regardé, il a des mains de fou et un regard de fou, c'est indiscutable !* Le psychologue avait abordé avec lui le sujet de la Sécurité sociale. Il lui avait dit que c'était dommage de ne pas pouvoir en profiter en tant que gens du voyage. Alors Pierrot m'avait dit *Il m'a parlé de Sécurité sociale, il m'a dit que je suis sans Sécurité sociale, alors que dans ma famille on est deux cents. Tu vois comme je te dis que ce type est fou, il est fou, un fou !*

Pour les décrire, les frères Barek, il faudrait inventer un mot ; je cherche des fois.

J'envisageais progressivement des exercices de gymnastique quotidienne. Pour cela, il fallait que j'accède à la très fameuse salle des poids, située au rez-de-chaussée, un espace dénué de sophistication qui alignait deux machines à câbles, une collection de disques en fonte et quelques bancs. À quatorze heures, un groupe d'habitués s'y rendait cérémonieusement. L'épreuve pour moi commençait dans la succession d'escaliers qui y menait, une centaine de marches bordées d'une rampe métallique que les adeptes du développement musculaire descendaient quatre à quatre. Je m'agrippais à la rambarde, je me disais *Voilà JP, tu commences tes exercices de barre. Respire, une deux, une, deux, voilà, encore deux marches, dix-huit jusqu'au prochain palier.* Et puis le vide m'aspirait, mes jambes se remettaient à trembler, je ne pouvais pas le dissimuler, ça vacillait en dessous. Alors je me rangeais sur le côté en faisant semblant de relacer mes chaussures. En passant, Pierrot me prenait sur son dos comme un gosse. Pour le faire rire, je lui mordais le haut du crâne, je lui disais *Merci Jackie,* il me répondait *Jackie c'est man frère,* avec son drôle d'accent allemand. Je les confondais souvent les frères Barek, ils ne m'en voulaient pas. Une fois dans la salle, je regardais Pierrot soulever des cent kilos, c'était admirable. Moi, on me remettait progressivement des poids, de tout petits haltères, parce qu'à partir de douze kilos mes bras ne répondaient plus. Entre deux expirations, Pierrot me criait *Vas-y Jean-Pierre ! Vas-y Jean-Pierre !* Ses encouragements venaient jusqu'à moi, ça passait dans l'air comme des prières. Les poids ne décollaient pas.

Des années sont passées ainsi. La salle de gym, le grincement des câbles et la résonance des poids m'étaient redevenus familiers. Les machines me refabriquaient, dix grammes par dix grammes. Les muscles retravaillaient un peu ma tête, et ma tête me disait que je ne serais plus jamais Jean-Pierre. L'homme qui avait autrefois dévalisé des banques était devenu un simple touriste dans la salle des poids de la prison de Poissy. Par dépit, j'allais m'asseoir à la bibliothèque, ma vraie place serait peut-être ici, au milieu des mots. Redevenir un écolier. Reprendre tout à zéro, c'était ça le maître mot : zéro. Repartir de là. L'histoire et la géographie, le monde, ses continents, apprendre. Je m'emparais d'un livre au hasard, un atlas. C'était où Poissy ? Un patelin ridicule, une succession d'embranchements, la RN13, l'A13 ou je ne sais quoi. J'étais là, à Poissy, au milieu du nœud autoroutier, dans le grand jeu de cubes, assis dans la bibliothèque, qui se trouvait entre l'étage de ma cellule et celui de la musculation, plus précisément assis à une table dans l'angle droit de la pièce, qui se trouvait donc... se trouvait donc. Du bout de mes doigts, je traçais des plans sur la carte du monde : le couloir du réfectoire, l'escalier de la muscu, ses trois paliers, la salle de muscu, la place de Pierrot sous le compresseur, le poster au mur, avec les recommandations d'utilisation : biceps, triceps, abdominaux. La cour, le parloir. Le couloir qui menait au parloir. Mystérieux couloir que je n'empruntais jamais. Paris, la place d'Italie. Le chemin de Massimo vers l'école, le petit mur. L'Afrique, l'Afrique du Sud. Le couloir de la douche, la douche divisée en sept cubes. Le Canada. Tout devenait confus. L'atlas se refermait entre mes mains, trop lourd pour moi. Trop lourd pour moi ? J'essayais discrètement de le soulever, une fois, deux fois. Oui, je pouvais soulever ce livre. Poser encore un ouvrage dessus, un manuel de plomberie. Essayer de le soulever à nouveau. Oui, possible. Manuel d'électricité plus manuel de plomberie sur atlas ? Non, là c'était trop. Essayer encore d'autres livres.

Dans ce manège désespérant, deux livres se sont présentés à moi, deux volumes qui ne devaient pas cumuler plus de neuf cents grammes de papier racorni. Le premier c'était la Bible, une édition pour les enfants. Sur une gravure, dans une maison de terre battue, le Christ officiait des miracles qui avaient créé un attroupement de curieux. Pour contourner cette longue file d'attente, d'autres hommes intrépides avaient fait un trou dans le toit de la chaumière, y faisant glisser le corps d'un paralytique : le regard de cet homme basculé dans le vide était animé d'un sentiment de peur et de désarroi. Dans la file d'attente, des gens invectivaient l'équipée hasardeuse. C'était l'évocation pathétique d'un dimanche de pluie devant un cinéma des grands boulevards. Toute la misère du monde était concentrée dans ces regards haineux qui s'opposaient à la peur panique de l'handicapé.

L'image suivante nous montrait le Christ debout devant lui, il disait *Lève-toi et marche !* Lève-toi et marche. J'ai laissé le livre ouvert sur cette image. Le second livre dont j'ai oublié le titre arborait en couverture une photo de la bombe atomique sur Hiroshima. Un champignon de lumière, une boule de feu qui transperçait l'obscurité du ciel. Oui, par contraste, l'ensemble du ciel en était devenu noir. Ce livre, je ne l'ai pas ouvert, la couverture suffisait. D'un côté l'homme allongé regardant le Christ, de l'autre, le champignon de lumière. Le paralytique, ses amis. Derrière eux, le trou béant dans le toit de la chaumière. Aucune lumière dans ce trou. Le corps du paralytique-l'obscurité du ciel-le bruit de la bombe. J'étais là, perdu quelque part entre ces images, précisément là, sous le toit percé de ma chaumière. Le bruit de la bombe-le néant-le Christ qui ordonne-le ciel déchiré par la lumière-et puis la bombe. Je me suis dit *Il faut que j'explose comme elle. Ça passe ou ça casse.*

Je suis redescendu à la salle des poids. Pierrot n'était pas là. Quelques types s'entraînaient. Un homme m'a tendu dans un geste d'aumône mes deux petits haltères habituels. J'ai refusé poliment. Je leur ai dit *Je vais m'allonger sur le banc et vous allez me mettre deux poids de cinquante !* Un surveillant a dit que je déconnais, mes copains m'ont aidé quand même. Ils ont posé les poids. Dans un effort surhumain, j'ai réussi à décoller la barre de l'axe qui est aussitôt retombée au milieu de ma cage thoracique, d'un bloc. Le surveillant s'est précipité pour m'aider, et là je me suis dit *Ou j'explose ou je crève !* Et j'ai trouvé la force de la redécoller, d'un coup, comme ça. Deux secondes, deux fois cinquante kilos tenus dans l'espace, au-dessus de ma boîte crânienne. La perspective du plafond rayé de cette barre noire, deux secondes. Quand je me suis relevé, je saignais du nez. La salle de musculation s'était rendue au silence. J'étais entouré d'une collection de visages médusés, j'avais réussi à soulever ce mastodonte de fer, ou alors c'était une hallucination, une pitoyable hallucination sortie tout droit de mon cerveau malade. Pour en avoir le cœur net, il aurait fallu que je recommence sur-le-champ, mais j'ai préféré attendre que Pierrot soit là. Mon seul repère, Pierrot. Une fois devant lui, j'ai resoulevé la barre. Pierrot l'avait vu, donc c'était vrai.

J'ai passé le reste de l'après-midi allongé sur le terrain de sport, les yeux plantés dans le ciel, mon obscurité redevenue bleue. Je me suis pris un monstrueux coup de soleil, j'en avais besoin. Des ombres passaient devant moi, des voix qui murmuraient *Tu vois c'est lui, là, le type des « cent ». Regarde la trace sur sa poitrine.* La nuit venue, je n'ai pas osé dormir, et je n'osais pas m'allonger non plus, peur de revenir en arrière et de me remettre à trembler. Je sentais la brûlure de la barre de fer sur ma cage thoracique. Quand les surveillants passaient, je faisais mine de fixer la télé, mais je ne pouvais pas la regarder non plus, ça accentuait ma douleur. Cette nuit-là, dans ma tête, tout se rallumait.

Au matin, j'étais un autre homme, sorti d'une nuit beaucoup plus longue : mes premières années de détention. Six ans de semi-obscurité depuis ma sortie du coma qui me laissaient là, au sortir d'une nuit blanche, assis sur mon lit, regard fixé sur le mur, au centre duquel j'avais inscrit au crayon de papier et en lettres minuscules : *Les cent kilos.* Cette phrase perdue dans les graffitis obscènes ne devait pas s'effacer. Elle me représenterait maintenant tout entier. Ce serait moi, JP avec son nouveau système musculaire. Trente-neuf ans, une balle dans la tête qui ne serait pas le point final, mais un très modeste point de suspension. Une succession d'exploits délinquants dérisoire loin derrière, et devant, pour un nombre encore indéfini d'instants, l'espoir de vivre à nouveau. Personne ne s'est opposé à ce que je devienne responsable de la salle des poids, cette fonction me revenait de droit. L'entretien du temple, le lieu de mon fabuleux miracle, qui n'avait pas été ainsi que l'avait ordonné le Christ : *Lève-toi et marche,* mais *Couche-toi et soulève cette barre.* Veillant à ce que tout soit bien rangé à l'heure de la fermeture, je tenais aussi un petit cahier des allées et venues.

Des années sont passées et une femme est venue, je crois qu'elle s'appelait Mme Guillon, c'est un peu vague maintenant, une éducatrice qui voulait créer un genre d'activité théâtrale dans la prison. C'était nouveau, ça paraissait possible. J'avais dit *Oui, moi j'y crois à cette histoire de théâtre* et je n'en savais rien. Au fond, j'étais comme tout le monde, je n'avais rien à perdre, et c'est ainsi que je m'étais retrouvé, moi Jean-Pierre, premier participant de l'expérience. Au fil des répétitions, j'avais trouvé mon personnage, une sorte de clown antique que j'avais baptisé Brutus. Je voulais faire rire, c'était facile, je n'avais pas grand-chose à faire. J'apparaissais dans la lumière et les autres détenus riaient, comme ça. Ça marchait. Par ce personnage improbable, sorte d'empereur romain déchu, je décrétais sur scène des lois nouvelles, des choses absurdes : le droit de marcher de travers, le droit de repriser ses chaussettes avec un taille-crayon, de parler le langage des chiens et, encore plus complexe, celui des sardines dont j'imitais à merveille le hoquet silencieux. Et puis surtout et par-dessus tout le droit d'être un con. Un immense con, enfin, sans autorisation. Libre comme un con devrais-je dire. Comme si j'avais passé ma vie à me battre contre cette idée de n'être rien d'autre qu'un con, alors que ça avait dû être évident pour une multitude de gens, surtout ces dernières années. Depuis mon accident, j'étais limité, maladroit, haltérophile peut-être, mais je boitillais. Et sur scène, cette maladresse en devenait presque une qualité. Bon, cette activité théâtrale, c'était le miracle numéro deux. Dans ces petits sketches, j'inventais les lois d'un pays qui serait celui des abrutis authentiques, et dont moi, Brutus, je serais le maître incontesté.

Une horde marchait derrière moi, ramassée çà et là au fil de ma vie, une armée : les abrutis de l'empereur *Brutus Abrutus*. Des silhouettes que j'improvisais boiteuses, prognathes, hagardes, précieuses, mais dans tous les cas grimaçantes. Une fois par mois, au cours des petits spectacles organisés pour l'assemblée pénitentiaire. Je traversais la scène dans une posture improvisée, m'inspirant parfois de tel ou tel détenu, toujours vêtu de ce haillon laineux qui me représentait maintenant à merveille : le fameux pull trop grand de Joseph Barek. Au moment des salutations au public, je pouvais entendre les détenus, certains matons et jusqu'au directeur de la centrale crier mon nom d'une gorge laminée par les fous rires. *Brutus, Brutus, Brutus !* Et je disparaissais dans un orage d'applaudissements et de battements de pieds. Les gens semblaient satisfaits, ils riaient d'eux-mêmes.

Derrière les murs de cette prison, j'étais devenu une célébrité. Reconnaissable entre tous du fait de ma cicatrice derrière la tête, parce que c'était quand même ça, mon premier maquillage, cette cicatrice semblable à un large sourire tordu apposé derrière mon crâne. J'incarnais d'office la bonne humeur. Les surveillants m'aimaient bien. Les plus attentifs se reconnaissaient parfois dans une de mes imitations, mais personne ne m'en voulait vraiment, j'étais le maître hilarant du vivier. Dans la cour, on parlait de moi, on m'arrêtait. On me demandait d'imiter encore et encore le très fameux hoquet silencieux de la sardine. Ce mouvement de bouche tendu muet vers le ciel semblait faire l'unanimité.

Et puis, comme pas mal de détenus en fin de peine, j'ai pris un emploi régulier, un petit privilège, mes bras au service de la communauté, j'y avais droit. Certains détenus s'employaient au déchargement des camions, d'autres à la blanchisserie. Des activités qui nous rapprochaient encore, nous les anciens détenus, de la sortie. J'ai opté pour le déchargement du lait. Tous les mardis à neuf heures quarante-cinq, je descendais, escorté par un surveillant. On passait les deux premières grilles pour se retrouver dans le dernier sas, à vingt mètres de la sortie. La dernière grille se refermait sur nous, le camion rentrait dans la cour, j'entrapercevais un peu l'extérieur. Des tas de détenus auraient fantasmé sur ce point de vue, ce morceau de palissade, ce parking pâlichon. Pour moi c'était juste le monde d'à côté. Loin, très loin. Une autre planète, un autre temps. J'échangeais deux banalités avec le chauffeur, on ne se posait aucune question. Un croisement régulier tous les mardis matin. Bonjour, au revoir. L'homme du dehors et l'homme du dedans. Je déchargeais méticuleusement les briques de lait que je disposais dix par dix devant la deuxième grille. Dans mon dos, la grille principale se refermait, le vaisseau repartait, la deuxième grille s'ouvrait. Un Fenwick s'emparait du chargement. Je retrouvais mes couloirs, la résonance des pas, la taille de ma cellule, la salle de sports avec ses heures cochées dans mon cahier.

J'étais entièrement revenu au monde dans cette prison. Maintenant, et pour ce qu'il me restait de temps à tirer ici, tout au plus deux ans, je ne voulais plus entendre parler de l'extérieur, pas de visites et pas de courrier. Pas de mots, rien qui me rappelle. Les emmerdes ne pouvaient venir que du dehors. Les murs et les miradors me protégeaient du passé. C'est impossible de dire une phrase comme ça, j'ai honte, mais je le dis quand même : j'étais bien en prison.

Une plage de sable, hors saison

Un jour, trois surveillants sont venus me chercher dans ma cellule. Parmi ces trois hommes, il y avait le galon d'or qui est une sorte d'instance supérieure dans l'ordre des surveillants. Le galon d'or ne se déplace pas pour rien. Je devais les suivre au greffe, une nouvelle importante m'y attendait, ça venait de l'extérieur. Et je l'ai sentie très malvenue. Ce devait être ce ton cérémonial, je n'étais plus habitué. Depuis quelque temps, j'étais dans ma cellule comme un artiste dans sa loge, sensible, je ne recevais que très peu de visite. Je faisais rire ou rien, mais là, personne ne rigolait. J'ai donc pensé qu'il pouvait s'agir de quelque chose de grave. Très probablement un braquage d'autrefois sur lequel on m'aurait finalement identifié tardivement, parce que la justice fonctionne comme ça souvent, tardivement. Et il y en avait eu des braquages autrefois, impossible de dire combien exactement. Surtout dans le laps de temps de juste après ma sortie de la Santé, ça avait été une période fougueuse, parfois de simples tentatives, on rentrait, on sortait, mais c'était quand même avec un pistolet à la main. Qui pouvait s'intéresser encore à tout ça ? Quel petit juge d'instruction, quelle sorte de collectionneur acharné ? Il allait y avoir encore des discussions, des tas de discussions, des rendez-vous au tribunal. Il faudrait écouter, encore écouter, faire appel à ce pauvre cerveau, péniblement, et faire encore des efforts pour tout avoir oublié, tout oublié et dire non, et encore non. Ce n'était pas moi, ce jour-là je n'y étais pas.

Je suis monté au greffe derrière les trois hommes. Recueilli et tassé comme un boxeur le jour du match. Je regardais leurs pieds, je me répétais *Non, je n'y étais pas. Impossible. Non, ce coup-là ça ne pouvait pas être moi, non, non, non et non.*

Dans la salle du greffe, on m'a tendu un courrier, une simple lettre et ça ne semblait pas épais. On s'était déplacés pour ça, ce morceau de papier. Très loin de tout ce qui était passé dans ma pauvre cervelle. J'avais imaginé des dossiers, des choses très lourdes et mon premier réflexe a été de penser que j'avais le choix. Là, dans cette centrale de Poissy où il me restait encore deux ans à purger, rien ne m'obligeait à recevoir des nouvelles. Je n'étais concerné par rien, de près ou de loin. Je pouvais très bien dire *Non merci*, et remonter dans ma cellule. Le galon d'or qui s'était donné la peine d'être ici m'a fait signe de bien vouloir prendre ce courrier. Il m'a dit *C'est important Brutus, tu dois prendre ce courrier, c'est une nouvelle importante et c'est pour toi.* Impossible de ne pas reconnaître l'authenticité de cette voix, l'instance supérieure des surveillants ne me donnait pas un ordre, il essayait de me simplifier la vie, c'était chaleureux. Le genre de manières que l'on réserve parfois aux bonnes nouvelles, les trop bonnes nouvelles. Pour ne pas déflorer l'effet de surprise joyeuse. Les présentateurs de jeux télévisés emploient parfois ce ton suspendu avant de remettre une enveloppe gagnante dans la main du participant. On dit *Mesdames et messieurs, je vous demande un peu de silence* et dans l'enveloppe, il y a un chèque. Et cette tension provoque encore bien plus la joie générale. Ce courrier était donc peut-être joyeux à l'extrême. Il pouvait s'agir par exemple d'une remise de peine pour bonne conduite, le fruit de mon travail dans la prison, le déchargement du camion de lait, la bonne tenue du cahier de la salle de musculation, les représentations hilarantes de Brutus, empereur des abrutis. Cette lettre disait peut-être « dehors ». Et même si ça n'était pas directement une bonne nouvelle pour moi, ç'aurait pu en être une dans la tête d'un surveillant. Un surveillant n'a pas le droit de se réjouir ouvertement d'une remise de peine. D'ailleurs, ce n'est pas son métier de se réjouir, il n'est pas payé pour ça, et je sais que ce surveillant-là surtout n'avait rien contre moi. Je lui étais forcément sympathique. J'étais le *Bouffon Brutus* pour lui aussi. J'ai tendu la main. L'enveloppe portait un cadre noir qui l'a rendue soudain très lourde. Mon nom en petits caractères était entouré de cette bordure sombre, c'était grave cette lettre, sûrement très grave et il fallait que je l'ouvre. Une fois le rabat de papier déchiré, j'en aurais la certitude.

Une phrase est apparue, dans un caractère délié, des arabesques, *Nous avons la douleur*, et puis plus bas, au centre : *ELIANA,* juste ce nom, ma mère.

C'était ma mère et là entre mes doigts, elle était morte.

Le papier est resté dans ma paume entrouverte. J'aurais voulu la refermer, demander de l'aide, oui, à ce moment-là il aurait fallu m'aider, replier ce papier pour moi, le reglisser dans l'enveloppe et la renvoyer cette nouvelle. Elle ne pouvait pas rester dans ma seule main. Le ton cordial du galon d'or était bien choisi, il s'agissait de notre lettre à tous, venue de très loin, de par-dessus les murs et de toutes sortes de murs. Le temps venait de rentrer en moi subitement, net et droit comme un missile, tout s'effondrait. C'était ma mère, c'était-ma-mère.

Le galon d'or a baissé les yeux. Le soir, au réfectoire, le directeur est venu me voir, embarrassé lui aussi, il voulait me parler. Il m'a dit *On va essayer de faire les choses bien, on va garder notre calme Jean-Pierre. Si vous voulez un cachet, on peut vous le donner.* Il m'a dit trois fois *Ça va aller Jean-Pierre ?* Je l'entendais. Oui, vaguement, j'étais Jean-Pierre, mais franchement je ne pouvais pas répondre, je ne voulais pas qu'on me pose cette question d'aller ou non. *L'enterrement aura lieu mardi, vous pourrez y assister, vous serez accompagné par la police de Versailles.* J'ai fait oui avec la tête, je voulais dire que ça allait. J'avais répondu, je suis remonté dans ma cellule. En entrant, j'ai pris le tabouret et j'ai tout cassé, tout : le lavabo, le lit. Et puis encore moi, il restait moi à casser, ma tête dans le mur, à l'endroit même de mon inscription *Les cent kilos.* Les matons sont venus, précédés de l'infirmier, ils m'ont donné un cachet, une pelle et un balai pour que je nettoie, et puis ils m'ont mis dans une autre cellule pour le restant de la nuit.

Une fois la lumière éteinte, l'effet du calmant m'a porté. Deux heures de sommeil et, dans l'obscurité, mon corps s'est remis à trembler, mon autre corps, celui d'avant, le corps du coma. Des douleurs dans les tympans, le mal de tête et puis les tremblements. Tout le côté droit. Des images qui repassaient en vrac. Une multitude de choses oubliées, des sons, un brouhaha. Je m'entendais parler, j'étais seul dans ma chambre d'enfant de cette époque où mes parents dormaient dans la chambre d'à côté. Je m'adressais à ma mère. Dans l'obscurité, je lui disais cette phrase *Maman, c'est vrai que tu me regardes ? C'est vrai que tu me regardes ?* Je disais ça à ma mère, enfant, impossible de dormir sinon. Je n'étais qu'un enfant et cette phrase passait les murs. Ma mère répondait oui. Une réponse qui sortait parfois de son propre sommeil. Oui. Elle revenait dans ma boîte fêlée cette nuit-là et puis d'autres images encore et d'autres sons pêle-mêle. C'était peut-être l'effet des médicaments, mais non, aucune sorte de médicament ne provoque ça. Mon corps se démontait, comme une succession de nœuds dans ma bouche, ma langue gonflait et des images revenaient encore. Des images oubliées, et je ne sais pas où ces images étaient restées, mais elles revenaient. Ma mère encore, je la voyais le jour de son départ pour les États-Unis, elle y avait été une fois, c'était, je crois dans le cadre d'un congrès de maîtres verriers. Je la revoyais ce jour-là, dans le hall de l'aéroport, son manteau de fourrure trop petit, son maquillage outrancier, ses bras qui se tendaient vers la vitre. Pour taquiner mon père elle criait *Je verrais bien si je reviens !* Dans la salle d'embarquement, nous la regardions partir, nous nous esclaffions devant elle, sa joie, son savoir-faire la joie. C'était ma mère à l'heure de l'embarquement, nous recevions des baisers, des provisions de baisers, pour les quelques jours qu'elle passerait là-bas, aux États-Unis, ceux du matin, du soir et du lever, on ne devait jamais en manquer. L'avion décollait, c'était ma mère, le voyage de ma mère vers ses vitraux, l'aura des choses, l'irréel, les reflets et puis là elle était morte.

La lumière disparaissait. Je ne pouvais pas décider. L'enterrement de ma mère, je n'avais pas envie d'y aller, aussi vrai que j'avais eu l'intuition de ne pas vouloir ouvrir cette lettre devant les surveillants, je ne voulais pas y aller. Je voulais garder cette image : les yeux de ma mère portés sur moi. Son sourire ou rien. Dire non à un enterrement, c'eût été le courage d'être un lâche, une bonne décision en fait, je le sais maintenant, j'aurais pu prendre l'alibi des murs, la dépression, être mort comme elle, moi aussi à ma manière ici, j'aurais pu. J'en avais le droit.

Ils étaient trois dans une voiture banalisée, trois gendarmes de Versailles. Pour plus de sécurité, ils m'avaient mis les menottes et puis encore des entraves aux pieds. Les gendarmes ne disaient rien, comme si on les avait réunis pour la première fois. On m'avait fait parvenir une veste, un pantalon noir, une cravate. J'avais tout ça sur moi, en plus des menottes, et je n'étais plus habitué, c'était terriblement brillant ces menottes, terriblement inutile encore, parce que ce jour-là, très loin de moi l'idée de m'enfuir. Au contraire, l'idée du dehors me mettait mal à l'aise. S'ils m'avaient connu dans la prison, ces trois gendarmes, ils m'auraient dit *Tiens, Brutus, prend les clés de la bagnole. Va enterrer ta mère et nous, pendant ce temps-là, on t'attend au café !* Mais bon, ces menottes et ces entraves aux pieds, c'était leur boulot, un procédé, rien de plus normal en fait. J'étais celui qui avait estropié un des leurs, classé dangereux, voire très dangereux, on n'oublie pas facilement ce genre de chose. Ce devait être un matin très tôt puisque nous sommes sortis avec les phares allumés. La pluie rendait certaines choses brillantes, certaines choses seulement, ce devait être les garde-fous sur l'autoroute, des points lumineux rouges sur les côtés, le même décor en pointillés sur des kilomètres. Une journée qui ne semblait pas vouloir bouger, et puis le bruit de la soufflerie, il faisait vraiment très chaud dans cette voiture, comme un bain à plusieurs, un mélange de sueur et d'haleine. Quelque chose d'un terrier.

Arrivés dans Paris, à cent mètres de l'église, les gendarmes ont stoppé la voiture pour faire une petite mise au point. Ils m'ont dit *On va vous enlever les entraves, on vous laissera juste les menottes, n'essayez pas de vous échapper, oubliez complètement cette idée. Quoi qu'il en soit, on sera toujours là.* Je n'ai rien trouvé à répondre. J'étais sorti comme par accident, il fallait juste que je traverse cette journée désertique et je n'avais pas de plan.

Nous sommes restés ainsi un instant. Louches comme dans une voiture en planque aux abords d'une place publique. Un peu partout des bars, des magasins, beaucoup de magasins, et j'ai pensé que ces magasins n'allaient pas tarder à ouvrir. Je voyais la porte de l'église, tous les gens qui attendaient en noir devant, ma famille. Dans cette masse sombre et dans un premier temps, je n'ai reconnu qu'une barbe blanche, celle d'un grand-oncle que je ne connaissais que de réputation, attaché à l'administration du port de Naples paraît-il. Sa grande stature, sa barbe de patriarche faisaient qu'à la maison nous en parlions comme d'un ogre, nous en parlions seulement. Je ne l'avais jamais vu, mais sur le parvis ce matin-là, je n'ai reconnu que lui. Pour le reste, je ne voyais pas encore Mylène, ni Virgile mon frère, ils devaient en être pourtant, de cette foule compacte, mais discrètement. Comme si les gens s'étaient mis de dos tous en même temps, pour discuter. Personne ne semblait prêter attention à nous.

Cette masse dont j'essayais de me convaincre qu'il s'agissait bien de ma famille, j'allais devoir retrouver ma place parmi elle et j'ai pensé que la vie n'était pas toujours simple, et puis encore que l'église jouerait son rôle d'église. D'ailleurs, les gens rentraient petit à petit, ils enfilaient l'église par-devant, et donc, cette masse de gens de dos ne discutait pas, elle rentrait.

Dans la voiture, les flics continuaient d'épiloguer entre eux, sur le sujet de l'emplacement de la voiture par rapport à l'église. Qu'est-ce qui était le plus judicieux ? Le trottoir d'en face à côté du troquet ? La petite ruelle sur le côté ? Non, trop proche du corbillard, ça gênerait la manœuvre. Alors, d'accord pour le trottoir d'en face, mais pas devant le troquet, un peu à gauche, oui, là c'était bien. Et puis le créneau effectué, un flic a dit *On y va.* C'était sa manière de parler *On y va,* il devait dire ça toute la journée, *On y va,* pour un contrôle d'identité, un délit dans la rue, la sonnerie d'alarme d'une bijouterie, c'était *On y va* et là, il fallait vraiment y aller. L'un des trois gendarmes est resté au volant, et je suis rentré dans l'église avec ses collègues, tous deux vêtus d'un imperméable au col relevé, qui devait être l'équivalent de la tenue civile dans la grande gamme des uniformes. Ainsi, nous avons passé la porte, discrètement, furtifs et cérémonieux comme trois adolescents qui franchiraient pour la première fois le seuil d'un sex-shop. Entre ces deux hommes, j'étais presque invisible, je ne risquais rien.

Il y a eu l'odeur de l'église et la magistrale réverbération : bruits de chaises, bruits de souffles et chuchotements comme une multitude de claques. J'ai pensé que mon père était là quelque part, et que ce bruit, c'était lui tout entier. Parce que mon père en parlait autrefois, de cette réverbération, il lui donnait un sens, *La pierre résonne cent pour cent du bruit,* disait-il, le moindre effet sonore s'y heurte. Pour le reste, la longue liste des matériaux qui jonchent la surface terrestre : le bois, les végétaux, le tissu, le papier et même la chair humaine ne renvoient qu'un faible pourcentage des sons. Rien ne pénètre la pierre. Rien. Elle renvoie le bruit d'un bloc. Et donc ce bruit, cette réverbération était tout à fait logique. Et je me suis senti bien immédiatement, je me suis dit ça, *Je me sens bien !* Comme si je m'étais préparé à la douleur extrême, j'étais surpris. Ce devait être les vitraux, ma mère était là plus encore que mon père et ses chuchotements, pas seulement dans la boîte posée au bout de l'allée, elle était partout où passait la lumière dans l'édifice. La couleur, c'était elle et c'était curieusement gai comme un jour de fête, une victoire. Les murs étaient percés de part en part.

Un des gendarmes m'a fait signe de m'asseoir dans les dernières rangées au bord de l'allée. Ça avait dû faire l'objet d'une réflexion, ça aussi : la place de la voiture dehors à gauche du troquet en face de l'église, et nous à l'intérieur sur le côté gauche de l'avant-dernière rangée. Une vieille femme qui a eu la décence de ne pas baisser les yeux sur mes menottes s'est légèrement déplacée, et cette vieille femme, je ne sais pas qui c'était. Le cercueil était là, posé comme je l'avais imaginé, ni plus ni moins au centre, devant, dans un monticule de fleurs. Un tout petit cercueil, vu d'ici : du bois sombre verni, quelques brillances sur les côtés qui devaient être des poignées, et des fleurs, des fleurs et des phrases illisibles argentées qui jetaient des reflets sur ces fleurs.

Le gendarme m'a chuchoté quelque chose que je n'ai pas compris, j'ai dit *Oui,* en pensant qu'il s'agissait forcément d'une phrase respectueuse. Pendant un temps, je n'ai senti le regard de personne, je regardais cette boîte et je me disais *C'est elle, c'est ma mère*. Comme si une personne au moins ici était clairement identifiée. C'était bien elle et ça m'a rassuré. Nous étions bien chez nous dans cette église.

J'ai pensé qu'il était inutile de prier, parce que ma mère, ça la faisait rire autrefois, les gens qui prient, surtout ceux à genoux. Elle n'envisageait la prière que le regard porté vers le ciel, toujours une histoire de lumière. Et donc je n'ai pas éprouvé le besoin de prier. Et je me suis retrouvé vide, momentanément vide. J'attendais la suite, le protocole funéraire. Il y a eu un vague mouvement dans l'assemblée, il a fallu se lever et s'asseoir et se relever, et s'asseoir. J'ai pensé que ces menottes autour de mes poignets étaient du même métal que les poignées brillantes de son cercueil. J'étais un homme que l'on emmenait moi aussi ce jour-là, je n'étais responsable de rien. Ma mère n'était pas morte d'un cancer, officiellement elle était morte de chagrin et je n'étais responsable de rien, j'étais *son fils absent.* Pour le reste, je ne devais pas l'ignorer, c'était le jour de mon procès. Il fallait que je lève la tête, ça m'a demandé un effort, mais j'ai réussi.

Progressivement, j'ai senti des regards : ma sœur qui était au troisième rang devant, et puis mon père et ses frères, les frères de mon père, je les voyais bien d'où j'étais. C'était la grande famille des hommes italiens, pour la plupart francs-maçons, bâtisseurs. Tout le monde se tenait bien droit. Les murs, c'étaient eux, là, solides, rien n'est inutile dans une cathédrale, une pierre retirée d'une colonne et tout s'effondre. Et puis sur les bancs, un peu partout dans cette église, j'ai aperçu une multitude d'autres gens, des connaissances du quartier. Parmi eux, Massimo, mon ennemi préféré, qui était là avec ses parents, en civil lui aussi, les yeux rivés droit sur le Christ et ses saints comme un salut au drapeau et ce devait être gênant comme un torticolis pour lui de ne pas devoir me regarder. Et puis mon frère Virgile aussi était là. Je ne le voyais pas, je l'entendais, quelque part dans l'église, il râlait. On l'avait assis dans une église pour une cérémonie mortuaire, c'était l'enterrement de sa mère et il ne comprenait rien. Difficile d'expliquer ça, la mort, et ce n'est pas juste une question d'intelligence. Et donc, tout le monde était là, tout ce qui restait plus ou moins d'Italiens du quartier de la place d'Italie s'était déplacé. J'ai rebaissé la tête sur mes poignées brillantes. Le prêtre a parlé, un certain temps. Le regard de mon père est venu sur moi, quand je dis sur moi, c'est vrai, juste au-dessus de moi. Il ne s'est pas posé. Il est resté un moment, je l'ai senti. Je ne pensais rien. Cet espace sur ma tête était disponible, nous étions lui et moi dans un lieu sacré, une église. Personne ne devait pleurer ce jour-là, moi non plus je ne pleurerais pas.

La lumière du soleil a heurté les vitraux, le soleil tapait dehors, il fallait sortir, prendre la direction du cimetière, vers la porte de Charenton. Alors, la voiture des gendarmes à nouveau. Silence recueilli dans l'habitacle, comme au retour d'un déjeuner trop copieux, la mort ne laisse personne indifférent. Nous étions derrière le corbillard et ça devait être une épreuve des nerfs pour mes chauffeurs de devoir ne pas doubler tout ça d'un tour de gyrophare. Il y a encore eu des rues, des rues et des rues relativement désertes du fait, semble-t-il, des magasins fermés ce jour-là, et j'ai pensé que nous étions peut-être un dimanche ou un jour férié, une belle journée finalement. La lumière se jetait partout sur la ville, le mur d'enceinte du cimetière en paraissait propre. Un beau cimetière dans la capitale avec un parking devant pour les invités. Une ambiance de baptême.

Les portières de voitures ont à nouveau claqué, un nouveau groupe s'est formé plus ou moins proche du cercueil. Un gendarme est parti se renseigner, il a échangé quelques mots avec une femme qui devait être de mon point de vue ma tante. Jusque-là, personne n'était venu vers moi, pas de poignée de main et pas de sourire en coin, et j'ai pris ça pour une marque de respect. J'avais le droit d'être ici, ça n'engageait que moi. Le gendarme est revenu en disant *On ne bouge pas pour l'instant, notre place sera vers la fin du cortège !* Articulé énergique et d'une voix quasi militaire, comme pour une attaque de convoi imminente, nous allions rentrer dans le cortège par la queue, discrètement. Pas la toute fin du cortège qui aurait été trop voyante, mais dans les derniers mètres, les dernières personnes. Alors voilà, on est restés encore un peu comme ça : suspendus comme au garde-à-vous. Le cercueil est passé devant nous, il y a eu la lumière des poignées. Des hommes et des hommes encore. J'ai vu passer mon père, ses frères et nous avons recommencé à marcher.

C'était une très belle journée, c'était toujours une très belle journée. J'ai levé la tête, il y a eu le grand motif en fer forgé du portail, un grand portail de cimetière travaillé à l'ancienne, genre chef-d'œuvre de compagnonnage. Un motif forgé qui devait être de flammes ou de torches, ou de mains qui brandissent des torches de flamme, comme pour les jeux Olympiques. La vie se terminait ici derrière ce grand portail. Passé le flambeau, c'était la grande ligne d'arrivée : l'enchaînement des podiums en marbre, les médailles et les dorures, les dates. Sur ce même portail, il y avait encore quelques mots gravés qui devaient être du latin, incompréhensible comme de plus en plus souvent le latin, et qui devaient pourtant sûrement raconter quelque chose. Et j'ai pensé que ces mots disaient *Comprenne qui pourra !* Parce que ces mots, gravés ici, sur ce portail de cimetière, ne pouvaient rien dire d'autre que ça, *Comprenne qui pourra.*

De chaque côté du portail, il y avait du lierre, beaucoup de lierre sur ce mur. Une jungle parasitaire et ce devait être un coin d'ombre agréable pour les insectes. À ce moment-là, c'était *un pas, plus un pas, plus un pas* et puis passé le grand portail, tout est devenu subitement trop lumineux. L'allée centrale, l'avenue d'entre les tombes était comme souvent dans les cimetières un chemin de gravier blanc, mais tracé plus large que nature, beaucoup plus large et je m'en suis trouvé presque aveuglé. Ce gravier m'interdisait d'avancer, comme un vide infini, imminent, mes deux pieds disaient non, têtus comme deux ânes. Devant moi, ce n'était pas juste de la lumière, c'était brûlant. L'air se consumait, un feu à hauteur d'homme. Impossible de garder les yeux ouverts. Ma mère allait disparaître au bout de cette allée, je l'ai seulement senti ici, je n'entendrai plus jamais le son de sa voix. Ce sol lumineux dissimulait comme une trappe l'obscurité et je ne survivrais pas à cette allée. J'ai dit à l'un des gendarmes que la lumière était trop forte et que je ne pouvais plus avancer dans cette direction. Il n'a pas compris, il m'a dit *Où ?* Et j'ai dit *Là, je ne peux pas marcher dans ce sens-là. Il doit y avoir un autre chemin, il y en a forcément un, ou alors je veux rentrer. Je ne peux plus avancer.*

Le gendarme était sans voix. Son collègue a dit *Un peu de courage Jean-Pierre !* Et j'en ai déduit qu'il sentait venir une feinte, un piège lui aussi. Comme si j'étais en train de les manipuler pour les faire sortir du plan. Comme si j'avais donné rendez-vous à un groupe d'amis dans une autre partie du cimetière, qui serait par exemple : une petite porte dérobée. Oui, en disant *Un peu de courage*, le gendarme semblait dire *N'essaie pas de nous embrouiller Jean-Pierre. Surtout ne nous embrouille pas !*

La situation s'avérait compliquée pour eux, de plus en plus compliquée, parce que maintenant quelques personnes formaient un attroupement autour de moi. Ça n'était pas directement la famille ou même les amis, mais les gens du voisinage, les connaissances du quartier, la fin du cortège. Je ne savais pas qui.

J'ai dit que j'allais respirer un peu. Le gendarme a dit *Oui, c'est ça, respire !* Et puis, il s'est adressé aux quelques curieux, en leur disant de continuer à marcher comme si de rien n'était. J'ai senti les ombres passer autour de moi. J'ai respiré un bon coup et j'ai dit *Bon, ça va* et le gendarme a dit *Bon, c'est bien.* Mais l'allée d'entre les tombes s'était encore dégagée, beaucoup plus large encore et beaucoup plus blanche, d'une intensité qui pénètre les paupières et j'ai été pris d'un violent vertige. Et cette fois je suis tombé, voilà, juste là, sous le portail en fer forgé, sous les torches, à deux pas du lierre. J'ai voulu me relever, mais j'étais beaucoup plus lourd que prévu. J'ai encore senti les nœuds dans ma gorge et j'ai vu les insectes courir sous le lierre et ça a recommencé à serrer. J'ai dit que j'allais crever ici, sous ce portail de cimetière, et c'était drôle si l'on veut, parce qu'à un moment ou à un autre dans la vie, tout peut devenir drôle et dérisoire, mais personne n'a ri. Les deux gendarmes m'ont traîné contre un des piliers. Je suis resté là, un instant, affalé, rafraîchi par le marbre. J'ai dit *Voilà, ça va aller* et ça voulait dire que je ne bougerais plus d'ici.

J'ai vu le cortège disparaître au loin dans les monticules de pierres, toutes ces tombes étaient de travers. Rien ne tenait debout ici, totalement illogique, c'était évident. Et je m'en trouvais presque soulagé, la mort s'éloignait. Je me suis dit ça, naïvement, *La mort s'éloigne.* Des milliers de gens viennent régulièrement ici pour voir la mort s'éloigner, c'est fait pour ça les cimetières.

Il y avait eu des océans de larmes ici, et dans cette partie du cimetière, cette allée luminescente, l'océan s'était retiré. Il ne restait que le sel et le cercueil flottait, pourtant.

Dans la cellule voisine, les frères Barek parlaient. Ils parlaient, parlaient et n'en finissaient pas de parler. Les mots sortaient d'eux comme d'une télé allumée qui passerait promptement de chaîne en chaîne. Ils n'avaient jamais cessé d'être bavards, les frères Barek mais maintenant je les entendais. J'étais devenu poreux, trop, je n'entendais qu'eux. Ils ne pouvaient pas s'arrêter, et c'était de moi qu'ils parlaient comme un débat, pendant des heures et ça passait les murs. Ils disaient *Mais tu te rends pas compte ? C'est normal qu'il soit si mal, Brutus ! C'est normal qu'il ait une gueule pareille. T'as vu sa gueule ? C'était sa mère, elle est morte, complètement morte. À l'enterrement, il a voulu y aller. Il a dit : J'ai le courage, j'y vais ! Et donc, il a cru qu'il pouvait y aller, et il y a été. Et c'était tellement horrible pour lui qu'il n'a même pas pu aller jusqu'à la tombe de sa mère, il est tombé dans l'allée. Je te dis qu'il est tombé dans l'allée comme une merde devant tout le monde, il est tombé. Et comment tu veux survivre à ça, de t'évanouir devant ta propre famille ? Tomber devant ta mère le jour de ses funérailles. Personne ne peut survivre à un truc pareil. Personne. JP, il s'en sortira jamais. Je te dis qu'il s'en sortira jamais. Il va se flinguer. Un de ces jours, on va le retrouver, il se sera pendu dans ses draps !*

C'était comme l'enterrement numéro deux, un genre de retransmission perpétuelle. La logique ne passait pas. Des trois frères gitans, Pierrot semblait le plus dérangé. Pour lui, s'évanouir devant toute sa famille, ça ne passait pas. Et perdre sa mère non plus, ça ne passait pas. Parce que c'était vraiment ça le sujet, ce n'était pas moi directement, ce n'était pas non plus seulement l'enterrement de ma mère, c'était la mort d'une mère en général. Tout d'un coup, ils s'en découvraient une mère eux aussi et, pour la première fois de leur vie, ils sentaient qu'un jour ou l'autre cette mère-là risquait de disparaître. C'était probable, très probable, inconcevable pourtant. Ils s'en défendaient avec plus ou moins de sang-froid. Dans ces discussions, l'organigramme familial Barek vacillait et j'entendais Joseph, d'ordinaire si réservé, prendre la parole pour dire à son frère *Mais mon pauvre Pierrot, les gens ne font que ça de mourir, depuis que les gens sont en vie, ils ne font que mourir. Tu crois qu'ils font d'autres choses ! Et d'après toi, qu'est-ce qu'ils font d'autre ?*

Au sortir de ces discussions, Pierrot paraissait sonné. Il faisait des progrès fous en orthographe, parce qu'il écrivait de plus en plus souvent à sa famille, au père surtout. Des lettres de menaces pour le cas où la mère mourrait pendant leur détention. Terrible perspective pour Pierrot Barek. Si ça devait arriver, ce serait la faute du père, uniquement de sa faute. Les frères Barek n'auraient pas survécu à une sorte de mort comme ça, sans eux, parce que dans leur cas, la question de sortir pour un enterrement ne se serait sûrement pas posée. Sortir trois frères menottés, d'un seul coup, et *a fortiori* les frères Barek, non, personne n'aurait pris le risque. Il aurait fallu déplacer une armée, un cortège de parachutistes en plus du corbillard. Pierrot n'aurait pas survécu à la mort de sa mère, c'est clair. Pierrot serait devenu fou. Ou alors les choses se seraient réglées avec le temps ; pragmatique, comme pour son casse de banque, il serait revenu dans le cimetière avec son bulldozer, des années plus tard, discrètement, la nuit.

Le lierre envahissait les murs de la prison, je le sentais passer la porte de ma cellule. Je n'étais plus *Brutus l'Abrutus*, j'étais une couronne mortuaire, je ne faisais plus rire personne. Les gens se cognaient dans moi au détour des couloirs. Je passais mon temps à dire *Pardon*. Je le sentais comme la peste, j'étais revenu avec une énergie de mort-vivant. J'irradiais l'angoisse.

Je m'efforçais de mettre cette force monstrueuse dans les activités manuelles. Plus seulement le camion de lait, mais d'autres activités comme la blanchisserie : l'odeur du linge et le bourdonnement régulier des machines semblaient me calmer et je m'activais beaucoup plus encore à remettre en ordre la salle des poids. Maniaque comme une femme de ménage avec ses bibelots, je déplaçais les haltères quatre par quatre et plusieurs fois par jour. Mon corps était en colère et ça n'était plus seulement moi qui décidais. Ça me prenait la nuit encore et je ne peux pas dire le contraire, c'était des attaques très violentes, les mêmes que le soir de la fameuse nouvelle, celui du faire-part. Je me sentais progressivement bordé d'un cadre noir moi aussi. Toute une partie de moi tremblait, je tremblais. De la sueur, des litres de sueur, ou de l'urine qui me sortait par le torse, les épaules et la gorge, et puis des vomissements tant l'odeur était confuse. Mon corps tout entier m'échappait. Mon corps dansait sur lui-même, sorte d'Alzheimer nocturne. Tout vacillait. Jusqu'à des zones plus intimes : ma langue devenait dure comme si un autre corps s'y était logé, une langue lourde et dure comme de la pierre, je ne pouvais plus articuler, j'étais inquiet.

La journée, je reprenais certains exercices de yoga, j'avais mis ces postures de côté depuis trop longtemps, j'essayais de me faire des massages à moi-même. En m'enfonçant les doigts pour débloquer les nœuds, enfin ce que j'appelais *les nœuds,* à l'intérieur sous la cage thoracique, tout paraissait coincé dans cette cage en os, là où se logeait le nœud principal : le cœur et ses artères.

Je me protégeais des autres, et principalement des Barek parce qu'ils sentaient mieux que personne ce que je m'efforçais de me cacher et ce que même l'infirmier de la prison tendait à minimiser. Eux le sentaient comme les frères corbeaux, j'étais en train de mourir. Lourds, très lourds, ils n'en finissaient pas de me demander ce qu'ils pouvaient faire pour moi, sur un ton d'extrême-onction en plus bref. J'avais droit à ça, dix fois par jour : *Ça va aller JP ? Si tu as besoin de quelque chose, n'oublie surtout pas qu'on est là !* Comme s'il était possible d'oublier. Je n'avais besoin de rien. Je ne comprenais rien à ce qui se passait en moi, je me sentais proche d'une maladie. Par superstition, je ne la nommais pas encore, je la sentais venir. Il fallait que je trouve une solution et je sentais que cette solution n'était plus ici entre ces murs. Jusque-là, ma vie avait été comme un tableau que je devais mettre au mur. Je cherchais sa place, je me disais *C'est pas là, c'est pas là, et là non plus.* Maintenant, le tableau avait disparu, ma mère était partie avec. Les murs étaient devenus inutiles. Cette prison ne me protégeait plus du passé, ni de l'extérieur, ni de quoi que ce soit d'ailleurs. J'étais dans un étau.

Une nuit, ma langue a encore enflé. Je me suis réveillé avec quelque chose dans la bouche qui n'était presque plus une langue, mon visage tout entier était violet. Je me suis regardé dans le miroir, je n'ai croisé aucun regard et je n'ai pas pu crier.

J'ai envoyé une lettre à Mylène disant que j'étais malade, terriblement malade. Pour me faire mieux comprendre, j'ai dit *La maladie de maman*, et Mylène m'a dit qu'elle s'en était trouvée touchée, très touchée. Elle m'a rendu visite au parloir, la semaine d'après et c'est ce jour-là qu'elle m'a dit qu'elle avait été très touchée. Oui, vraiment, très sincèrement touchée. Le jour de l'enterrement, depuis le cortège, elle m'avait vu m'évanouir. Cette image de moi, elle ne l'oublierait jamais. J'avais vraiment été son frère pour la première fois ce jour-là et donc, au parloir, je lui ai dit que j'étais en train de mourir et je ne mentais pas, je le sentais.

Je lui ai dit qu'on ne pouvait bien sentir que soi-même ce genre de choses et que dans cette prison, personne ne pouvait me comprendre. Je développais la fameuse maladie de maman et je parlais encore du cancer. Mylène m'a demandé ce qu'elle pouvait faire, quelle sorte de médicament me faire parvenir. Je lui ai dit qu'hélas, c'était beaucoup plus grave que ça et qu'un cancer ne se soignait pas seulement avec des médicaments, c'est une histoire de spécialiste. Il me fallait voir un spécialiste rapidement, et le médecin de la prison n'en voyait pas l'utilité. Elle m'a redemandé ce qu'elle pouvait faire et je l'ai priée de bien vouloir contacter Gros Marc pour lui dire de venir en voiture devant la porte du déchargement de la prison le mardi matin de quinze jours plus tard, à neuf heures quarante-cinq. Elle m'a demandé ce que je comptais faire. J'ai dit que je n'avais plus le choix, j'allais devoir m'évader. Et là, j'ai cru que c'est elle qui allait s'évanouir, devant moi sur le lino gris dans l'allée du parloir et j'ai encore dit *Tu me dois bien ça Mylène !* comme si elle me devait quelque chose, je lui ai promis d'être mort dans les six mois, si elle ne le faisait pas. J'ai vu qu'elle me croyait. Elle était blême et moi aussi, blême pareil. Elle m'a dit *Je verrai bien, Jean-Pierre, je ne peux pas te répondre, mais je verrai bien !* Je l'ai vue quitter le parloir, titubante et déstabilisée comme si je lui sommais d'étrangler un chien de ses propres mains. Je lui ai encore crié *Je compte sur toi Mylène !* mais Mylène ne s'est pas retournée. Je venais de proposer à ma sœur Mylène son premier acte délinquant.

Elle a dû réfléchir, beaucoup réfléchir, et même faire des prières insensées jusqu'à peut-être souhaiter de me voir mourir, mais pas au point d'en être la seule responsable. C'était Mylène, et ce jour-là, j'étais effectivement son frère pour la première fois.

Il existe une tradition en Italie, et c'est encore une histoire de maçon. Autrefois, dans les façades, il y avait une porte spéciale, une petite porte, murée la plupart du temps, une trace de ciment gris sur le mur. On n'ouvrait ce passage que le jour de la sortie d'un mort. On le refermait aussitôt après, afin que le mort ne revienne pas dans la maison, c'était le passage des morts. Le reste du temps, c'était une trace de ciment gris sur le mur.

Le camion de lait s'est avancé dans la cour un mardi matin de quinze jours plus tard et ce mardi-là ne différait en rien d'un autre. Le véhicule a stoppé dans un sifflement de freins, la grille s'est refermée derrière lui. Le chauffeur est descendu, comme d'habitude, il a abaissé le plateau pour le déchargement. Entre deux mouvements, j'observais la rue, je cherchais une voiture et c'était comme la loterie ce jour-là, je n'ai pas vu de voiture. En revanche, il y a eu une moto, en fait juste un bruit de moto. Et quand j'ai levé la tête, il m'a semblé que le conducteur de cette moto jetait un œil vers la cour de la prison. J'ai pensé que c'était peut-être lui, Gros Marc, parce que j'avais trop besoin d'y croire, je n'ai pas voulu réfléchir plus. Le déchargement effectué, le camion s'est avancé vers la grille, qui s'est ouverte dans son grincement habituel, le camion a démarré et je n'ai pas réfléchi, j'ai couru derrière lui. Au passage de la grille, j'ai entendu les gardiens me crier *Tu fais une connerie Jean-Pierre !* Et j'ai pensé que je faisais sans doute une connerie mais c'était fait. Alors je n'ai pas cessé de courir et je me suis retrouvé dans la rue, vide, la rue derrière la prison de Poissy, vide, j'ai vu le camion partir sur le côté. Et il y a eu là un vide encore plus grand, comme une trahison. Je ne peux pas en dire plus sur le temps qui s'est écoulé, parce que j'ai entendu un hurlement de moteur venir sur moi. La même moto qui était passée deux minutes plus tôt revenait droit sur moi bruyamment comme pour me faucher. Le conducteur a freiné, j'ai sauté sur le siège. Et ça a été comme un arrachement, violent et bruyant. La même route que pour rejoindre le cimetière un mois auparavant, la même portion d'autoroute mais traversée à une vitesse qui déchirait toutes les perspectives. C'était la conduite de Gros Marc et ça n'était pas une moto, c'était un mirage. Nous sommes sortis de l'autoroute et nous avons traversé des forêts, des routes de forêts et des croisements dans ces forêts à cette même vitesse qui déformait les arbres. Jusque-là, Gros Marc ne s'était pas encore retourné. C'était un dos, juste un dos et ce n'était pas une course contre la montre, c'était un bras-le-corps. Impossible de rouler plus vite que lui, ce jour-là, impossible. Je me suis dit *Voilà, c'est bon, on y sera !* Et je ne savais pas encore où. On est rentrés dans Paris, et puis dans un parking en descente qui m'a fait l'effet d'un lieu de déchargement. Je n'ai pas eu le temps de voir mieux, en fait. Gros Marc a bondi de sa moto, il n'a pas retiré son casque, il a juste levé la visière et puis il a ouvert le coffre d'une voiture qui était là, en stationnement. Il m'a dit *Voilà c'est celle-là, rentre là-dedans ! Hélène viendra te ramasser ce soir et vous partirez sur la Côte.*

J'étais bouleversé et pas seulement bouleversé d'être dehors, mais de me retrouver libre, en face de lui, Gros Marc. Libre grâce à lui. C'était un fabuleux raccourci dans le temps. J'aurais rêvé qu'on se prenne dans les bras et qu'on échange quelques mots. J'ai dit *C'est qui Hélène et c'est vers où qu'elle m'emmène ?* comme un alibi pour discuter, mais Gros Marc était vraiment pressé, en rebaissant la visière de son casque, il m'a répondu *Allez, monte JP !* Alors, je n'ai pas discuté, je suis monté dans le coffre.

Hélène, je savais très bien qui c'était. Autrefois, elle tenait un bar rue Victor-Massé, un genre de bar-salon, c'était une pute de Gros Marc, tenancière très fidèle en amitié et c'était bien mieux que n'importe qui. Pour le reste, il faisait noir dans ce coffre, très noir, ça sentait l'essence et la moquette en semblait imbibée, dans tous les cas humide de quelque chose. Dans un coin du coffre, il y avait la roue de secours et une couverture, alors je me suis mis sous la couverture et j'ai essayé de m'endormir comme ça, tête contre roue de secours. Et c'est fou les idées qui peuvent vous traverser l'esprit quand il fait noir. J'ai pensé, par exemple, que s'il y avait le moindre incident ce jour-là, c'est-à-dire un contretemps du côté de Gros Marc et de sa fidèle tenancière Hélène, je finirais peut-être ma vie dans ce coffre fermé et ce serait une manière assez con d'en finir. Pas très héroïque en somme. J'ai encore pensé qu'il ne fallait pas céder à la panique et que, du moment où je commencerais à manquer d'air, ou même souffrir d'une sorte de faim intenable, je pourrais toujours pousser des cris et taper dans la tôle. Un cri à l'intention du service nettoyage du parking : *Ouvrez-moi !* Et j'ai encore pensé que ce cri, je ne devrais pas attendre d'être totalement asphyxié pour le pousser, parce que sans air, impossible de crier vraiment. Donc, je crierais au moment opportun qui serait donc le moment limite de ma patience et de mon sang-froid. Les équipes de nettoyage finiraient par m'entendre et je ne mourrais pas ici. Dans le pire des cas, je repartirais pour Poissy et je gagnerais encore en sympathie, je serais de nouveau l'absolu roi des bouffons pour tout le monde, le type qui a hurlé *Ouvrez-moi !* deux heures durant dans le coffre d'une voiture après son évasion réussie. *Brutus, grand roi stratège,* en taule dans un parking.

Quelqu'un a fini par taper sur le coffre et j'ai cru reconnaître la voix d'Hélène qui a murmuré *C'est moi JP*. La voiture a démarré et j'ai finalement réussi à dormir du fait, je crois, du roulis. Un long roulis sur un goudron lisse, reconnaissable entre tous comme celui d'une autoroute bien entretenue, l'autoroute des vacances.

Plus tard, dans la nuit, il y a eu une halte sur un parking. C'était bien plus tard et quand le coffre s'est entrouvert, j'ai senti la tiédeur significative du climat : il faisait doux et humide. Un parking d'autoroute la nuit, nous roulions bien vers le sud. Hélène m'a proposé de marcher un peu, faire un tour sur l'aire de repos déserte à cette heure-ci, et j'ai dit non, poliment. Je ne voulais pas prendre le risque, et la voiture est repartie.

Au matin le coffre s'est rouvert, le ciel était bleu, et j'aimerais préciser de quel bleu il s'agit, mais je n'ai jamais été très fort en couleur, alors je dirais qu'il s'agissait d'un bleu dur ou encore, d'un bleu dur à vous crever les yeux. Il devait être dans les dix heures du matin, nous étions devant une villa perdue sur une colline dans la région niçoise. Le propriétaire de la maison s'appelait Bernard, il devait avoir une soixantaine d'années. C'était un ami de Gros Marc, il m'a dit que *J'étais ici chez moi* et ça m'a paru chaleureux et évident, du fait, je crois de son léger accent méridional. Dans le salon, il y avait une table basse avec deux téléphones, il en a désigné un et m'a dit *Vous pouvez téléphoner avec celui-ci,* et j'ai dit que je ne voyais pas qui, je voulais dire que je ne voyais pas qui appeler. Bernard m'a encore donné une consigne : il m'a dit que si les flics débarquaient, on dirait, lui et moi, qu'il m'avait ramassé en stop et qu'il m'avait proposé de rester là quelques jours, ce serait crédible. Puis Hélène et l'homme ont discuté un moment, elle a parlé des affaires de Gros Marc et j'ai compris que ses affaires marchaient très bien, même presque trop bien, et que depuis quelque temps, Gros Marc était furieusement reniflé et suspecté par la brigade des mœurs. Elle a parlé de tout un tas de gens dont j'ignorais l'existence et j'en ai déduit que Gros Marc n'était plus vraiment l'homme que j'avais connu, et qu'il avait peut-être pris un risque inconsidéré en me faisant évader. J'ai pensé que Gros Marc était toujours un ami quelque part, je me suis endormi là-dessus.

Le lendemain ou le surlendemain, Hélène est repartie et les premiers jours sont passés comme ça, je veux dire que je ne m'en souviens pas vraiment. Il y avait cette villa, cette piscine vide devant et j'étais seul la plupart du temps. Pour le reste, on apercevait la mer au loin, qui était encore d'un autre bleu que le ciel, plus dur encore et presque violet. Dans l'air, flottait une odeur qui devait être celle d'une plante, je me disais *Ça sent bon* et puis l'inverse à d'autres moments.

Bernard rentrait tôt le matin, souvent très fatigué ; il tenait un bar de nuit à Nice qui était peut-être un peu plus ou un peu moins qu'un simple bar de nuit. Nous échangions un mot ou deux à l'occasion. Je ne savais pas vraiment ce que j'attendais ici, et visiblement lui non plus, mais il me l'a dit plusieurs fois, *je ne devais pas paniquer*, je devais prendre mon temps. Le temps que je jugerais nécessaire pour me sentir apte à repartir. Il m'emmènerait dans une autre région, à la frontière espagnole si je le désirais et il me donnerait de l'argent, suffisamment pour me débrouiller encore quelques semaines. Donc, les journées sont encore passées, et j'ai pensé que je finirais par y voir plus clair. Le soleil tapait franchement dehors, et c'est la nuit que ça a recommencé à vraiment déconner. Les mêmes nœuds qu'à Poissy, un sentiment d'étouffement grandissant et des bouffées de sueur. Je n'en ai pas parlé tout de suite à Bernard, je me suis dit que je devais attendre, je n'étais sûr de rien. La douleur était là, j'essayais de faire face, mais au fil des jours, ma langue s'est remise à gonfler, c'est redevenu lourd pareil, comme de la pierre, au point de ne presque plus pouvoir respirer. Par moments, la nuit, je me levais, j'ouvrais la fenêtre ou je sortais sur la terrasse, il y avait encore cette odeur de plante dans l'air et ça rendait l'ensemble du dehors irrespirable. Cette villa, c'était « Vue imprenable sur la liberté », je me disais ça, *Vue imprenable sur la liberté.*

J'ai fini par en parler à Bernard et j'avais peut-être mal choisi l'instant, parce que ce matin-là, il était énervé, il s'était engueulé avec quelqu'un dont il disait qu'il était serveur dans son bar, et dont j'ai compris qu'il était sans doute son petit ami. Bref, l'homme était déprimé. Je lui ai dit que j'étais malade, probablement très malade, j'ai parlé du cancer. Je n'avais plus rien à cacher, c'étaient les mêmes symptômes qu'à Poissy. J'ai dit que je le sentais depuis plusieurs semaines, j'étais mieux placé que quiconque pour en parler, il fallait m'emmener voir un spécialiste. J'ai dit que la maladie risquait d'empirer, il n'y avait aucune raison que ça n'empire pas, et que je ne pourrais peut-être bientôt plus décoller d'ici. Je ne pouvais pas mieux dire, c'était l'absolue vérité. Bernard ne connaissait personne, enfin, il connaissait tout le monde plus ou moins, mais pas suffisamment pour pouvoir me prendre un rendez-vous avec un spécialiste, c'était trop risqué pour lui. Il m'a quand même dit qu'il allait essayer. Un autre jour, il y a eu un coup de fil : c'était un homme qui ne voulait pas dire son nom. Au téléphone, il s'est présenté médecin, et il m'a demandé de décrire précisément les symptômes. J'ai dit *Je peux essayer,* mais j'ai eu du mal à décrire les choses. J'ai parlé de la langue, j'ai dit *Parfois je peux parler* et puis parfois non. L'homme a répondu qu'il ne pouvait rien affirmer, ce pouvait être absolument somatique, mais il ne pouvait pas l'affirmer. Bernard était emmerdé, il ne voulait pas m'angoisser, mais j'ai vu qu'il était emmerdé pour moi et pour lui, pareil. Très emmerdé. Alors il m'a dit *Je vais réfléchir, on va dormir là-dessus et je vais réfléchir !* Il a passé encore des coups de fil, une autre nuit entière, je ne dormais plus du tout cette fois-là et lui cherchait. Il a rappelé Gros Marc à Paris, et Gros Marc a dit qu'il ne fallait plus l'appeler. De Paris il ne pouvait rien faire. J'avais voulu être dehors, j'y étais, je devais assumer, j'avais choisi. Et donc, ce séjour sur la Côte ce serait peut-être *Vivre libre et mourir.* Je tournais en rond autour de la piscine et cette piscine vide m'angoissait. Je ne m'en étais pas rendu compte les premiers jours, c'était une tombe en céramique. Une tombe. Un bassin vide à ciel ouvert.

Plusieurs nuits sont passées. Je m'en souviens, c'était un après-midi, on a pris la bagnole. Bernard m'a dit : *Je t'emmène chez une femme, c'est à cinquante bornes d'ici. Si c'est vraiment grave cette maladie, elle, elle saura. Elle ne pourra peut-être pas te soigner, mais elle saura. Elle nous dira !*

Elle habitait en marge d'une petite ville et je ne sais plus son nom, le trajet m'a paru une éternité. Il y avait une sorte de ruine haut perchée à l'entrée du village. Bernard prenait sur lui pour être de bonne humeur. Il avait sûrement mieux à faire ce jour-là. La femme n'était pas médecin, c'était une femme avec l'accent du midi, habillée comme pour faire le ménage ou la cuisine, un genre de radiesthésiste, ça n'a pas de nom. D'ailleurs, elle n'a pas dit *Je suis...* Elle ne s'est pas présentée, elle m'a dit *Entrez !* Bernard a dit *J'attends dans la voiture.*

Je suis resté seul avec la vieille dans une chambre, je dis que c'est une chambre, mais c'était peut-être une salle de jeu aménagée dans le garage de sa villa, dans tous les cas, il y avait des jouets et un matelas. La vieille ne s'est pas non plus excusée pour le bordel, elle m'a dit *Racontez-moi*, alors j'ai raconté la maladie, les nœuds dans la gorge, la cage thoracique, le feu dedans. Pour le reste, c'est-à-dire ma présence dans la région, j'ai raconté l'histoire de l'auto-stop, le mensonge officiel dont nous avions convenu avec Bernard. La vieille ne m'a pas cru et j'ai trouvé ça très bon signe. Elle m'a dit *Soit vous me racontez tout, soit ce n'est pas la peine, parce que je n'ai pas de temps à perdre !* Alors j'ai tout raconté : j'ai parlé des trois barrages, de la balle dans la tête, la prison de Poissy et surtout de la mort de ma mère, la lettre bordée de noir, le faire-part. Les premiers symptômes le soir même, le chemin lumineux dans le cimetière, l'effondrement. Et la vieille n'a pas sourcillé. Je le pense maintenant, cette femme était un genre de sorcière, comment dire, positive, une sorte de sorcière positive. Elle a juste dit *Je comprends.*

Elle a posé une bassine en fer à même le sol qu'elle a remplie avec un tuyau d'arrosage, puis elle a mis quelques gouttes d'un liquide à la surface de l'eau, qui ont dessiné une sorte de motif. Et donc ce liquide, ce devait être de l'huile. Puis elle a disposé deux chaises au bord de cette bassine et m'a demandé de m'asseoir en face d'elle. Elle nous a recouverts tous les deux d'un tissu noir. Nous sommes restés comme ça un long moment dans les bras l'un de l'autre, penchés au-dessus de la bassine et je ne sais pas comment, ni combien de temps, mais nous avons pleuré tous les deux, longtemps, enfin, assez longtemps, je m'en souviens. C'était comme un orage. Je ne peux pas raconter précisément, nous pleurions tous les deux, mais pas seulement. Dans tous les cas, quelque chose s'est produit. Le lendemain, la douleur avait disparu. Je n'ai pas osé en parler tout de suite à Bernard, je crois que je ne voulais pas y croire vraiment parce que cette femme n'était pas médecin et qu'elle n'avait pas demandé d'argent. J'en ai eu la certitude seulement quelques jours plus tard : Je dormais la nuit.

J'ai donc considéré qu'à partir de là, j'étais vraiment libre, seulement libre à partir de là. Et j'ai éprouvé très fortement le besoin de sortir, ne plus rester cloîtré dans la villa. Cette piscine vide devant n'en finissait pas d'être morbide, je suis descendu vers le bord de mer. Quelques kilomètres à pied d'une route peu fréquentée. Cette route menait à d'autres maisons, j'y croisais parfois des gens, surtout des retraités. Il y avait, plus bas, plus loin, une route nationale à traverser, un passage souterrain, quelques barrières à enjamber, des plages privées, beaucoup de bars dont les vitres étaient obstruées par des planches. La plage était déserte, parce que nous étions, je crois, début avril. Le vent soufflait, il faisait très beau, mais le vent soufflait. Des panneaux donnaient des indications d'horaires, des consignes de sécurité. Le sable était gris, j'ai mis longtemps à trouver le courage d'entrer dans l'eau. Ces huit dernières années, j'avais réappris à marcher, manger, voir, entendre, parler. Nager me paraissait encore impossible, quasi surnaturel. Je pouvais entrer dans l'eau jusqu'à mi-jambe, avancer vers les vagues, mais pas nager. Quelque chose m'en empêchait, je sentais mon corps lourd et spongieux. Je redoutais de couler. D'ailleurs, je coulais, je m'élançais et je coulais, je heurtais le sable en plongeant.

Je redescendais presque tous les jours vers la mer, je posais ma serviette sur le sable, une grande serviette verte que m'avait gentiment prêtée Bernard. Depuis la mer, je regardais ce rectangle vert et je me disais *Ma place est ici*. J'avais besoin de ce repère parce que je recommençais progressivement à flotter, et même certains jours, à furieusement dériver. Je me sentais surtout libre dans l'eau. À partir de cette serviette, ce rectangle coloré, je ne devais pas l'oublier, je redevenais l'homme en cavale.

Des gens marchaient sur le sable, rarement plus de deux ou trois personnes dans une après-midi. Vu du large, c'était comme un théâtre d'ombres chinoises : des silhouettes, parfois un homme avec un chien ou un homme avec une canne à pêche, ou les deux, et puis, encore plus rarement, un homme qui passait avec son détecteur à métaux, têtu et tête baissée sur son trésor imaginaire. Il s'arrêtait, se penchait, grattait le sol, repartait avec l'allure comique d'un promeneur d'assiette en laisse. Impossible de dire ce qu'il cherchait, des montres, des bijoux, des choses perdues dans tous les cas. Personne ne paraissait intrigué par ma serviette. Au pire, un chien venait la renifler, son maître le rappelait, mais sans prendre jamais la peine de vérifier qui était assez fou pour se baigner dans les eaux froides de ce début d'avril. Je me disais *Les gens sont comme ça ici, c'est le comportement méridional. Beau pays, belle avant-saison.*

Pour la première fois, je me suis senti descendu du grand manège. Je n'étais plus Jean-Pierre des bas-fonds, ni Jean-Pierre du milieu. Je flottais quelque part, c'est tout. Et puis un jour, ce devait être quelques semaines plus tard, une femme a traversé la plage. Une silhouette avec un gros sac de sport, une petite femme blonde fluette d'environ trente ans. Elle est venue s'asseoir très près de ma serviette, comme si elle avait besoin d'un repère elle aussi. Elle est restée assise un long moment, offerte au soleil en pantalon de jogging et col roulé. Quand je suis sorti de l'eau, elle m'a dit *Qu'il en fallait du courage* et je ne l'ai pas contredite. Nous avons fait connaissance assez facilement du fait, je crois, de cet immense désert de sable qui nous entourait. Elle venait de la région parisienne, et j'ai dit que c'était un hasard extraordinaire, parce que je venais de la région parisienne moi aussi.

Une femme très gentille en apparence, peut-être un peu trop loquace, comme parfois les gens qui luttent contre la timidité. Elle sortait d'une longue période de turpitudes dues à un licenciement et ça avait été une épreuve pour elle, une remise en question générale. C'était la femme de trente ans qui commence à regretter de ne pas avoir encore eu d'enfants. Elle avait choisi de venir se reposer dans la maison de vacances familiale. Un lieu qui comptait beaucoup pour elle. Ses meilleurs souvenirs se trouvaient ici. Cette maison, ses parents retraités n'y venaient plus et c'était d'après elle un énorme gâchis. J'ai eu du mal à engager vraiment la conversation. Depuis quelque temps, je ne parlais presque plus, juste un mot ou deux à l'intention de Bernard quand je rentrais assez tôt le soir pour le voir partir au travail, le reste des journées passait silencieusement comme brasse coulée.

Elle m'a parlé d'un type qui la draguait parfois sur la plage, et qui parlait trop. C'était un type avec une guitare et je lui ai dit que je n'avais vu passer personne avec une guitare : des chiens, des cannes à pêche, un détecteur à métaux, mais pas de guitare. Et j'ai compris qu'elle parlait du mois de juillet, et donc d'une autre année.

J'ai senti que je lui plaisais, elle m'a demandé si j'étais sportif de profession du fait de ma musculature et j'ai dit que j'étais pompier, *pompier dans les Yvelines*, c'est pour ça que j'étais aussi musclé. J'étais en convalescence à cause d'un accident survenu lors d'un incendie, et c'était la raison de cette cicatrice derrière ma tête : un accident dans un incendie. Une poutre métallique. Ça l'a rassurée, elle m'a dit que cette cicatrice c'était la première chose qu'elle avait vue, mais elle ne m'aurait pas posé de question. J'ai dit que tout allait mieux maintenant. Je profitais de cette convalescence, j'étais logé chez un ami, cette blessure n'avait plus d'importance. J'ai vu qu'elle était très impressionnée, vraiment très impressionnée. La maison de ses parents était à quelques kilomètres, il fallait prendre le bus. Nous avons fait le trajet à pied et durant ce trajet, nous avons parlé assez ouvertement, elle surtout, parce qu'elle avait besoin de parler encore de cette période d'après son licenciement, qui avait été une période traumatique et c'était comme si elle avait honte de l'évoquer. Elle avait été secrétaire de direction dans une grande entreprise parisienne qui était une suite d'initiales : la R-S-B-E-M ou la S-T-R-M-F, je ne sais plus. Dans sa bouche, ça sonnait comme un nom propre, la Sctremph ponctuait ses phrases : la Sctremph par-ci, la Sctremph par-là. Et donc, elle disait *Là-bas, dans mon bureau à la SCTREMPH, j'ai vu la lâcheté en face. Un monde de cancrelats.* Elle parlait du petit monde fermé des hommes d'affaires. *Des hommes qui se prennent pour des héros,* disait-elle, *et qui, devant la hiérarchie, baissent leur pantalon !*

J'ai dit qu'on ne rencontrait pas ce genre de personnalités chez les pompiers, parce que là, c'est la hiérarchie du courage. Dès le début, il y a des séries d'exercices très difficiles qui opèrent une sélection naturelle. Et j'ai rajouté *Les cons restent en bas de l'échelle. Dans le feu de l'action, ne restent que les hommes solidaires.* J'ai vu que cette phrase lui plaisait, c'était juste ça dont elle avait besoin, d'une autre sorte d'humanité, et réciproquement. Ce temps qu'elle prenait, ces vacances, c'était sur son temps de chômage et donc sur l'argent des autres, et de ça aussi, elle se sentait coupable. Nous avons parlé de la culpabilité, et je lui ai dit que ça ne servait pas à grand-chose de l'évoquer, parce qu'à un moment ou à un autre, nous sommes tous plus ou moins coupables de quelque chose. Pour le reste, j'ai un peu évoqué la vie à la caserne qui n'était pas forcément un mauvais souvenir, mais dont je n'avais pas forcément envie de parler puisque je n'avais pas grand-chose à dire. Elle m'a dit assez rapidement qu'elle me trouvait sensible. Elle s'appelait Élisabeth. Élisabeth m'a dit *Vous semblez venir d'un autre monde* et je n'ai rien ajouté.

Nous sommes rentrés dans la maison de ses parents l'après-midi même. Une jolie petite maison : de la brique et du ciment, modeste, comme un homme en rêve parfois. Son père avait été architecte, il l'avait dessinée lui-même ; quelque chose d'une petite maison des bois, mais en ciment. Un petit salon, une cuisine et puis la chambre des parents, que j'ai eu le droit de visiter comme ça, en passant la tête. Sa chambre à elle était au fond du couloir. Par respect pour la moquette, nous avons enlevé nos chaussures pour entrer, et puis on s'est assis sur son lit, à croire que le coin-canapé du salon était encore le lieu privé des parents. Un petit lit trop souple qui m'a donné l'impression curieuse de monter sur un pédalo. Le temps se réduisait ici. Avec un peu d'attention, nous pouvions encore entendre le bruit des vagues au loin, un souffle, mon pays d'une heure avant, très loin d'ici. Très peu de lumière dans cette pièce, du fait de l'étroitesse des fenêtres. Une chambre qui devait être bien fraîche l'été : une commode, un lit, des meubles en contreplaqué peint avec, par endroits, des petits mots qui avaient été collés autrefois, écrits puis effacés, des dessins, un Pierrot-la-Lune en robe de soie, des boîtes avec des fleurs séchées. Les mêmes conneries qui finissent par faire de n'importe quel endroit ordinaire une chambre de fille. Un air de famille avec la chambre de ma sœur Mylène. Autrefois, je venais m'y asseoir de la même manière recueillie. Dans ces moments-là, il ne fallait toucher à rien, et ne rien non plus vouloir déchiffrer. C'était le lieu des secrets, tapissé de chuchotements.

Pour rompre le silence, j'ai dit *On est bien ici,* sans plus d'imagination. Élisabeth m'a dit *Je vais te montrer des photos.* Elle s'est penchée pour prendre un album de famille dans sa table de nuit. J'ai posé ma main sur son ventre, on s'est embrassés. Le bruit des vagues s'est arrêté.

Bernard semblait satisfait, ce n'est pas tout à fait le mot qu'il a employé, mais je l'ai senti comme ça, *globalement satisfait* de me savoir amoureux et de me voir partir. Il m'a mis en garde contre deux ou trois choses dans la région : certains lieux publics à éviter et une liste des bars fréquentés par des indics. Il en savait visiblement quelque chose. Conseils inutiles, car je n'avais pas l'intention de rester plus d'un mois dans les parages. Cet hébergement, ce serait en attendant de voir venir, le temps des vacances en somme. D'ailleurs, Élisabeth n'avait pas dit *vacances*, elle avait dit *convalescence*. Le temps de nos convalescences. Il m'a donné un peu d'argent, comme convenu, et m'a souhaité bon voyage, bon courage et bonne chance. Le ton était sincère et bien appuyé, surtout sur *bon voyage*. J'ai compris que je ne devais plus revenir ici, j'étais parti.

Ce n'était pas le bonheur, c'est assez discutable le bonheur. On peut rire du bonheur, l'évaluer, le partager. Là, c'était mieux, beaucoup mieux. Bien au-delà du bonheur et bien en dehors du temps. Une petite vie à part, deux Robinson dans une maisonnette sur la Côte. Nous nous promenions dans la campagne environnante ou dans les petites rues du village. Les quelques rares commerces ouverts en cette saison étaient tenus par des gens du pays. Élisabeth y était reçue partout comme chez elle. Pour les indigènes elle était *la petite Élisabeth*. Elle me présentait, j'étais *Jean-Pierre son ami pompier*. Élisabeth souriait, et ce sourire me représentait mieux qu'un diplôme de secouriste. J'étais l'homme qui avait rendu son sourire à Élisabeth. Pour entretenir le mythe, je me permettais par-ci par-là un petit conseil sur les installations électriques qu'il fallait faire vérifier régulièrement, les cheminées qu'on ne devait pas oublier de faire ramoner.

Le mensonge fonctionnait, j'étais crédible. Il y avait quand même des moments limites, par exemple à la pizzeria – la seule ouverte en cette saison, un petit restau tenu par un ami d'enfance d'Élisabeth qui s'appelait Richard et dont je pense qu'il avait peut-être été plus qu'un ami pour elle. À mon égard, il éprouvait de la méfiance ou de la jalousie. Il avait détecté l'anomalie, oui, évident qu'il ne croyait pas à mes histoires. J'ai d'ailleurs pensé trop rapidement que mes emmerdes viendraient de lui, à sa manière de me prendre le bras et de m'emmener un peu à l'écart, ça évoquait l'âme d'un flic, dans son cas, on aurait pu parler de vocation ratée. Un homme très adroit, qui vous invitait, selon l'expression consacrée à « passer à table ». La sienne, sa table, avec son vin maison et ses digestifs servis successifs. Au fil des discussions, il posait des questions sans en avoir l'air vraiment. Ça concernait surtout ma vie à la caserne dans la région des Yvelines. Je manquais furieusement d'informations. J'improvisais des histoires les plus repoussantes possibles : enfants défenestrés, automobilistes aplatis dans leur voiture, dans l'espoir de lui couper l'appétit. Mais l'homme était vicieux et même curieusement acharné. Le digestif aidant, j'en venais vite à raconter des inepties. Je me retranchais derrière mes blessures, les problèmes de mémoire qui avaient suivi mon accident pour justifier tel ou tel lapsus survenu dans une conversation. J'avais par exemple dit « adjuvant » pour dire adjudant. Je m'y perdais moi-même. Heureusement, j'avais gardé mon vrai prénom, je n'avais pas eu le mauvais réflexe de mentir directement le premier jour sur la plage. Élisabeth m'avait dit *Je m'appelle Élisabeth,* et moi j'avais répondu *Je m'appelle Jean-Pierre* sans plus de malice. Donc, je ne mentais pas complètement, j'étais quand même Jean-Pierre.

Levé avec le soleil, je menais la vie d'un homme en vacances. Vêtu la plupart du temps le peignoir du père d'Élisabeth, un vêtement d'inspiration asiatique un peu lâche sous les bras et légèrement dentellisé par les mites, mais tellement confortable. Nous pouvions tout réinventer à partir d'ici : cette vie, cette villa. C'était la vie normale des gens qui ont bien mérité de se reposer. Tout prenait la forme d'un savoureux rituel : la table du petit déjeuner, la machine à café dont on ne trouvait pas les filtres dans la région, il suffisait de passer le café dans un kleenex. Le linge suspendu dans le jardin qu'il fallait repincer plusieurs fois l'après-midi en cas de vent, et dans cette région de bord de mer le vent soufflait constamment. Cette activité du re-pincement de linge valait bien une partie de tennis. À part ça : grand calme, très peu de visites. Le facteur qui était aussi un ami de longue date des parents passait parfois. Il nous donnait les journaux qui lui restaient sur les bras, ceux des villas alentour, les abonnés absents : les nouvelles de la région et les grands titres nationaux. Partout ailleurs, le monde s'agitait, il y avait quelques très beaux procès en cours et ça concernait surtout des grands laboratoires pharmaceutiques, des centaines de gens morts ou presque par intérêts financiers, une poignée d'hommes politiques et quelques industriels dans le box des accusés. On ne disait pas « crime organisé », c'était un autre chef d'accusation. Et ces gens-là semblaient très bien s'en sortir. Cet homme, ce facteur dont j'ai oublié le nom, avait toujours des choses amusantes à raconter, pas seulement sur la vie du village. Il disait par exemple que lui, s'il était ministre de l'Intérieur, il saurait changer le fonctionnement des choses. Il parlait du chômage. Il en semblait persuadé au point d'entrer dans des discussions imaginaires avec le président. Il disait *Moi, le président, sur le sujet du chômage, voilà ce que je lui dirais.* Et il parlait. Le reste de notre emploi du temps n'était que quiétude et rumeurs lointaines. Élisabeth sortait nue dans le jardin, elle se penchait sur les plates-bandes, arrachant çà et là les mauvais brins d'herbes qu'elle reliait en minuscules et précieux petits fagots. Il s'agissait de faire tout le plus lentement possible. Ralentir le temps. Rien ne pressait plus, nous étions hors saison, hors emploi et hors-la-loi. Parler, même, devenait chose inutile, nous nous comprenions d'office pour la journée.

D'ailleurs, il n'y avait rien d'intéressant à dire autour de nous. Juste nous, son corps, le mien, tout était là. Prendre le corps d'Élisabeth, caresser le bout de ses seins, son corps blanc comme une excuse. Réapprendre à faire l'amour, se donner ce projet, pour devoir de vacances. Autrefois, j'avais déjà mis une vie à savoir faire. C'était un tout petit format Élisabeth, quand elle jouissait, ce n'était plus que deux grands yeux ouverts, traversés d'un sentiment de légère panique, elle me disait *Regarde-moi, regarde-moi !* Elle étouffait ses cris d'une main plaquée sur sa bouche. Un geste qui lui dilatait les pupilles, c'était sa manière à elle de venir au plaisir, jouissance par ouverture de l'iris. Les après-midi passaient ainsi, rideaux tirés.

Rien ne pressait plus, l'intelligence consistait à ne plus bouger d'ici. L'amour ne s'improvise pas si facilement et l'argent de Bernard ne m'aurait de toute façon plus suffi à décoller. Je me donnais jusqu'en septembre pour faire le point et réunir un pactole suffisant pour un nouveau départ dans la vie, enfin, ce que j'imaginais être mon nouveau départ.

À l'approche de l'automne, je devrais retrouver les réflexes d'un homme en cavale, redevenir le guerrier aux aguets, le marginal capable de dormir sous un pont d'autoroute. L'hiver s'annonçait très rude, et ce séjour sur la Côte serait comme une réserve d'énergie vitale en bons souvenirs. Donc, je ne devais surtout pas les rater ces bons souvenirs. *On ne sait pas ce que la vie vous réserve.* Je me disais ça : *On ne sait pas* et je ne croyais pas si bien dire. Dehors, l'été déboulait, on le sentait aux coups de klaxons dans l'allée. À partir de dix heures du mat, les gens avaient du mal à se croiser. On voyait des planches à voile passer horizontalement sous nos fenêtres, créant des embouteillages hallucinants.

Il y avait un emploi à prendre sur la plage : un type qui s'appelait José, une parcelle de sable qu'il louait pour la saison. Il cherchait deux bras solides pour sortir et rentrer chaises longues, matelas et parasols. La plage faisait dans les soixante-dix mètres carrés, c'était payé en liquide. J'ai pensé que ce petit emploi me fondrait définitivement dans le décor. Rien de très fatigant *a priori*, je l'envisageais comme une gymnastique de début et fin de journée. José n'était pas non plus une caricature de patron, bien au contraire, c'était un petit homme plutôt sympathique, doué d'une volonté et d'une énergie de taureau, mais continuellement essoufflé. Le profil type du cardiaque. Il avait été plombier et puis fabricant de stands promotionnels, il avait toujours fait faillite, toujours, et dans sa vie sentimentale, pareil : marié deux fois-divorcé deux fois. Un type originaire de Grenoble, et curieusement il avait tout le temps froid.

Le courant est tout de suite passé entre nous, c'était peut-être la solidarité des un mètre soixante-cinq, ça vous met les yeux en face. La première chose qu'il m'a dite en me voyant, c'est que j'avais l'air de quelqu'un d'honnête. J'ai pensé que lui seul savait. Et je n'ai pas beaucoup insisté sur mon passé de pompier, parce que l'image qu'il avait lui, des pompiers, c'était celle d'un groupe d'hommes qui abusent de jeunes femmes en réanimation à l'arrière de leurs fourgonnettes. Personne n'est à l'abri d'une sale réputation. José n'avait pas de maison, il occupait ce cabanon saisonnier qui faisait office de bureau-réception-buvette. La pièce maîtresse de son cabanon n'était évidemment pas le frigo, c'était la caisse, une caissette en fer qu'il vidait tous les soirs dans une autre caisse secrète et plus conséquente celle-ci, dissimulée sous le plancher, dans les fondations. C'est-à-dire dans la seule partie solide de l'édifice préfabriqué. Je l'ai aperçue bien malgré moi, dans la panique d'une inondation. La mer était montée et José s'était empressé de sortir sa caisse du plancher. J'avais donc bien vu, nous n'étions qu'en début de saison et il y avait déjà un magot conséquent, un véritable trésor. José ne faisait pas confiance aux comptes bancaires, c'était sa manière à lui de fonctionner : hors comptabilité. Cette caissette sous son plancher était sa seule raison d'être ici deux mois par an, et aussi celle de ne jamais décoller complètement de son cabanon.

Je prenais mon emploi sur les coups de sept heures du mat, bien avant l'arrivée des touristes. J'imitais un bruit de trompette devant sa cabane pour le réveiller en criant *On peut toujours compter sur son JP !* avec un accent méridional de vieille publicité. José sortait de sa cahute, en faisant semblant de s'étirer pour dire qu'il avait bien dormi. Souvent, j'avais droit à une réflexion sur l'immense satisfaction qu'il éprouvait de pouvoir dormir seul, enfin, de ne pas partager son lit avec une femme et dans son cas, c'était gagné d'avance, puisqu'il n'avait pas de lit, juste une chaise longue. Il disait *Dans la vie ce sont les histoires de cul qui vous saignent.* Et c'était valable pour les relations d'amitié.

J'alignais les chaises longues et les parasols sur le sable, comme on dispose des pions sur un damier, un bel alignement qui me donnait presque le sentiment de me reposer moi-même. La lumière montait, la plage était prête pour la grande foire aux coups de soleil. José sortait la caissette qu'il posait sur le rebord de fenêtre de son cabanon. Il y rangeait toujours les billets pliés d'une certaine manière. Un pliage rectangulaire. En croix. C'était un genre de superstition chez lui, enfin, dans sa famille, on disait que ranger correctement l'argent faisait venir correctement l'argent. Un truc auquel il disait ne pas croire vraiment, il ne le faisait que par acquit de conscience. Tout ça me rendait hilare et lui, pour me faire rire encore plus, il en rajoutait. Il portait une pièce de monnaie à son front en prenant l'air hébété d'un curé devant son hostie, sorte d'incantation à l'argent et au soleil, enfin, à tout ce qui brille. D'une voix désincarnée, il disait *Que ta lumière rentre dans ma caisse !* C'était son style d'humour, quand il parlait du soleil, il disait encore : *La lampe à bronzer.*

Vers les huit heures, la plage était installée. Je vérifiais les chaises une à une, parce que certaines chaises longues pinçaient à cause des charnières, il fallait bien les vérifier. Alors je vérifiais. Et puis, je retournais m'allonger auprès d'Élisabeth, je retrouvais l'odeur de notre chambre, notre nid d'amour. L'été se tenait là, tout à fait. Élisabeth émergeait du noir en prenant des airs de petit phoque hébété, puis c'était l'enchaînement quotidien rituel du lever-filtre-machine-à-café-kleenex et des mauvaises herbes, auquel se rajoutait maintenant, en cette mi-juillet, l'arrosage matinal des iris.

Nous laissions descendre le soleil pour aller nous baigner dans les criques, impossible de trouver ailleurs calme si parfait. Les piscines naturelles dans les falaises, à une heure de marche par la jetée, et puis encore une demi-heure dans les rochers et les broussailles. On y arrivait fourbus, épuisés. Nos dernières forces nous permettaient juste de basculer dans l'eau, le corps en boule. Un électrochoc de rêve qui nous arrachait un hurlement à faire tomber les rochers. Aux abords de la crique, il y avait une épave de bateau. Le jeu consistait à nager vers cette carcasse dont les armatures s'étalaient comme les premières côtes d'un squelette sur les fonds. Cette épave était une mort merveilleuse, un fabuleux plongeoir. Et puis des cactus partout, comme une herse autour de la crique. Des cactus. Je ne connais pas la durée de vie d'un cactus, et je ne sais pas non plus pourquoi les gens éprouvent le besoin d'y graver leurs initiales et leurs messages d'amour, ces promesses grandissent dans la logique des plaies, et ces cactus nous offrent ça jusqu'à la fin, ces promesses de s'aimer, béantes. J'ai oublié le nom de ces cactus, ce sont des cactus qui grouillent de noms. Nous l'avons fait, nous aussi, avec Élisabeth, ça devait être avec sa lime à ongles ou une capsule de bouteille, ça donnait *JPE* entouré d'un cœur. C'était censé nous emmener vers l'hiver, ou nous protéger de quelque chose, et peut-être que ces initiales y sont toujours.

Sur les coups de dix-neuf heures, nous revenions par la jetée, le chemin des boutiques. Comme on se roule dans la neige en sortant du sauna, nous éprouvions le besoin de cette immersion dans la foule en sortant du silence. Le brouhaha des paillotes, bars, cabanes à hot-dog et marchands d'articles de plage en tout genre. Le même chemin tous les soirs, en prenant bien soin de traîner les pieds, pour le plaisir d'être certains de n'avoir absolument besoin de rien. Abrutis de soleil, repus.

Plus tard, je retrouvais la plage de José, désordonnée comme au passage d'un cyclone, matelas mousse et chaises longues éparpillés. José m'attendait, maître du désastre dans son cabanon, assis derrière sa petite caisse pleine à craquer et j'avais encore droit à une réflexion qu'il me balançait, doigt tendu vers le soleil couchant : *Bonne journée JP, bonne journée ! le dieu de la lampe à bronzer a bien entendu nos prières !* Puis il s'affalait dans une chaise longue, jambes écartées et bras ballants, attendant avec délectation le moment où j'arriverais à lui. Là, il prenait une expression de milliardaire saoudien pour me dire *Alors, JP, tu ne me portes pas ?* C'était sa blague favorite, un peu convenue, il est vrai, mais c'était l'alibi d'un dernier fou rire. À la suite de quoi, il me tendait mes trois billets quotidiens bien pliés dans le sens de la longueur, et du bout des doigts. C'était l'autre superstition : ne pas toucher la main de l'homme, en même temps qu'on y glisse de l'argent. C'était turc ou kurde, je ne sais plus, de la poésie encore. Et puis, la plage rangée, nous nous asseyions tous les deux au bord de l'eau en buvant une série de pastis dans un seul et même gobelet que l'on prenait la peine de rincer à même les vagues. Ça donnait au pastis un goût légèrement salé et ce goût salé, on finissait curieusement par s'y habituer, ça devenait le vrai goût du pastis.

Dans ces heures-là, José devenait drôle et touchant, il éprouvait le besoin de me raconter des choses. Ça n'était pas à proprement parler des confidences, plutôt des pensées générales sur le monde, et ça concernait bien souvent la folie des hommes et plus particulièrement le rapport des hommes à l'argent. Toutes les conneries qu'il avait faites, lui, pour l'argent : *C'est quoi au juste l'argent ? Du papier, des petites rondelles, des capsules ? Autrefois chez les Incas, on avait encore l'idée de payer avec des épices, c'était utile les épices, et puis chez eux au moins, l'argent avait une odeur. Mais là, ces petits billets, ce n'est rien. Vraiment rien de rien.* José s'écoutait parler, il lui arrivait de s'interrompre pour jeter un vague regard au loin en disant *Quand on voit ça, ça fait relativiser !* Ça, c'était le soleil qui descendait à l'horizon. Parfois, je lui aurais bien proposé de regarder « ça » en silence, mais José était un homme sympathique et j'étais, je crois, dans ces moments-là, son seul ami.

Je rentrais par un sentier d'entre les villas, toujours le même et toujours dans ces heures-là, c'est-à-dire celles de bien après la tombée du jour, et ça faisait grimper ma parano. Cette peur n'était pas générée par l'obscurité, au contraire, c'était les lampadaires, l'enchaînement des lampadaires. Mon ombre prenait forme sur le sable et ça m'angoissait. Dans ces zones lumineuses qui n'étaient pas sans évoquer celles des miradors, je sentais la présence d'un autre. Et cet autre, c'était moi, Jean-Pierre. L'homme en cavale. Je me disais *Fais gaffe JP, quelque part, loin d'ici, tu es recherché ! Et loin d'ici n'est pas toujours aussi loin qu'on le pense.* Ça tenait à la fatigue, au pastis et au soleil à outrance, mais pas seulement, je n'étais pas seulement un homme en vacances et je n'étais pas seulement parano. J'étais un homme recherché, et je me surprenais dans ces heures-là de ne pas en être plus inquiet. Il devait y avoir un avis de recherche, une photo de moi quelque part dans un commissariat. Je le savais, j'avais eu l'occasion de les voir, ces portraits noir et blanc, mille fois photocopiés au mur des commissariats. Visages granuleux-gris comme des cadavres à force d'être reproduits, galeries de portraits monstrueux. À partir de quel moment choisissait-on d'accrocher telle ou telle photo, de tel ou tel homme recherché sur un mur ? Ça, je n'en avais pas la moindre idée. Ainsi ma photo était peut-être suspendue, à ce moment-là, entre un calendrier des chiens de montagne hélicoportés et des images du 14 juillet. Et cette photo, ce portrait, c'était quelle sorte de ressemblance ? Ça aussi j'aurais aimé le savoir, parce que mes cheveux avaient considérablement repoussé depuis mon évasion, au point de masquer presque complètement ma cicatrice, et j'avais déjà un bon début de barbe. Cette mise en jachère pileuse me rendait plus profond, considérablement plus mûr. Et donc, cette photo accrochée sur le mur d'un commissariat devait sérieusement dater, surtout s'il s'agissait des clichés de mon entrée à Poissy, juste après l'hôpital, avec les béquilles, le visage boursouflé, le cheveu ras, l'air hagard, et même la bave aux lèvres, qui sait ? Je m'efforçais d'oublier cette image. Je l'imaginais tomber derrière le radiateur. Mais cette horrible photo ne tombait pas complètement, ma conscience me torturait. Comment pouvais-je ne pas penser chaque minute et chaque seconde que ma place était encore en prison ? Ma dette n'avait pas été payée après tout, le temps que je prenais ici était irréel. J'étais un être irréel, entièrement irréel. Et, de plus, je me complaisais dans cette irréalité. Je devais faire l'effort de rester inquiet, absolument, je me promettais d'en faire l'effort.

Ma photo n'en finissait pas de ne pas vouloir tomber derrière le radiateur. J'accélérais le pas, il fallait réoxygéner mon cerveau, rentrer au plus vite.

À cinquante mètres de la maison, au croisement de quatre villas, sur une butte de sable entourée de cactus, trônait une cabine téléphonique. Sarcophage de verre posé là debout, toujours vide et porte entrouverte à mon intention. Ça aussi, c'était une sorte d'épreuve. Dans la lumière du néon, je ralentissais. De cette cabine, j'aurais pu passer un ou deux coups de fil, prendre des nouvelles, savoir ce qu'il en était « vraiment » de ma situation d'homme recherché à Paris. C'eût été une grave erreur, c'était déjà une erreur que d'y penser. Je ne devais pas céder à la tentation, surtout pas. D'ailleurs, le pastis aidant, je pouvais très bien me faire les conversations à moi-même, comme ça, en restant planté devant la porte vitrée. C'était un rêve de plus. Je me voyais composer une série de numéros sortis intacts de ma mémoire et dans un son de loterie gagnante je percevais des voix familières en guise de récompense. Le premier numéro, c'était ma sœur qui décrochait négligemment, je lui disais *Bonjour Mylène.* Je n'avais pas le temps d'en dire plus, elle entrait dans une colère noire, me reprochant de l'avoir utilisée pour m'enfuir. Elle, ma grande sœur qui s'était battue toute sa vie pour rester digne malgré la honte que j'avais fait planer sur la famille, et pas seulement sur notre famille, mais sur toutes les familles italiennes du Sud parisien. C'étaient des hurlements entrecoupés, en bruit de fond des râles d'angoisse de mon frère Virgile. Elle essayait de le calmer, elle lui disait *C'est rien Virgile, c'est juste ton imbécile de frère qui nous donne de ses nouvelles !* Puis elle reprenait *Jean-Pierre ne m'appelle plus jamais !* Pour finir, elle me raccrochait au nez. Je remettais un autre numéro dans la machine, c'était Gros Marc. Par peur des écoutes téléphoniques, il me disait *Bonjour M. Gilbert,* puis il me demandait de le rappeler deux jours plus tard en me donnant un nouveau numéro avec un système de code inspiré de l'alphabet que je notais sur un bout de papier, et que je perdais hélas, aussitôt. Alors, dans ma tête, je tentais encore une dernière chance. J'appelais mon vieux copain Massimo qui, à cette heure tardive, devait encore se trouver dans son commissariat. C'était mon coup de fil imaginaire préféré, je disais juste *C'est moi JP, je t'appelle pour te dire que tout va bien !* Massimo ne répondait pas tout de suite. J'entendais en bruit de fond les machines à écrire qui ralentissaient. Il n'était donc pas seul dans son bureau. Sur un ton caverneux, il me posait cette question *T'es où Jean-Pierre ?* Et là, c'était moi qui raccrochais. Voilà, j'avais passé tous mes coups de fil imaginaires, j'étais content et je pouvais rentrer tranquille.

Élisabeth m'attendait dans le jardin, vision de rêve et pourtant bien réelle celle-là, debout à côté du grill dans la fumée des sardines, nue sous le tablier de cuisine de sa maman, fourchette à la main. Elle me demandait si tout s'était bien passé dans ce laps de temps de deux heures à peine qui nous avait séparés. Je lui racontais mon pastis salé au bord de l'eau avec José, en imitant son radotage quotidien sur le sujet de l'argent. Puis je prenais l'air fatigué de quelqu'un qui rentre du bureau, je m'approchais d'elle, caressais sa peau sous le tablier en vinyle. Dans l'atmosphère calfeutrée du jardin et avec en guise de fond sonore les radios avoisinantes, nous faisions l'amour avant de passer à table.

La machine à tomber les jours battait son plein. Tout passait trop vite, terriblement vite, parce que le bonheur est ainsi fait, furtif. Il m'arrivait de penser que tout ça n'était que délire. Un foutu délire qui portait peut-être encore le nom de coma. Cette vie, ce bonheur et ces rayons de soleil qui irisaient quotidiennement nos poils pubiens n'étaient peut-être que l'effet du masque à oxygène, les prémices du grand couloir blanc. J'étais peut-être encore dans le coma quelque part dans un hôpital de prison. J'allais peut-être me réveiller, pour mourir l'instant d'après, et ce serait d'ailleurs une sortie de coma tristement classique. Je ferais partie des gens dont on dit *Il a eu un dernier sourire, et puis il est parti*.

Oui, à ce stade de bonheur si parfait, personne ne pouvait affirmer que je n'étais pas mort ou en passe de l'être. En attendant, tout était bien, c'était bien. Je ne pouvais rêver plus beau délire, ou mort plus authentique. Parce qu'il faut bien mourir de quelque chose, je me disais *Laissons venir la mort*. Oui, laissons-la venir.

Et puis, il s'est passé cette chose curieuse. Vraiment curieuse. Je pourrais dire encore « par hasard » et puis non, car en y réfléchissant, il est arrivé ce qui devait m'arriver. Les Chinois disent que le hasard est toujours provoqué par la vie. Pour évoquer le hasard chez eux, on ne parle pas, par exemple, d'une pièce qui tournoie en l'air, mais d'un oiseau. Un oiseau qui, comme la plupart des oiseaux, a le choix de se poser où bon lui semble. Là où il se pose, voilà vraiment *le hasard*. C'est le choix de l'oiseau. Conjonction de plusieurs phénomènes : bruit, lumière, température, force du vent, nourriture. Toutes ces données sont pressenties par l'animal qui, *a priori*, n'y réfléchit pas et va se poser là, par bon sens et « par hasard ». Mon oiseau chinois s'est présenté à moi de cette façon :

C'était en revenant de la plage, une journée comme les autres, magnifique ni plus ni moins, sur la jetée en béton qui longeait la mer et c'était, je m'en souviens très bien, à la tombée du jour. Je tenais Élisabeth par la main. Nous revenions de nos baignades assourdissantes. Nous marchions peut-être encore plus lentement qu'à l'ordinaire, parce que ce jour-là, nous étions partis plus tôt vers les criques et nous n'avions donc peut-être pas fait la sieste après l'amour. Bref, ce dont je me souviens, c'est que ce jour-là, nous rentrions plus fatigués qu'à l'ordinaire, déshydratés, comme saouls de ne pas avoir assez bu. Dans la poussière agitée des derniers baigneurs, une silhouette est apparue, repérable entre mille par sa drôle de démarche, beaucoup plus lente encore que la moyenne, et par sa tenue générale, débraillée, dont la cannette de bière tenue à bout de bras était visiblement le centre de gravité. Dans l'agitation ambiante, personne ne semblait faire attention à lui et pourtant cet homme n'avait rien d'un baigneur, ni même d'un vacancier. Il passait entre les corps dénudés, hésitant et louvoyant telle une ombre, posant son regard ici sur une paire de fesses, là sur un sac à main, s'arrêtant devant les tables des terrasses pour faire des réflexions. Un homme dont on pourrait dire à première vue qu'il « cherche ». Identifiable dans les ambiances de bal populaire comme celui qui va terminer au poste de police ou envoyer quelqu'un à l'hôpital. Et j'ai été frappé par l'idée que dans ce fourbi général, nous étions les seuls, Élisabeth et moi, à marcher à sa vitesse. Oui, cette ombre déambulante était notre propre mouvement en sens inverse. Il arrivait sur nous dans cette lumière qui devait être, je l'ai su plus tard, notre dernier vrai rayon de soleil.

À quelques mètres de lui, Élisabeth m'a fait cette réflexion, elle m'a dit *Tu as vu ce type, comme il s'est bousillé la gueule avec ses tatouages* et je n'ai rien répondu, parce qu'on était maintenant trop proches de lui, mais c'était remarquable, de l'ordre du presque monstrueux. Ce type était un phénomène de foire inquiétant et grouillant de tatouages. Eczéma graphique composé de taches, de ratures, dates et collections d'insectes, un cinéma ambulant dont le ridicule culminait au point le plus avancé de son crâne chauve. Sur ce dôme brillant, on pouvait encore distinguer une sorte de volatile libellule, bardé de deux initiales.

L'homme s'est immobilisé devant nous dans une attitude de boutiquier, mains posées sur ses hanches et jambes écartées, comme dans un mauvais western.

Il semblait ne rien percevoir de sa cannette de bière qui se déversait pourtant doucement sur son pantalon. Quelques secondes se sont écoulées, puis son visage s'est ouvert dans un ricanement. J'ai pensé soudain que ce type était pour moi. Évident qu'on allait maintenant avoir droit à une réflexion sur ma petite taille, l'allure ridicule de mon t-shirt ou encore sur Élisabeth qui avait pris la peine de baisser la tête pour pouffer de rire. La situation pouvant dégénérer rapidement, j'envisageais donc une sortie idéale qui serait un coup de pied dans les tibias. Le type tomberait. On passerait notre chemin en accélérant le pas, les passants ramasseraient une ombre beuglante, tibia cassé, tatouages sur la gueule et cannette de bière à la main.

À un mètre de lui, j'ai pris la peine de faire un pas de côté, distance nécessaire pour lui faire un balayage de pied réussi et ça n'a pas manqué, le type a fait un pas de côté lui aussi, puis il m'a attrapé le bras. Le temps de planter mes yeux dans les siens pour masquer le fameux coup bas, je l'entends articuler mon nom : *Jean-Pierre !* Mon nom venait de sortir de cet homme, gargouille vivante, qui pouvait être, en le voyant de plus près, un homme de trente ans à peine. Devant mon air ahuri, il a ajouté : *Tu ne me reconnais pas JP. Je vois que tu ne me reconnais pas, mais moi je te reconnais ! Mon nom c'est Jean-Luc, Jean-Luc des Marronniers !*

Jean-Luc des Marronniers, ça ne me disait rien, non vraiment rien de rien. Ça faisait très *vieille famille française* comme patronyme et ça ne collait pas vraiment avec le phénomène, la démarche, les tatouages et le style vestimentaire. Et puis ça m'est tombé dessus, subitement : les « Marronniers » c'était un immeuble derrière, quand je dis derrière, je pourrais même dire : très loin derrière celui de mes parents, les premières barrières de la place d'Italie, un grand complexe immobilier. C'était ça, *les Marronniers.* Une cité en soi. Les premières tours du 13e qui sont devenues par la suite le grand quartier asiatique. Et lui, cet homme, cette voix nasillarde et cette démarche c'était, enfin, ça avait dû être un enfant de cette cité. Il y en avait beaucoup, des enfants dans ce périmètre, énormément, des grappes entières qui hurlaient notre nom, quand nous traversions le quartier en Porsche, avec Bruno. Ces enfants nous reconnaissaient, nous, les voyous de trente ans. Nous étions les grands caïds et cette réputation nous plaisait au point de l'entretenir d'un petit billet par-ci, par-là, jusqu'à offrir parfois un vélo, une mobylette, une chaîne stéréo. Nous n'étions pas de simples raclures malhonnêtes. Nous nous sentions plus populaires que Belmondo ou Delon ou même n'importe quel grand acteur américain. Dans leur regard, nous étions vrais.

Jean-Luc des Marronniers était donc là devant moi, à moitié identifié. Une ombre assise devant un immeuble de la place d'Italie, quinze ans plus tôt. Et puis, par-delà le rideau de tatouages, il y a eu un visage, un visage qui revenait parmi d'autres. Ces yeux, ces deux petites billes vides et agitées. Oui, j'avais connu un enfant qui s'appelait Jean-Luc au même regard de semi-fou, dont on dit chez certains enfants qu'il est signe de vivacité. Mon cerveau en avait gardé quelque chose. Un gamin toujours attifé d'une blouse trop grande, vêtement atypique dans ce quartier qui prônait déjà le port du jogging et des baskets. Dans ce souvenir, cet enfant ne parlait pas beaucoup, c'était une des têtes de derrière, celles qui vous regardent avec l'air d'avoir toujours mieux à faire. Plus sérieux que la plupart des enfants de son âge, il faisait « CAP mécanique » dans une école de la porte d'Orléans.

J'aurais voulu lui poser la question sans préambule *Qu'est-ce que tu fais là ? Qu'est ce que toi, tu fais là, toi et dans cet état de saleté ?* Question impossible à poser, évidemment. Élisabeth était trop près de moi, accrochée à mon bras, sortie de son fou rire et même légèrement interloquée, elle attendait la suite. Jean-Luc a vu que je le resituais, c'est passé dans ses yeux, la joie est montée sur son front. Il m'a dit *Alors tu te souviens ?* Et j'ai dit oui, mais j'en étais très ébranlé, au point de ne plus pouvoir continuer. Le temps me dégoulinait dessus, comme une chose informe. Cette rencontre, ça devait être ma vie qui défilait. Tout le monde a entendu parler de ce phénomène : la mort devant soi. Tout ça étayait la thèse du coma. Décidément oui, tout était trop étrange depuis quelque temps, je subissais les assauts du délire. J'étais dans le coma, et la mort se présentait là enfin. Son haleine m'a sorti de cette torpeur. S'il s'agissait de la mort, elle était dotée d'une haleine très acide, et j'ai pensé que la mort n'avait pas d'haleine, du moins, qu'elle n'était sans doute pas portée sur la bière.

Je l'ai présenté à Élisabeth, j'ai dit *Je te présente Jean-Luc, « un ami »,* et après ça je ne savais plus quoi dire. J'avais laissé ma main sur son bras dans la position où je m'étais installé pour le faire tomber d'un balayage de pied. Impossible de faire une phrase plus longue. Totalement perdu, pétrifié. Je me disais *Si ce type l'ouvre, c'est lui qui va tout faire basculer.* Effectivement, il a embrayé pour me dire *Je ne pensais pas vraiment te revoir un jour, enfin pas vivant. Pour moi, dans les journaux, t'étais déjà mort JP !* Voilà, c'était sorti, Élisabeth venait de lui tendre mécaniquement la main, il se penchait maladroitement vers elle pour lui faire la bise. Il venait de balancer l'information capitale. Il était donc au courant de mon accident, mon sinistre passé venait de me rattraper, il était d'ailleurs en train d'embrasser ma charmante fiancée. Quatre grosses bises sur les joues d'Élisabeth qui paraissait toujours très interrogative. Il fallait agir. Et j'ai pensé que j'avais devant moi quelques secondes à peine pour raccorder cet homme sorti de nulle part à mon fameux mensonge rationnel. Ce mensonge de pompier secouriste qui avait fait de moi jusqu'alors un homme au-dessus de tout soupçon. J'ai donc enchaîné sur mon histoire de pompier en disant *Qu'effectivement, je n'étais pas mort* et que sans le courage de mes hommes et le réflexe de mon lieutenant, sûr que j'y serais resté. Et là, le regard de Jean-Luc des Marronniers s'est voilé. Il ne comprenait rien. Mes yeux restaient plantés dans les siens, j'y voyais le trouble s'épaissir, j'avais dit *lieutenant* et pour lui *lieutenant,* c'était forcément : lieutenant de police. Alors j'ai repris *le lieutenant des pompiers. Tu sais les incendies, le feu. Mon poste à la caserne !* J'ai pressé doucement son bras en ajoutant *C'est eux qu'il faut féliciter !*

Il me regardait avec ses deux petits yeux paumés, vibrants comme deux noyaux d'olive sous son front luisant qui n'était pas comme je l'avais d'abord cru, estampillé d'une libellule, mais d'un ange. Oui, son tatouage sur le front représentait un ange avec une mitraillette dessinée très grossièrement. Le tout était ponctué de ses initiales : *JL,* au cas où on ne l'aurait pas reconnu. Ses yeux chevauchés par l'ange mitrailleur me fixaient, perplexes, très perplexes, et je devais donner l'impression d'avoir effectivement très chaud, parce que d'un coup, il a dit *Ah oui, je vois, les pompiers. Oui !* Et son visage s'est fendu d'un sourire gêné. Là, j'ai repris le ton cordial des présentations pour Élisabeth, j'ai dit *Je te présente Jean-Luc qui fut autrefois une de mes meilleures recrues à la caserne !* Et Jean-Luc a dit *Enchanté mademoiselle* et cette fois, il lui a serré la main. À la suite de quoi il y a eu un autre malaise indescriptible. Disons, le malaise d'une vie.

À ce moment-là, j'aurais dû passer mon chemin. Profiter de ce redoutable vide pour nous effacer tout à fait, Élisabeth et moi. Malheureusement, je n'en ai pas eu le bon réflexe. Avec un air de fausse curiosité, je lui ai demandé ce qu'il faisait dans les parages en cette saison. Il m'a répondu de manière tout aussi évasive qu'il n'était que de « passage », juste de passage et que son principal problème était de trouver un endroit pour dormir. Parce que, comme il me l'a dit, *Les gens ne sont pas très cool sur cette plage. Très difficile de trouver un endroit pour dormir à la belle étoile.* J'ai dit *Ah ouais ?* en prenant un ton surpris, et j'ai pensé à José qui se réveillait la nuit avec sa lampe électrique en insultant les gens qui tentaient de dormir sur son périmètre de sable. Oui, je le savais, les gens n'étaient pas cool ici et nulle part ailleurs. D'ailleurs le monde entier n'est pas cool, *cool* n'existe pas.

Il était sale, il puait et il continuait de me regarder comme si je venais de lui offrir sa première mobylette. Terrible misère, impossible d'être un lâche, impossible d'en avoir le courage. J'aurais dû passer mon chemin, lui faire une réflexion bien con, du genre *À un de ces jours sur la plage !* Mais non, c'était plus fort que moi, face à ce type défiguré qui me regardait, moi, comme si j'étais le chevalier Bayard en personne, j'ai proposé à Élisabeth qu'on l'héberge une ou deux nuits, le temps de lui laver ses fringues et de lui permettre de dormir correctement. Erreur, terrible erreur, la première grosse erreur de ma cavale. La seule en fait. D'ailleurs, ça a été la première question d'Élisabeth et la première fois que j'ai senti un vrai malaise dans sa voix *Où ? Dans quel lit ?* Question très pragmatique, évidemment. Dans celui de ses parents, impossible, alors j'ai proposé qu'il dorme dans sa chambre à elle, c'est-à-dire la nôtre et que nous prenions, nous, la chambre du fond, le très fameux et très sérieux lit des parents. Jean-Luc était d'accord, comme il l'a formulé, *Un lit est un lit.* Ce qui n'est pas tout à fait vrai.

Je n'avais pas résisté, je m'étais laissé déborder. J'avais toutes les raisons de m'en vouloir, mais il y avait du sens dans tout ça. Après tout, j'avais moi aussi bénéficié d'un soutien en la personne de Bernard : sans lui, son argent et son hébergement, je ne m'en serais jamais sorti. Alors en hébergeant Jean-Luc, je n'étais pas seulement con, j'étais partiellement bon.

Je l'ai su le soir même, dans l'intimité d'une promenade, Jean-Luc n'était pas resté très longtemps l'enfant sage parmi les voyous. Durant sa courte vie, il avait enchaîné pas mal de délits mineurs, vols de voitures et autres qui l'avaient poussé à s'engager dans la Légion. Les tatouages, c'était la Légion. Il n'y avait effectué que quelques mois et un nombre incalculable de conneries qui l'avaient mené cette fois directement en prison. Une petite peine, certes, mais à la première permission, il en avait profité pour s'éclipser. Et donc, pour finir, il était lui aussi en cavale, moins grave que moi, puisqu'il avait juste oublié de réintégrer la centrale de Melun qui est de toute manière une prison de seconde zone, mais en cavale tout de même. Une semaine qu'il traînait dans le Sud, chemise ouverte et bras ballants. Là non plus pas de hasard, c'était la logique même de la cavale, le bon sens de l'oiseau chinois. Laisser l'ombre derrière, descendre vers le soleil.

Comme tous les soirs, je suis retourné empiler les chaises longues de José, comme tous les soirs, José m'a proposé un pastis salé au bord de l'eau, et cette fois j'ai refusé. Il y avait plus urgent. J'avais des choses à faire. Je suis rentré, j'ai pris Jean-Luc à part dans un coin du jardin, c'était la première fois que je parlais comme ça à quelqu'un. J'avais quinze ans de plus que lui et j'employais le ton précautionneux d'un père. Ce que j'avais à lui dire était d'une extrême importance. Il allait devoir faire attention, très attention dans cette maison qui était celle de l'honnêteté et de la cordialité. Il pouvait tout faire basculer par une réflexion, un lapsus, une hésitation. Je comptais sur lui. Nous devions d'ores et déjà nous entendre sur une série de mensonges, aligner quelques dates communes et éviter certains sujets de conversations. Jean-Luc recevait le message, oreilles tendues comme un berger allemand, je pouvais compter sur lui, mais il attendait la suite. Qu'est-ce qu'on allait faire, lui et moi, dans les jours qui venaient ? Parce que, il me l'a dit, *Toi et moi, on mène le même combat hein, JP ?* De son point de vue, notre rencontre, c'était un peu l'association Mesrine et Besse au moment le plus fort de leur cavale. On pouvait prendre une place importante dans l'histoire de France, on serait un peu les *ennemis publics* numéro deux et trois. Ça dépendait de nous. Il attendait mes instructions, un plan, n'importe quel plan. Il entrerait dans le feu avec moi, en enfer, s'il le fallait, il n'aurait peur de rien.

Terrible malaise. J'ai compris que j'étais toujours un héros pour lui, et je sais que ce genre de maladie se soigne très mal. J'ai essayé de le calmer en lui expliquant que notre association faisait partie des choses possibles, mais dans un autre temps. Là, durant ces quelques jours, sa mission consisterait à jouer au maximum le jeu des vacances : nager, dormir, manger des brochettes, laver ses chaussettes. En somme, il devait faire semblant d'être heureux et pour clore la discussion, je lui ai dit *Tu vois, on est encore tous les deux en vie et on a de la chance. C'est déjà important de vivre, tu comprends ?* C'était difficile de lui expliquer ça, de but en blanc.

En rentrant dans la maison, il s'est arrêté dans le couloir, il avait encore quelque chose à me dire, à voix basse, parce qu'Élisabeth était dans la salle de bains. Il semblait très ému, il m'a redit qu'il m'avait vraiment cru mort, totalement mort, et qu'en tant que mort, il avait souvent pensé à moi et dans certains cas, ses pensées avaient été formulées comme des prières. Il m'a dit qu'il me demandait souvent conseil dans sa tête et que moi, Jean-Pierre, je lui répondais. J'étais mort et je lui répondais. C'était plutôt très touchant, en revanche, j'ai évité de lui demander ce que je lui avais conseillé de faire, et de quelle manière j'avais participé moi aussi à ses conneries. J'ai ouvert la porte de la chambre d'Élisabeth, allumé la lumière. Il y avait cette douce odeur de lavande moisie et de drap tiré qui m'avait enivré la première fois. Tout était en place pour lui, Élisabeth avait posé une serviette propre sur la commode. Jean-Luc est entré, puis il est resté immobile sous la lumière. Je lui ai montré le lit d'Élisabeth comme on présenterait un vieil ami, c'était ici qu'il allait dormir. Jean-Luc a pouffé dans un bruit de reniflement, c'était la couleur bleu ciel du lit et les petites fleurs peintes sur le montant, il avait peur de faire des cauchemars.

Ça m'a fait comme un pincement au cœur de le laisser là, seul avec sa crasse et son humour crasseux dans le petit musée des chuchotements. La chambre d'enfant d'Élisabeth. Quel cadeau somptueux. L'idée m'est quand même venue qu'il aurait pu simplement dormir par terre dans la cuisine ou même dans le jardin. Selon son expression : *Un lit est un lit*, une paillasse est un lit. C'était le jour des bonnes actions, j'avais été touché par ce type jusqu'à la pitié, c'était un nouveau genre de sentiment pour moi, la pitié. Je m'étais un peu fait avoir, il n'y avait plus rien à regretter. Alors : *Bonsoir Jean-Luc et fais de beaux rêves.*

Et j'ai rejoint Élisabeth dans la chambre des parents qui était un peu moins la chambre des rêves. Le lit était plus grand et entre nous, tout paraissait bizarrement plus étriqué. Élisabeth était nerveuse, emmitouflée dans le peignoir de sa mère, elle se posait des questions au sujet de mon collègue de caserne, *Que faisait-il sur la côte en cette saison ?* Et ses tatouages, c'était bizarre de voir un pompier tatoué de cette manière, les pompiers n'étaient-ils pas tenus à une présentation correcte dans ma caserne ?

Alors je suis reparti vers de nouveaux mensonges. La vie de Jean-Luc : un pauvre type au fond. À l'origine, un ancien légionnaire, un peu fou c'est vrai, mais très courageux. Téméraire était le mot juste. Dans les incendies les plus graves, c'est lui qui montait le premier à l'échelle. C'était une lutte personnelle entre lui et la matière flamme, un pompier exemplaire qui de surcroît refusait les médailles, une sorte de guerrier itinérant. Dans l'hexagone, des tas de casernes auraient rêvé d'en disposer à plein temps, mais il n'appartenait à personne. Son combat contre le feu était son histoire, il ne fallait pas lui poser trop de questions, ça concernait sa famille, ses parents. Oui, enfant, il avait perdu ses parents dans un incendie. Lui, s'en était sorti de justesse, et la légende disait que ces drôles de tatouages étaient une manière de cacher ses cicatrices. On ne pouvait pas laisser tomber un type comme ça. Élisabeth était sans voix, elle n'a pas dit *Le pauvre !* Ni même *Oh mon Dieu !* Elle n'a rien dit, elle s'est endormie. J'ai éteint la lumière là-dessus. Et je me suis retrouvé seul dans le noir avec le destin traficoté de mon vieil ami Jean-Luc, que je regrettais finalement à m'en mordre les coudes d'avoir installé « chez nous », au bout du couloir, dans notre petit lit d'amour.

Cauchemar, abject cauchemar que de l'imaginer en train d'ouvrir les tiroirs d'Élisabeth, d'y mettre ses grosses mains graffitées. Impossible qu'il n'en éprouve pas la curiosité. Et puis le reste, l'horrible vision de Jean-Luc à genoux sur la moquette en train de s'éponger comme un chien dans les petites culottes d'Élisabeth. Terrible vision. Élisabeth s'est réveillée plusieurs fois dans la nuit pour me demander si je dormais, et puisque je m'en souviens, je ne devais donc pas dormir.

La première nuit est passée ainsi, très difficilement. Et puis il y a eu les repas, le tragique moment du petit déjeuner. Élisabeth avait bien appris la leçon, elle se gardait bien de parler à Jean-Luc de son métier de pompier. Jean-Luc s'y serait tout de suite perdu. Pour animer un peu les conversations, il restait quand même le sujet de la Légion. Après tout, il avait été légionnaire dans la réalité comme dans la légende. Très sûr de moi, je lançais la première balle sur le terrain du mensonge en lui disant *Alors, toi, Jean-Luc, tu y as été, à Beyrouth ! Ça a dû être vraiment très difficile, non ?* C'était un sujet de dissertation vraiment facile, Beyrouth, on avait tous vu ça, à la télé. On pouvait raconter n'importe quoi sur cette ville qui n'était plus que confusion militaire, politique et religieuse. Un tas de ruines fumantes sur lesquelles on pouvait faire pousser n'importe quoi. Tout était possible sur le sujet de la Légion française à Beyrouth et lui, il me répond *Biroute, j'étais à Biroute, JP !* En pouffant de rire avec sa tartine enfoncée dans le gosier. J'échangeai un petit sourire de connivence avec Élisabeth, mais lui, je l'aurais tué sur place.

Deux jours sont passés comme ça, les deux jours les plus longs de ma vie. Je m'étais inoculé le virus Jean-Luc et je ne pouvais m'en prendre qu'à moi-même. Toutes les cinq minutes, Jean-Luc disait *On bouge ?* C'était le mot-clé, *On bouge.* Il disait ça en remontant son pantalon, suivi d'une petite gesticulation des espadrilles, l'air de vouloir se débarrasser d'une crotte de chien. Alors *On bouge !* ça voulait dire : on va faire un tour dehors. Et puis une fois « dehors », qui n'était à ses yeux qu'une suite de rues trop mornes, il fallait s'asseoir au bout de vingt mètres parce que le soleil était « bariolé », c'était une autre expression, il avait essayé de me l'expliquer, j'avais fini par l'interrompre.

C'était un peu la présence d'un jeune chien, Jean-Luc. La Légion, la vie et la prison ne l'avaient pas encore dressé, il cherchait son maître, son espace de jeu. L'idéal aurait été de lui fabriquer un petit enclos dans le jardin avec quelques magazines de télé périmés, une cartouche de cigarettes et un parasol pour protéger l'ensemble du soleil et du regard insistant des voisins sur sa panoplie de tatouages. Ce journal intime gravé à même le corps, composé de très grands passages, comme ici un film qui l'avait « marqué », là une fille qui l'avait « plaqué » et là un type qu'il ne pouvait pas « saquer ». Je passe sur le poignard indien dessiné sur l'épaule gauche, surmonté d'un « pas de chance » et la guitare électrique sur l'omoplate, tout avait évidemment un sens profond.

Pour le détendre un peu, on allait le promener sur la jetée des boutiques. L'endroit où nous l'avions trouvé le premier jour. C'était un projet non concerté, mais animé sans doute d'un espoir commun de le voir se perdre dans la foule. Comme il nous était apparu, il se serait peut-être dissous dans la poussière du sable. Pour l'occasion, j'avais quand même réussi à lui faire enfiler une chemise à manches longues et une casquette qui ne cachait que très partiellement son tatouage frontal. De l'ange guerrier, ne subsistaient que deux pieds mal dessinés sur le côté gauche de son front. Dans l'ombre de la visière, ça pouvait encore passer.

Jean-Luc marchait devant nous dans un roulement d'épaules de garde du corps, très sûr de lui. Par esprit de provocation sympathique, il se retournait et nous appelait gentiment ses « vieux », *Alors les vieux, on avance ?* C'était dit sans méchanceté, je m'efforçais de trouver ça drôle.

Tout ce qui se présentait dans les vitrines semblait l'intéresser, les grandes marques surtout : lunettes Porsche, ceintures Ferrari. Il énonçait les prix à voix haute, c'était l'émerveillement à chaque fois, surtout à partir de trois rangées de zéros. C'était quand même ça, le vrai luxe. Une paire de lunettes Ferrari avec le prix encore accroché à la branche.

Et puis, un soir que nous nous promenions, non pas sur la jetée mais dans les rues du village, Jean-Luc s'est approché d'un magasin, un des nombreux magasins de la contre-allée. Devant l'entrée, il y avait de grands paniers posés à même le sol contenant tout un tas de babioles, maillots de bain, lunettes de plongée et serviettes de plage. Jean-Luc s'est mis à fouiller, juste pour le plaisir de remuer ces bouts de nylon en faisant semblant de renifler tel ou tel modèle féminin. Toujours, sans doute, pour me faire rire. Une femme est sortie du magasin et lui a demandé de ne pas fouiller directement dans les paniers et de bien vouloir préciser ce qu'il cherchait, et c'est là que l'ineffable Jean-Luc s'est énervé en passant directement au tutoiement *Quoi ? Tu me parles comme à un voleur ! Tu crois que je suis en train de te voler tes merdes de maillots de bain ? T'as vu la gueule qu'ils ont, tes maillots de bain. Dis-le que j'ai une tête de voleur !*

Quelques promeneurs ont ralenti, le patron du magasin est sorti. Je suis intervenu. J'ai dit que mon ami était un peu caractériel et que maintenant tout allait rentrer dans l'ordre, mais l'abominable Jean-Luc continuait de brailler qu'il n'était pas le moins du monde caractériel, en remuant pour de bon cette fois le panier de maillots, qu'il menaçait de balancer dans l'allée. Alors excuses et mille excuses à l'intention des commerçants et j'ai réussi à pousser Jean-Luc à l'extérieur de la terrasse. Élisabeth marchait loin devant nous et tout aurait pu s'arrêter là, mais Jean-Luc s'est retourné et il a vu que la femme du magasin le regardait partir, avec peut-être l'air de vérifier qu'il partait bel et bien, ou même qu'il n'avait rien volé. Et c'est là que Jean-Luc lui a fait un signe du doigt comme un coup de rasoir porté à la gorge, en hurlant *Tu vas voir salope, si je reviens demain !* Voilà, c'était pile le geste de trop.

Élisabeth était effondrée, rouge écarlate de honte. Cet abruti avait menacé une commerçante du village et tout ça pour une histoire de maillots de bain. Elle marchait dix mètres devant et quand je dis qu'elle marchait, elle courait. Elle aurait préféré être enterrée vivante plutôt que d'être associée à ça. L'idée que parmi les témoins il y avait peut-être des voisins, des gens qui avaient connu ses parents et l'avaient peut-être reconnue elle aussi, *la petite Élisabeth* qui venait depuis toujours ici en vacances. J'essayais de la rassurer, la plage était grande, très grande même, mais je pensais à mon emploi chez José. Il suffirait qu'un commerçant lui rapporte cette histoire pour que j'y perde ma place.

Jean-Luc marchait nerveusement, tête baissée, prêt à rentrer en corps à corps avec la première poubelle qui se présenterait. Il n'avait pas encore eu sa dose de violence vraie. Vexé comme un pou par la vieille, c'était le comportement d'Élisabeth qui l'énervait maintenant. Il en était presque à lui demander si elle lui trouvait, elle aussi, une tête de voleur et je crois qu'hélas, c'était bien pire. Impossible de raccorder une ambiance pareille. J'ai pensé que le moment était venu. J'ai dit à Jean-Luc qu'il devait partir, quitter la maison le soir même et j'ai cru qu'il allait m'assommer. Moi, JP, je lui demandais de partir, alors de quel côté j'étais ? Je penchais pour elle, la petite salope ? Il parlait encore d'Élisabeth. Il y a eu une longue explication sur la plage, et j'ai compris qu'il fallait calmer le jeu. Dans cet état de nerfs, Jean-Luc ne quitterait pas la maison sans avoir vidé son sac. Et j'y passerais moi aussi tout entier avec mon mensonge de pompier secouriste. J'étais cerné. Et puis tout le monde s'est calmé. C'était normal de s'énerver, elle était électrique cette plage. D'ailleurs dans le ciel passaient des nuages gris, ça tourbillonnait depuis deux heures et c'était signe d'orage.

La commerçante l'avait soupçonné de vol, Jean-Luc avait été con de s'en formaliser mais c'était le genre d'histoire qui arrivait toutes les deux minutes. Pour l'ambiance générale, j'ai proposé qu'on retourne au magasin le lendemain matin, Jean-Luc et moi. On s'excuserait encore une fois, surtout lui. Au pire on achèterait un bouquet de fleurs.

Je suis reparti ranger les chaises de José, j'avais furieusement besoin de bouger et d'empiler, moi aussi. Une fois rentré, l'ambiance s'est alourdie à nouveau, c'était l'orage encore. Ça devait péter dans les cinq minutes. Élisabeth était déjà montée se coucher, Jean-Luc tournait en rond, seul dans la cuisine, il avait encore des choses à dire au sujet de notre future association et cette fois, c'est moi qui devais l'écouter. Il ne fallait pas que je me formalise sur ce qui s'était passé sur la plage, il s'agissait juste d'un incident. En fait il fallait y voir un signe, et ce signe-là voulait dire qu'on avait mieux à faire tous les deux et pas seulement dans les environs, on avait mieux à faire en général. D'après lui, on pouvait partir le soir même. Il suffirait de voler une voiture chez les voisins et filer du côté de Cannes, vers la Croisette, là-bas il connaissait du monde.

Je lui ai dit que c'était effectivement une très bonne idée. Par ce temps orageux, il n'aurait aucune difficulté à voler une voiture. Il y avait un grand parking en dehors de la ville. Avec cette voiture, il serait libre. Il pourrait partir où bon lui semble. Au mieux je le rejoindrais dans les semaines suivantes, le temps qu'il prenne ses fameux contacts. Il pouvait faire confiance à mon instinct, je le retrouverais.

Jean-Luc a senti l'embrouille, c'est passé dans ses yeux comme une promesse de mort. J'étais en train de lui dire que je ne venais pas avec lui. Il m'a demandé de lui dire les choses en face, on ne pouvait pas monter une association sur des cachotteries. Si je voulais me débarrasser de lui, il fallait que j'aie le courage de le lui annoncer tout de suite. Il y a eu un silence. J'ai repris mon ton paternel du premier soir, en évoquant toute l'amitié que j'avais pour lui et ce fameux miracle qui nous avait effectivement réunis sur la Côte, lui et moi. Mais j'avais besoin de temps pour réfléchir. Jean-Luc vacillait. L'ange de la misère plissait son front. J'ai cru qu'il allait s'effondrer en larmes, il voulait savoir si Élisabeth, qu'il appelait toujours « l'autre », m'avait monté contre lui. Évidemment, pas le moins du monde, l'ai-je rassuré. Nous avions appris tous les deux à le connaître, depuis trois jours, ça avait été des bons moments, mais il ne devait pas oublier que nous étions en cavale l'un et l'autre, et que le destin de la cavale c'était quand même un peu *chacun pour soi.* Et j'ai ajouté d'un ton inspiré *N'oublie pas que la vie n'est qu'une longue suite de fins !*

C'était bien dit, avec juste ce qu'il faut de silence avant et pendant. Je pensais qu'on allait s'arrêter sur ces belles paroles, je n'avais pas employé le mot *fin* par hasard. Jean-Luc ne semblait pas décidé à aller se coucher pour autant, il essayait de réfléchir, cul posé sur l'évier. Ses mains commençaient à s'emberlificoter jusqu'à former une salade de doigts très inquiétante, il voulait que je continue de lui parler. Ses yeux se vidaient progressivement, puis sa tête s'est mise à onduler. Il cherchait quelque chose autour de lui sur le plan de travail de la cuisine, j'ai cru que c'était un cendrier et nos regards se sont posés en même temps sur un couteau qui trempait dans l'évier. Une lame brillante dont le manche en plastique noir plongeait dans l'eau sale, le temps était décidément très orageux. J'ai proposé qu'on arrête là la discussion, j'étais fatigué et je devais réfléchir. Cette association avec lui, c'était peut-être l'occasion de ma vie, un truc tellement important que j'avais du mal à réaliser, on en reparlerait demain.

Dans la chambre des parents, Élisabeth m'attendait, yeux cernés, teint livide et bras croisés sur la couverture bleu ciel. Trop énervée pour pleurer. J'ai ouvert la fenêtre au maximum, respiré un grand coup et pris mon air le plus ennuyé possible pour monter dans le lit. Une fois à côté d'elle, elle m'a demandé ce que j'avais l'intention de faire de celui qu'elle surnommait maintenant et très justement *l'abruti du fond du couloir*. J'ai dit que j'allais y réfléchir, que ce type était caractériel, trop sensible en fait. Dehors, le ciel s'est fendu d'une averse monstrueuse. Tout ce qui n'était pas suffisamment sorti dans l'après-midi coulait là, maintenant, dans la nuit, autour de nous dans les allées, dans un raffut de tôles froissées. De la haine liquide, des tonnes de haine et des éclairs qui traversaient la chambre. Une nuit d'épouvante. Élisabeth ne dormait pas. Au bout du couloir, Jean-Luc ne dormait pas non plus. Je le sentais et j'avais encore cette image du couteau qui trempait dans l'évier, ce putain de couteau. L'idée m'a traversé très furtivement l'esprit qu'un type tel que Jean-Luc ne serait pas difficile à faire disparaître. Je l'ai vu comme dans un flash, retranscrit en huit mots dans le quotidien local : « Un marginal retrouvé mort poignardé dans une pinède ». Le genre de chose qu'on ne se donne même pas la peine de lire, très ennuyeux même pour un policier. Oui, je reconnais que j'y ai pensé, furtivement, et que ça m'a permis de dormir.

La journée du lendemain il a plu encore, des trombes et des trombes. Élisabeth n'a pas quitté la chambre, Jean-Luc et moi n'avons presque pas parlé. C'était l'ambiance de merde optimale et rien ne valait le silence. L'électricité a été coupée plusieurs fois, il faisait nuit en plein jour. J'ai pensé que Jean-Luc perdrait au jeu de la baisse de moral, et je ne me suis pas trompé.

Le surlendemain, le soleil était là, bien net, bien lumineux, bien blanc. Je suis sorti à sept heures comme d'habitude pour aller ranger la plage de José. Toute la région semblait avoir été retournée par ces deux jours de tempête, un véritable chantier, des barques et des enseignes envolées. Une belle matinée de post-apocalypse, une atmosphère d'automne. José m'attendait sur son périmètre de plage, son cabanon n'avait pas bougé, mais l'ensemble du sable s'était creusé en rigoles, littéralement dévasté par l'eau. Il se tenait au milieu du chantier avec sa pelle, l'air catastrophé d'un bambin qui vient de voir son château de sable emporté par les flots. Mais le vrai problème, ça n'était pas la plage, c'était *deux policiers*, m'a-t-il dit. Deux hommes en civils qui étaient passés la veille, suite à une plainte déposée par une commerçante du village. Ces hommes avaient interrogé tous les commerçants de la jetée. Ils l'avaient interrogé, lui aussi, et lui avaient montré tout un tas de photos parmi lesquelles il y avait ma tête : face, profil.

José m'a dit qu'il ne m'avait pas balancé, mais que je ne devais surtout plus revenir dans les parages. J'ai vu qu'il avait peur et j'ai dit *Je comprends,* parce que c'est vrai que je comprenais et que j'étais à peu près dans cette même situation embarrassante avec Jean-Luc. Alors je suis rentré en courant par le chemin des villas, cette fois j'avais des raisons d'être énervé. La situation avec Jean-Luc m'en a paru tout d'un coup clarifiée. J'allais le sortir du lit et le mettre dehors direct et il n'aurait pas le temps de tenter quoi que ce soit, ni aucune forme de discussion, ni aucune forme de chantage. À la moindre résistance, je l'assommerais. Et dans le pire des cas ce serait *l'homme de la pinède*, enfin, l'homme retrouvé mort dans la pinède.

À ma grande surprise, Jean-Luc était debout sur le perron. Il m'attendait, très solennel, torse nu et sac plastique roulé en boule sous le bras. Quand je suis arrivé à lui, il a fait le geste de regarder une montre qu'il n'avait d'ailleurs pas au poignet. C'était un geste qui semblait dire : je n'ai pas que ça à foutre, et c'est exactement ce qu'il m'a dit *J'ai pas que ça à foutre JP !* C'était la phrase à laquelle il avait dû réfléchir durant deux nuits et un jour de pluie et c'était censé mettre un terme à notre discussion de l'avant-veille. Il avait décidé de partir. Il m'a dit qu'il avait compris tout un tas de choses et surtout qu'il s'était bien trompé sur mon compte. Je n'étais pas le JP d'autrefois, celui qu'il pensait et encore moins celui qu'il avait tant prié. Tout ça, c'était du passé, la route serait encore très longue pour lui. Il a dit ça en allumant une cigarette. Puis il a pris un air très inspiré comme s'il avait encore des tas de choses à dire. Mais en fait non, il avait tout dit et il est parti.

Je suis allé dans la chambre, Élisabeth m'a demandé si l'abruti était parti, j'ai dit *Oui.* Jean-Luc était parti, voilà, Jean-Luc était parti.

Et je n'ai pas retrouvé le sommeil pour autant parce que maintenant, j'étais vraiment coincé ici, dans cette villa et pas seulement moi, Élisabeth non plus ne devrait pas en sortir. En fait, nous devions purement et simplement disparaître quelque temps. Les policiers finiraient par se lasser de chercher dans les alentours, ils finiraient forcément par se lasser. Je ne devais surtout pas perdre mon sang-froid. Je me suis rasé le crâne le matin même, je l'ai fait par réflexe espérant être un peu moins l'homme du scandale devant la boutique de deux jours plus tôt, mais je suis redevenu d'un seul coup l'homme à la cicatrice. Ça m'a sauté aux yeux dans le miroir et j'ai pensé que j'avais fait une connerie, mais c'était fait. J'ai mis un chapeau, un couvre-chef ridicule. J'ai décidé de ne plus quitter ce chapeau. Je devais lutter de mon mieux contre cette image, je parle encore de cette image que les policiers baladaient de magasin en magasin : ma tête, mon nom, mon immatriculation.

Le premier soir, j'ai fait semblant de retourner travailler sur la plage de José et je suis resté une demi-heure en planque dans un bosquet. Plié en deux, les pieds dans les racines pour faire le point calmement. Là, dans les broussailles, je pouvais me laisser aller aux grimaces, haleter comme une femme enceinte, laisser sortir la peur et c'est indescriptible cette sorte de honte pour un homme en cavale d'en être réduit à des comportements d'école buissonnière, mais j'en étais là. Je devais avant tout préserver l'équilibre de notre maisonnette, notre petit cocon, ne pas faire pénétrer plus l'angoisse dans notre nid d'amour. Je me disais ça : *En dehors du nid, je suis foutu.*

Élisabeth voulait sortir, prendre l'air, ces derniers jours l'avaient tendue, elle voulait retourner se baigner dans les criques, comme d'habitude. C'était plutôt bon signe, les bonnes habitudes revenaient. Alors moi, je lui ai dit *Oui,* parce que je n'avais pas le choix. Nous avons évité le centre du village et le trajet des boutiques, Élisabeth n'était pas contre, toujours à cause de la honte et la peur d'y recroiser Jean-Luc. Il traînait peut-être toujours dans les parages. Il y avait un autre chemin possible, beaucoup plus long, un chemin de campagne très escarpé. On l'a pris, on s'est paumés. Trois falaises plus tard, on était dans la crique, notre crique de tous les jours mais passablement énervés. Et puis cette crique, ce cirque granitique abrupt et cette carcasse de bateau me sont devenus très antipathiques, surtout à cause des gens qui regardaient avec des jumelles du haut des rochers. Quelques jours plus tôt, je les comparais à de simples vicieux ordinaires, mais avec ces nouvelles règles de jeu, ça en devenait insupportable. J'ai prétexté une légère insolation pour gagner du temps. Deux jours d'obscurité. Les jours suivants, j'ai proposé à Élisabeth qu'on change un peu nos habitudes et qu'on ne se baigne plus dans les criques, mais sur la plage principale et seulement la nuit. En argumentant que nous pourrions nous y baigner entièrement nus. Ce serait furieusement plus érotique.

On rentrait dans l'eau, Élisabeth disait *J'ai peur, j'ai froid.* Je disais *Il n'y a pas de quoi* et j'avais un peu peur et un peu froid, pourtant. C'était sans intérêt, ces baignades. Élisabeth nageait, d'une voix mal assurée elle reprenait *Les murènes, il paraît que les murènes ne sortent que la nuit ! Elles mordent les doigts de pieds. Chez nous les femmes ce sont les doigts de pieds.* Là encore, ça aurait pu être drôle et là encore, ça ne l'était que très moyennement. Alors je nageais sur le dos, comme un poisson mort d'angoisse. Je mimais l'attitude du bonheur, je faisais la planche. J'étais une planche. Et la parano grimpait, jusqu'à rendre l'ensemble du monde suspect, jusqu'à l'astre lunaire lui-même qui prenait dans ces heures-là un faux air de projecteur. La lune nous surveillait et c'est terrible de percevoir la lune comme ça.

Le reste des journées passait en vase clos dans la villa. Je ne cessais de répéter à Élisabeth que le vrai bonheur se trouvait là, au milieu des iris. Mais elle voulait sortir encore, me proposant d'aller déjeuner dehors, par exemple chez son ami d'enfance, Richard, le pseudo-flic pizzaïolo, je l'en empêchais de justesse. Avec des airs de mâle possessif, je l'allongeais sur son lit d'adolescente en essayant de la fatiguer au maximum de mes possibilités. C'était de l'amour intensif, ça tenait une après-midi, c'était sieste, plus sieste, plus sieste. Au réveil, elle en semblait rajeunie, je continuais de lui répéter en boucle *Tu es belle, on est bien ici*, comme pour l'endormir. Élisabeth disait *Oui* à chaque fois et quand venait la nuit, c'était l'énergie du matin. Élisabeth ne voulait plus du tout nager, elle me proposait d'aller faire des tours dans la vieille ville. Après minuit, là-bas, il y avait encore des activités : spectacles de rue et autres troubadours cracheurs de feu. Ça ne comblait pas une journée. Quelque chose était foutu d'avance et je n'ai su qu'approuver quand Élisabeth m'a proposé de sortir faire un tour en boîte. Ça non plus, on ne l'avait jamais fait, c'était comme se baigner la nuit, il fallait *garder l'esprit ouvert*, affirmait-elle. J'en avais marre d'argumenter, j'étais fatigué, j'ai dit *Pourquoi pas.* Dans la perspective du son et de l'obscurité, j'ai pensé que je passerais inaperçu.

Ça s'appelait Le Labyrinthe, une boîte décorée comme une tragédie grecque et c'était bien ça, une suite de couloirs dans lesquels se perdait la musique, un bourdonnement. Il y avait deux videurs à l'entrée, *misère* et *misère,* et puis des miroirs dans les couloirs qui démultipliaient encore le nombre des engouffrés. C'était ça, l'idée du labyrinthe, un jeu de miroirs. J'y lisais l'angoisse sur mon visage, j'étais partout ici et tout le monde me regardait. J'étais entré avec mon chapeau sur la tête, ce chapeau de maître nageur que je ne quittais plus depuis que j'étais chauve à nouveau. Ce couvre-chef en forme de cloche dissimulait certes mon horrible cicatrice, mais il ne cachait rien de moi. J'étais ridicule. Et dans cet endroit scabreux, j'étais encore plus que ça, presque original, et donc remarquable. J'ai décidé d'enlever ce chapeau. L'ensemble des chicanes menait à la piste, j'y ai perdu Élisabeth presque immédiatement. J'ai cherché un coin tranquille, j'en avais besoin. J'ai cherché, j'ai cherché, je me suis assis derrière une colonne et c'était une colonne d'enceintes. Enfer et gros son, impossible de m'asseoir. Élisabeth était quelque part dans les fumigènes, hors de portée. Elle me faisait de grands signes pour que je vienne à elle, prenant des poses de rock star ridicule en me montrant du doigt. Elle avait dû voir ça dans un vidéo clip. Elle me montrait du doigt, j'essayais de me planquer et cette folle me montrait du doigt. Dans ces fumigènes, je n'étais plus Jean-Pierre le pompier, j'étais largué. J'ai encore tourné en rond dans les chicanes. L'heure ne passait pas et j'ai pensé qu'il fallait quitter l'endroit, c'était urgent. Très urgent. Je suis revenu dans la foule pour rejoindre Élisabeth et là, j'ai senti quelque chose qui tapait sur ma main, je me suis retourné et j'ai croisé le regard d'une femme, une petite femme au visage dur et j'ai pensé qu'elle avait une affreuse petite tête de gouine. J'ai continué de marcher. J'ai senti encore quelque chose qui tapait, et cette fois c'était une menotte en fer autour de mon poignet. À l'autre bout du bracelet, il y avait encore cette femme, qui tenait cette fois un pistolet orienté vers le bas. Je veux dire, moi, mon bas, ma partie basse. Elle a crié *Tu me suis ou je t'éclate !* Elle l'a dit deux fois au cas où je n'aurais pas compris et j'avais bien compris. J'étais menotté d'une main, bras plié derrière, alors je l'ai suivi, je n'avais rien d'autre à faire. Voilà, j'avais bien compris, je venais de me faire arrêter par une femme dans une boîte de nuit sur la Côte à mon cinquième mois de cavale, la confusion était totale. La musique battait son plein. Nous avons marché vers la sortie, et là, dans un couloir juste avant les vestiaires, j'ai pensé que je pourrais lui briser les côtes d'un coup de coude, m'emparer de son arme et la retourner contre elle, et je n'ai pas eu le temps d'y penser plus sérieusement, parce que les portes se sont ouvertes. Sur le parvis de la discothèque, il y avait deux flics armés qui n'étaient plus en civils ceux-là, c'étaient deux policiers en tenue, gilet pare-balles et pistolets brandis vers moi. Le périmètre avait été dégagé autour d'eux, c'était pour ma sortie. Ils ont crié à la femme de s'écarter. Un homme m'est tombé dessus, un autre et puis peut-être encore un autre. Nous n'étions plus qu'un tas. J'ai envoyé des coups de pied et des coups de poing. Je tapais dans le vide, je frappais le sol surtout et je criais, je criais, je criais et je criais *Non, je n'y retournerai pas* et c'était mieux que rien. Fin de la cavale.

Le gouffre de Padirac

Le gouffre de Padirac, il avait failli tomber dedans, bien au fond, à cette époque où il y occupait l'emploi de guide. Ça voulait dire quoi : guide dans le gouffre de Padirac ? Ça voulait dire ramer, pousser un embarcadère chargé d'environ dix-huit touristes, en répétant un texte, toujours le même texte. Alors voilà, ce type avait poussé une barque pendant cinq ans par deux cents mètres de fond et sur un plan humain, ça avait été l'extrême limite. Quand il parlait de cette période et même s'il en parlait peu, ça transpirait, il disait *J'étais au fond du gouffre. Je ne mangeais plus, je ne parlais plus, je rentrais dans le trou au matin pour en ressortir le soir, exténué, les poches lourdes de pourboires, mais lessivé. Une vie de galérien, esclave de la rame, c'est tout ce que j'étais.* Les autres guides avaient fini par prendre la place des seuls amis. Il disait encore *J'ai dû divorcer juste après ma sortie.* C'était toujours sa sortie du gouffre. Sa femme n'en pouvait plus, surtout la nuit, contrecoup des euphorisants, impossible d'éteindre la lumière. Et puis il sentait le moisi. Il disait *Je sens le moisi*, il en était sûr. Sa femme répondait *Non, c'est l'effet de ta dépression* et le jour de son divorce, elle lui avait dit la vérité, *Tu sais Gérard, oui c'est vrai, tu sens le moisi !*

C'était la première vie de Gérard, un homme passionné d'histoire qui se rêvait une carrière de guide comme d'autres se rêvent steward ou pilote de chasse. Après son divorce, il avait définitivement quitté la région du Périgord pour postuler à un autre emploi, et sa décision s'était révélée brutale. Le premier contrat d'embauche qui se présenterait serait le bon, n'importe lequel. Et c'est comme ça qu'il s'était retrouvé surveillant à la centrale de Clairvaux. Gérard était un des plus anciens et plus fidèles employés de Clairvaux. Un homme qui s'était finalement trouvé, là, sur le tard. Libéré de son passé de galérien dans les couloirs d'une prison. Une figure locale, qui donnait d'emblée une atmosphère à l'endroit, un petit homme gris, méticuleux, naturellement curieux. D'ailleurs il pouvait lire n'importe quoi avec égal intérêt. Des magazines scientifiques aux modes d'emploi frigo ou mobylette, tout y passait, tout et n'importe quoi. On l'appelait Gérard du gouffre.

C'est lui qui a ouvert un jour la porte de ma cellule et m'a balancé un journal. Il m'a dit *Tu sais lire JP ?* Et ce journal parlait de l'arrestation de mon ami Jean-Luc, l'homme au crâne tatoué, l'ange attardé. Il s'était fait attraper en train de forcer la porte d'une église à la frontière espagnole. Ceinturé par un curé, un Basque. Un article de quinze lignes, rédigé sur un mode comique, une fin digne de Laurel et Hardy. Voilà, la boucle était bouclée, deux mois après mon arrestation, j'avais atterri là, à Clairvaux, une cellule pour moi tout seul, sept mètres carrés, cinq ans à purger. Mes remises de peine pour bonne conduite à Poissy, finalement je les ferais ici, dans cette centrale réputée inviolable, la mieux gardée de France. Pour le principe, seulement pour le principe, parce que tout le monde semblait d'accord le jour de mon procès, mon évasion n'avait été que le résultat d'un manque d'attention de la part des surveillants. La fuite d'un homme devant la vérité : la mort de sa mère. Comportement infantile face à la disparition. Un geste vain. Mon avocat s'était révélé très touchant. D'après lui, toute la bêtise et toute l'innocence du monde résidaient dans cette tentative, il avait employé cette curieuse formule : *En s'évadant de Poissy à six mois de sa sortie, cet homme a essayé coûte que coûte de fuir sa liberté.* Proche de la poésie, c'était touchant, ça faisait quand même réfléchir. Mais rien à faire avec la loi, une peine est une peine. Ce jour-là, dans le box des accusés, je n'avais qu'à baisser les yeux, j'étais crédible dans le rôle du niais. Parfaitement crédible.

On est toujours rattrapé par son passé, toujours! C'était encore une phrase du surveillant Gérard qui collectionnait les phrases et les dictons. Et dans son cas, on peut dire que oui, c'est vrai, son passé le suivait, vicieux et béant comme un gouffre. Parce qu'en postulant pour un emploi de surveillant à la centrale de Clairvaux, il avait cru échapper à ses chimères, ses rêves d'historien, ses galères et son gouffre de Padirac. Et il se retrouvait finalement dans un des monuments les plus significatifs de l'histoire de France, une véritable mine d'or. Une partie du monde et de ses croyances s'était jouée ici, à la sortie du Moyen Âge, dans cette ancienne abbaye du XIIe siècle devenue prison sous Napoléon Ier. Ce lieu historique, il en écrivait l'histoire à ses moments perdus. Un long texte recopié à la bibliothèque d'Auxerre, qu'il avait appris par cœur et dont il ne pouvait rien faire. Alors il le chuchotait pour lui-même entre deux changements de couloirs, comme un vieux magnétophone rouillé en faisant tinter ses clés. C'était pour qui voulait bien l'entendre, c'est-à-dire nous, les détenus, autant dire personne :

Un jour de l'an mille cent quinze, saint Bernard se promenait en ces terres qui n'étaient alors que contrées obscures et bestialité. À la sortie d'un bois il eut, dit-on, une illumination. Devant lui s'étalait un vaste et luxuriant marécage ensoleillé. Après avoir posé genoux au sol et contemplé le ciel, saint Bernard y planta une croix et décida que son abbaye serait construite ici, dans ce lieu qu'il appela « Claire vallée ». Clairvaux.

Le surveillant Gérard employait un ton tout empreint d'admiration pour cet homme, ce très grand, cet immense saint Bernard de Clairvaux, initiateur de croisades dont on disait que son charisme était tel qu'on ne résistait pas longtemps à le suivre et que *Pour cette raison, dans les villages alentour, les femmes sommaient maris et enfants de réintégrer chaumière sur son passage. Oui, messieurs, le charisme de saint Bernard de Clairvaux était tel que sur son passage des enfants s'engageaient pour les croisades !*

Les choses étaient dites à voix basse. Couloir après couloir, étage après étage, Gérard du gouffre soliloquait.

On devenait facilement fou à Clairvaux. Le temps semblait s'y être immobilisé jusque dans la couleur des paysages. De grandes zones claires imprimaient à perte de vue la terre retournée. Des zones que l'on attribuait aux éphémères percées de lumière formées par le passage des nuages, et qui n'étaient en fait que les zones d'humidité du sol ou des traces d'épandage, enfin, ces traces ne bougeaient pas et le ciel en semblait pétrifié dans une perspective de tourbillons gris et blanc. Une masse de déchets noirs tournoyait constamment sur la cour centrale, on mettait là encore un certain temps à s'y habituer, c'était l'apparence d'un feu de papier. Des cendres plates flottaient continuellement dans le ciel et c'étaient des corneilles, Clairvaux les attirait par essaims, des variétés d'oiseaux plus petits s'y mêlaient jusqu'à former une nuée hypnotique. Le vent poussait leurs cris plus loin, ces oiseaux-là n'étaient que silence. Le noir venait du ciel. Par-delà ces oiseaux, il y avait encore la poussière du charbon, invisible celle-ci, que l'on essuyait d'un revers de manche en rentrant des promenades. Passé la porte des anciens bâtiments, on était saisi jusqu'aux os par l'humidité qui finissait par tout imprégner. Des fondations aux doublures des vêtements les plus chauds, rien ne lui résistait, rien. La peinture des plafonds s'écaillait, on en retrouvait dans les lits, les plats à la cantine. Le ciel tombait constamment, ça crissait sous les pieds.

Et puis cette phrase : *On ne s'évade pas de Clairvaux,* tout le monde répétait cette phrase. Pas seulement les surveillants qui s'en félicitaient, tout le monde dans la cour, au réfectoire, assis sur les chiottes, *On ne s'évade pas de Clairvaux, on ne s'évade pas de Clairvaux, on ne s'évade pas de Clairvaux !* Ça sonnait comme les cloches. On l'entendait tellement qu'on finissait par en oublier le sens même du verbe « évader ». Ça voulait dire quoi *ne pas s'évader* ? Un lieu dont on ne s'évade pas, ça n'existe pas, on peut toujours s'évader de partout. C'est une question d'armes, de puissance humaine et de logistique. À la répétition, on finissait par trouver des nuances, ça résonnait comme : *Attention de pas s'évader de Clairvaux,* qui finissait par devenir : *Attention de ne pas s'évader « trop » de Clairvaux* ou encore plus simplement : *Attention de ne pas devenir fou.* C'était ça, le sens caché de : « On ne s'évade pas de Clairvaux », *Attention de ne pas devenir fou.* Parce que dans cette centrale réputée de haute, haute, haute sécurité c'était la seule carte à jouer, la dernière en fait : Être, devenir ou faire semblant d'être devenu, fou.

Ça commençait dans la cour, dès les premiers jours, des tas de gens bizarres : ce vieil arabe qui venait vers vous, le nouveau venu, en regardant vers le mur : *Tu as vu le cheval seul ?* C'était surprenant. On avait le réflexe de le chercher, pas dans la direction du mur évidemment, ailleurs, dans la longue liste des pseudonymes, « Cheval Seul » pouvait être le surnom d'un gangster mégalomane. Ça supportait bien les majuscules, ça valait aisément : « Tigre noir » ou « Calibre vingt-sept ». Mais non, « Cheval Seul » gambadait quelque part ici, devant les yeux écarquillés de cet homme et d'ailleurs, avec la mauvaise prononciation, on finissait par entendre *Cheval sale*. Cheval sale était une hallucination, il courait dans sa campagne imaginaire, et quand il ne le voyait plus, cet homme, ce vieil Arabe le cherchait, regard porté vers le ciel car son cheval volait. *Cheval sale* tournait en rond, c'était son petit manège, son véhicule à lui, sa tentative de sortie à long terme. Avec le temps et un peu de chance, ça pouvait l'emmener doucement vers les hôpitaux.

Parfois la folie n'était plus simulée, résultat des très longues peines, apnées de quinze, vingt ou trente ans, auxquelles s'ajoutait encore l'abus de médicaments. Les infirmiers surveillants se coltinaient ça toute la journée, des histoires étranges, dont les plus récurrentes étaient les messages délivrés par les ondes télévisées : des tas de détenus recevaient des messages par les ondes, par l'intermédiaire d'un présentateur télé ou du président de la République en personne, ça leur parlait en sous-texte. Une maladie assez courante paraît-il.

Ça a été ma première vision de Clairvaux, un lieu prédestiné à la folie. Personne ne semblait y avoir échappé : Cheval sale, qui souriait éperdument à son cheval transparent, Gérard du gouffre qui récitait son texte dans les couloirs. Tout le monde semblait fou jusqu'à saint Bernard lui-même. L'illustre saint Bernard qui avait été ébloui autrefois en son XIIe siècle par la luminosité de ce marécage putride au point de l'appeler Claire Vallée. Claire Vallée. Clairvaux. Ça faisait réfléchir. Je me disais *La folie est visible ici, elle saute aux yeux*, et je me forçais de ne pas oublier que j'avais pensé ça, immédiatement, le premier jour de mon incarcération. Je m'étais dit *Le jour où je ne percevrais plus la folie, ce jour-là je serais devenu fou moi-même*. Je le savais : moi, Jean-Pierre, j'étais un terrain propice à la folie, je ne rentrais pas ici avec un cerveau normal, j'étais endommagé, lesté. Je parle encore de la balle, ça risquait d'aller encore plus vite, plus profond pour moi. Comme on dit au tiercé : il y avait handicap.

Les premières semaines, je m'astreignais à désigner méthodiquement tout ce qui me paraissait fou. C'est le petit jeu que je m'étais fixé pour être bien sûr de rester sain d'esprit en épelant le mot *fou* : *f-o-u* pour lui donner tout son sens. *f-o-u*, plus précis et moins expéditif que le mot *fou* lui-même, une marque de fabrique en somme, aussi pertinente que *nf* pour *norme française*. Trois lettres que je pouvais utiliser comme un code intime. Un repère. Alors : *f-o-u* ce vieil Arabe, *f-o-u* son cheval blanc, *f-o-u* ce mur, *f-o-u* cette assiette, *f-o-u* ce type avec son chapeau, *f-o-u* ce surveillant qui parle tout seul. Et fou *f-o-u* ce type qui s'appelait moi, *m-o-i* qui commençais à tenir une comptabilité méticuleuse de la folie. Parce que je n'étais pas psychiatre, loin de là, et c'était fou de vouloir classer les choses dans cet ordre, parfaitement dingue.

Bien obligé de constater que quelque chose ne tournait pas rond chez moi en cette approche de l'hiver, ce devait être le heurt des climats. Passage brutal de la Côte d'Azur à l'austère région d'Auxerre. Et puis encore ce jeu de simulation avec le personnage du pompier, ce héros blessé en convalescence, cet homme irréprochable que j'avais fini par aimer beaucoup plus que moi-même. Tout le monde n'est pas capable de jouer avec son image, il faut avoir un mental spécial. Comme on dit : *Pouvoir sortir et rentrer du personnage*. C'est un métier, ça s'appelle *acteur*. Et encore, je l'ai su plus tard, la plupart des acteurs sont fous à lier. Entre autres symptômes, je pouvais remarquer que depuis mon arrivée ici, je n'éprouvais pour ainsi dire plus du tout le besoin de parler : *Bonjour-merci-tant mieux-c'est bien-au mieux*. Impossible de rentrer dans une discussion. Tout me paraissait vain. Aux premiers flocons j'ai demandé à faire partie des équipes de déneigement, ce genre d'activité manuelle m'avait bien aidé autrefois. La neige ne manquait pas, il en tombait des tonnes pendant la nuit. La température descendait, parfois jusqu'à – 15 °C, aiguisée par le vent. Progressivement, les autres détenus abandonnaient et je me retrouvais seul à pelleter. Les surveillants se gelaient eux aussi, immobiles dans leurs sas, ils me criaient *Ça suffit Jean-Pierre, il faudra tout refaire demain !* Mais c'était plus fort que moi, il fallait que je fasse glisser l'hiver. En rentrant, je demandais à prendre des douches froides, là encore les surveillants prenaient ça pour de la provocation : *Tu veux crever Jean-Pierre ?* Ça n'était pas tout à fait faux et pas tout à fait vrai, je ne voulais pas mourir tout entier, je voulais mourir partiellement. Cinq ans, cinq ans seulement. Procédé d'hibernation, comme on dit : *Mettre en veille son cerveau*, dormir debout, flotter vaguement, ça valait mieux que la folie.

J'aimais le bruit métallique de la pelle, cette fanfare, ce furieux bruit de cymbale et puis surtout le silence juste après. Ce silence qui traînait là, très intense. J'avais déjà connu ça à Poissy et à la Santé aussi, toutes sortes de silence, mais là, le silence de Clairvaux, c'était autre chose. Beaucoup plus vorace. Dans certaines parties des bâtiments les plus anciens, et du fait des voûtes, la résonance était telle que les mots s'agglutinaient, là, devant vous, votre bouche : ils renonçaient à prendre un sens. Hausser le ton ne servait à rien, la parole se battait contre vous. Aussi risible qu'une tentative de jogging sur la lune, impossible de lutter. J'en parlais parfois autour de moi, ou même tout seul, je disais *Tu entends ce silence ?* Je m'entendais dire ça, *Tu entends ce silence ?* Et c'était encore une phrase de fou, bien plus grave que *Cheval sale*, je le savais. Mais je voulais vraiment savoir si quelqu'un d'autre que moi percevait ce silence qui prenait la place d'un frôlement, auquel on était tenté parfois de donner, non pas un son, un nom, mais une partie de soi, son attention ? Personne ne répondait, personne, c'était une question pour personne, je me l'étais posée à moi-même, je dormais debout.

Il fallait que je fasse attention, très attention. Avec ma pelle et mes flocons, je le sentais cette fois que je devenais fou. Là, c'était net. Ça résonnait. Je me reprenais, je me répétais *Pas de panique !* Comme aux pires moments de ma vie, pas de panique, *ce silence n'est rien Jean-Pierre, ce n'est rien, ça n'existe pas, c'est des trous, des réservoirs de vide.* Certains endroits dans la cour en étaient chargés, gavés, pleins à craquer, des gisements. Ça devait être le sens même de l'épaisseur des murs que de pouvoir le contenir ce silence. Ça venait du sol, profond et même profondément dessous, de bien avant l'édifice, et de bien avant l'invention du temps, c'était là, c'est tout. Avant tout. Et j'en venais à penser que c'était sûrement ça qui avait saisi l'esprit de ce tordu de saint Bernard de Clairvaux, déjà à l'époque, au XIIe siècle, en traînant ses guêtres dans ce foutu marécage, attentif, agenouillé, abasourdi par ce silence au point d'en faire un dogme pour les moines cisterciens. Ses moines blancs, son gang, son dogme, son foutu gang fidèle à lui, selon lui, selon sa pensée et selon ses textes : des milliers d'hommes agenouillés, têtes baissées, huit cents ans, affairés là comme des abeilles, à produire le sacro-saint silence. Réclusion volontaire. Là encore, il fallait l'inventer ce terme pour des moines : réclusion volontaire. Premier prix au grand concours mondial de la folie, plus fort que Raspoutine et Mussolini réunis. Ce n'était pas des moines ni des croisades qu'il avait formé cet homme-là, ce saint Bernard, c'était des hordes, destinées de leur vivant à devenir les fantômes colporteurs de ce fabuleux silence, cet or mat, ce flot. Et ces fantômes étaient là, j'en étais sûr. Je les sentais. Dans la mesure très relative de ma lucidité, bien sûr. Des fantômes, autour de moi et sur moi, présents, teigneux, aguerris, entre deux bruits, deux coups de pelle, deux tours de clé, là. Prêts à saillir l'âme, l'homme, la proie, l'animal, moi, n'importe qui. Il fallait que je fasse attention, vraiment très attention, là, je le sentais : c'était fou de sentir ça. Mais je sentais plus fort encore qu'il était vain de résister et même pire, dangereux d'en parler, de ces fantômes, personne n'aurait compris ça ici, personne. C'était une affaire personnelle entre eux et moi. Pas une histoire de caïd à la con, non, autre chose, avec un vrai truc à la clé, bien au-delà de tout ce que j'avais connu : la violence vraie, la vraie. Le renoncement. Non. Ce silence disait *non,* non à la volonté des hommes, non au fric, non au cul, au sperme. Non à l'idée même de reproduire la race des humains, et pas seulement *non* maintenant, mais *non* pour toujours. Non. Je ne pouvais rien contre ce néant. Je ne voulais plus lutter. J'avais passé ma jeunesse à dire cette phrase : *Peur de rien !* Je disais toujours ça, *peur de rien,* et d'un seul coup, *rien* se présentait à moi et *rien* ne me faisait plus peur. Je n'avais plus peur de rien. J'étais pris de fous rires. Oui, je fou-riais. Je n'avais plus peur de *rien.* Je n'avais plus peur de rien !

Je le sais maintenant, ces drôles de pensées, ces fous rires soudains, ce silence et ces fantômes, j'aurais dû en parler. Je m'étais promis de ne pas me laisser avoir entièrement par la folie, et la folie m'avait eu finalement tout entier. Ici à Clairvaux, je n'étais pas la seule personne à soigner, enfin, pas la plus urgente. Durant l'hiver, Gérard du gouffre avait fini, lui, par se faire interner. J'aurais dû prendre exemple sur lui, mais Gérard était gardien, il était libre de sombrer comme bon lui semblait et je n'étais moi que prisonnier. Je devais m'arranger avec ma folie. Trouver un moyen d'entente avec elle. Certains jours de crise, je me disais *Aujourd'hui c'est ton jour JP, il faut que tu domptes ce silence !* Je restais assis dans ma cellule, sur le bord du lit, les yeux dans le mur et j'attendais. Le silence fantôme venait à moi, progressivement, il sortait du mur, je ne disais rien. Il se posait sur mes genoux, animal amical, docile. Au moindre bruit, il repartait dans le mur et libre à moi de le suivre, parce que ce n'était plus grand-chose ce mur, une épaisse couche de peinture. Et sous cette épaisseur, il y avait une autre épaisseur de peinture qu'on ne voyait plus et qui était pourtant là. Et pour finir, je rentrais dans la matière, la couche de ciment et puis dans les pierres, posées une à une par les fantômes, les moines, autrefois, consciencieusement, jusqu'à devenir un mur. Le silence se cachait là, je le savais, j'étais peut-être complètement fou, mais j'étais fort de ça. Je pouvais tenir cinq ans sur ce secret et puis encore choisir de l'emporter avec moi le jour de ma sortie, ce silence de pierre. J'aurais besoin de ça dehors. À présent le temps n'avait plus beaucoup d'importance. Au contraire, je n'avais rien d'autre à faire ici que recharger, recharger un maximum. Comme on dit : être armé de silence, pour dehors. Je me disais *Je reviendrai au monde « l'homme vide indispensable ».* Je me disais ça, l'homme vide indispensable.

Dans la cour maintenant, les gens venaient à moi, et ce n'étaient plus seulement les hallucinés et pas non plus seulement le résultat d'une hallucination. Non, les gens choisissaient de venir s'asseoir à côté de moi pour déraisonner, comme si j'étais devenu un mur, moi aussi. J'étais le mur Jean-Pierre. Dès lors que je posais mon cul, quelqu'un venait me parler, à moi, l'homme qui ne parlait plus du tout. Parce que j'en étais sûr maintenant, je ne parlais plus. J'offrais cela, de l'écoute. Sans jugement et sans compensation, mieux qu'un confessional. Gangsters ou gardiens, tout le monde avait quelque chose à me dire. J'écoutais ces histoires, toutes ces histoires abracadabrantes. Il y avait de l'intelligence dans tout ça, beaucoup trop peut-être, je ne voyais plus l'utilité d'y ajouter la mienne, plus modeste, plus terne. J'étais devenu une sorte de chaudière, je brûlais des trop-pleins. En dedans, mon mur silence de pierre se bâfrait, encore et encore. J'étais feu Jean- Pierre.

Je ne me levais que pour manger ou me rallonger. Respectueux des règles comme si j'en avais moi-même fixé les horaires. Le temps glissait sur moi, tout glissait sur moi. Je trouvais toujours une bonne occasion de bouger moins. Et je n'ai pas non plus bougé le jour de la grande mutinerie, alors que tout le monde bougeait ce jour-là. Parce que ce jour-là, la prison était en feu. Les murs de Clairvaux brûlaient, les murs brûlaient et je n'ai rien tenté. J'ai vu des gens courir devant moi, les portes de la prison s'ouvrir, certains détenus s'évader, d'autres monter sur le toit. Dans certaines cellules, les matelas se consumaient, une épaisse fumée noire envahissait les couloirs et la cour, ce n'était plus seulement l'odeur du charbon. Cette fumée-là brûlait les yeux. Je suis resté sans bouger. Ce sont les pompiers et les CRS qui m'ont déplacé. J'étais un monticule de silence que l'on sortait de la fumée ce jour-là, je n'ai rien fait de spécial. Et ça m'a valu des félicitations, des tas de félicitations de l'administration, une sérieuse remise de peine, et même une lettre de Massimo.

Mon vieil ami le commissaire Maxime Massimo qui m'écrivait pour me féliciter de ma bonne conduite. Il avait été mis au courant, il avait suivi les informations, les derniers épisodes de la mutinerie de Clairvaux. Tout ça était passé à la radio, dans les journaux. « La prison la mieux gardée de France à feu et à sang. » Point de vue et image du monde sur les barbares : un surveillant abattu, un certain nombre de blessés graves.

Massimo m'écrivait pour me dire que j'étais son ami, *finalement*. Cette lettre commençait par *Cher Jean-Pierre* et se terminait par *finalement*. Par la suite, il n'a plus cessé de m'écrire. Aujourd'hui encore, moi qui vous parle, je reçois des courriers. Je ne suis plus en prison depuis longtemps, mon nom a changé et cet homme m'écrit. Il retrouve encore et toujours mon lieu d'habitation. Il ne cesse jamais de commencer ces lettres par : cher ami, ou cher Jean-Pierre, selon. Dans cette première lettre, ce premier courrier de Clairvaux, il m'annonçait sa retraite. Ce n'était pas la retraite normale, c'était la retraite anticipée.

Ça m'a troublé d'apprendre ça. Une vie était passée. Ainsi Massimo n'était plus dans la police. Il en était à se chercher un ami. Tout était répertorié dans ses missives. Bien ordonné : sa maison de campagne qui serait le lieu choisi de cette retraite, les deux gros chiens qu'il y avait déjà installés. Le bon four Godin « comme autrefois ». Tout était bien. Voilà, c'était mon ami par-delà les étoiles, et son histoire de chiens, c'était, vu d'ici, la triste fin de l'homme de loi qui avait enfin trouvé la vérité vraie, indiscutable. Non pas dans une femme, une famille ou dans une collection d'amis, mais dans un bon regard canin. Ses deux chiens s'appelaient Orni et Topi et je m'en foutais. Je ne lui répondais pas, non par mépris, mais par simple paresse, manque d'imagination et défaut de choses nouvelles à raconter. Il ne se passait rien ici pour moi, absolument rien. J'aurais pu écrire des pages et des pages là-dessus, ce rien lumineux, mais c'était trop personnel. Donc, je ne répondais pas et j'en recevais encore, des nouvelles et des nouvelles. Tout y passait, y compris des tentatives de poèmes, des photos et des plans de sa villa. Pour lui aussi, même de loin et sans le savoir, j'étais devenu son *Monsieur Silence*, son brûleur de lui.

Le salon de Daniela

Gros Marc était là, devant la porte principale, encore lui, toujours lui, et dans une nouvelle voiture dont la dimension du capot rendait cette fois la marque illisible. Debout contre la portière, journal dans la main, naturellement comme devant chez lui, l'attitude tranquille du propriétaire devant son château, ce jour-là c'était saint Gros Marc de Clairvaux. Il avait pris du poids, je pourrais même dire un poids considérable. À ma vue, il a ouvert les bras et puis il a crié *Jean-Pierre tu n'as pas changé !* Franc comme un miroir brisé. J'étais sonné et il était poli. Dix heures du matin et j'étais mort tout à fait, c'est la première chose que j'ai dite à Gros Marc : *J'ai besoin de dormir.*

C'était la perspective de sortir, j'en avais fait toute une histoire et là, j'étais dehors, libre, et ça me tombait dessus finalement, lourd, très lourd. Sur le siège du passager à l'avant, il y avait des prospectus touristiques qui vantaient les mérites d'un week-end dans la région de Clairvaux. Sur la couverture de ces fascicules, en couleur, il y avait la tombe du général de Gaulle, l'étrange monument blanc de la vallée d'en face. Gros Marc avait été voir ça en attendant l'heure de ma sortie, et comme il m'a dit, pour dire quelque chose, *C'est moche ce monument. On le voit bien de loin, mais c'est très moche de près !*

On est rentrés par l'autoroute, il faisait nuit noire. Sur le côté, des trains nous doublaient, beaucoup plus rapides que nous, chargés d'électricité, des flèches vides.

On a passé la porte de la Chapelle comme ça, silencieusement. Et là, dans l'enfilade des premiers feux rouges, Gros Marc m'a dit qu'il devait faire un petit détour dans une blanchisserie *pour relever les compteurs*. Je n'ai pas posé de question. J'avais décidé de ne m'étonner de rien. Ça faisait partie de mon programme de sortie : pas de questions superflues. Une question entraînerait une réponse qui donnerait lieu à une nouvelle question et ainsi de suite, et j'en étais fatigué d'avance. Dans la bouche de Gros Marc, « blanchisserie » pouvait être un terme désignant une imprimerie de faux billets, un organisme de pari en cave sur combat de coqs antillais ou encore un laboratoire de distillerie de cocaïne, « blanchisserie » comme on dirait « tambour à monnaie » ou « machine à poudre ». Et puis « relever les compteurs », bon, là, l'image était claire, on allait voir des femmes. Alors j'ai dit *Ok,* et cinq minutes plus tard on s'est arrêtés devant un magasin avec une grande devanture d'inspiration lino-céramique, qui affichait *blanchisserie* en lettres lumineuses et j'ai compris que c'était chez lui, c'était sa blanchisserie, self-service. Et pour ce qui était de *relever les compteurs*, là encore j'avais bien fait de ne rien imaginer, parce que c'était *relever les compteurs* au sens premier du terme. Gros Marc était devenu ça, propriétaire d'un réseau de blanchisseries. Étrange destinée, oui, vraiment très étrange. Mais attention, là encore il fallait lutter contre ce sentiment d'étonnement. Je m'étais dit ça aussi avant de sortir, ne m'étonner de rien et à partir de là tout irait bien. Le piège serait de vouloir comprendre. Dangereux, très dangereux, de vouloir comprendre, parce que là, d'emblée, dès le premier soir, en termes de surprise, on atteignait des sommets. Enfoncé dans le siège avant passager, je regardais Gros Marc s'agiter dans son magasin à sortir les jetons des machines, empiler des paniers de linge sale et ouvrir l'armoire électrique pour couper les néons.

Vu d'ici, c'était les gestes rapides d'un petit voyou opérant un casse de supermarché, sauf que là, derrière la vitre, c'était chez lui. Gros Marc à l'heure de la fermeture, cinquante ans, coupe au carré, cheveux grisonnants, pas d'explication ou peu. Tout son argent de proxénète avait dû être placé là-dedans, cette boutique et deux ou trois autres dans le quartier du 17ᵉ ou derrière les Champs-Élysées, je ne sais plus. Une centaine de machines en tout, nocturne jusqu'à vingt-trois heures. Pas d'emplois illicites et pas de pots-de-vin dans les commissariats. Argent propre, blanchi d'office. En remontant dans la voiture, il m'a dit *Tu vois, ça au moins, ça tourne tout seul.*

Et à part ça ? me suis-je risqué, enfreignant ma propre loi du silence. *À part ça, rien !* m'a-t-il répondu. *Mon business se résume à ça. Et pour le reste, j'habite une belle maison dans la forêt de Chambourcy.*

J'y passe des journées tranquilles : footing, vélo et je ne me fais jamais chier.

À ce moment précis de la discussion, quelque chose m'a heurté violemment. Je ne sais pas comment dire, Gros Marc était une des personnes qui avaient le plus compté dans ma vie, il représentait à lui seul pas mal de choses inavouables, très copieusement violentes ou terriblement obscènes. Un certain nombre de choses que je ne me permettrais pas par exemple de citer ici, parce qu'il faudrait trouver les mots. Et je ne parle pas seulement de la relation que Gros Marc entretenait avec le métier de proxénète, je parle de tout un tas de choses inavouables. Mais là, sur cette association de mots *footing vélo*, l'idée m'est venue que ce n'était pas Gros Marc qui me parlait. C'était le corps de Gros Marc, mais ça n'était pas lui. En fait, pour dire vrai, à ce moment précis de la discussion, j'ai pensé qu'il pouvait s'agir du diable en personne. Satan avait choisi d'emprunter une Mercedes et le masque de Gros Marc pour me dérouter, comme ça, le premier soir de ma sortie. Me dégoûter d'un projet de vie honnête. C'est précisément là que j'ai compris l'ampleur de mon combat à venir, digne de l'Archange chevauchant la Bête. Je n'avais posé qu'une seule question, une seule, et j'étais déjà retourné. Je ne trouvais rien à dire. D'ailleurs je n'ai plus rien dit. Il m'a laissé dans le 13e, au pied de l'immeuble familial, m'a embrassé en me serrant encore une fois très fort dans ses bras. Il m'a dit *Repose-toi quelque temps et dès que tu le sens, je t'invite un week-end à la maison pour manger des brochettes. Tu verras ce sera bien !* J'ai dit *Ok pas de problème.* Les brochettes, le feu, l'image était claire, c'était vraiment le diable. J'ai pensé qu'on ne se reverrait pas de sitôt.

Mylène m'attendait dans la cuisine, coudes posés sur la table, porte du salon fermée. C'était pour ne réveiller personne. La lumière découpait son visage par le haut, c'était devenu un long visage calme ma sœur, un peu celui de ma mère, à cela près que Mylène ne se laissait pas tout à fait regarder. C'était le visage de ma mère en plus immobile, le sien réagissait. Du fond de l'appartement montaient des échos de ronflements. C'était le bruit des hommes confondus, mon père et mon frère Virgile. Mon frère dans sa chambre, l'alcôve juste derrière le salon et puis, mon père encore derrière au travers de la cloison, tout au fond, du fait que son studio n'était qu'une autre pièce divisée de ce même appartement, une pièce qui avait été autrefois la chambre des parents, celle-là même qu'il partageait avec ma mère.

Après le chaos, le choc de sa disparition, cette partie-là de la maison s'était détachée comme une parcelle de la banquise pour n'être qu'un autre temps, une autre parcelle de vie. C'était encore l'appartement mais on y accédait par le palier. Là-bas, dans cet espace annexe, songeait mon père, l'autorité, lui seul en possédait la clé. Son ronflement n'avait pas changé, il passait les murs, comme ça, sans forcer, pour couvrir celui de mon frère, l'homme au cerveau déficient. C'était confortable ce bruit. Comme un langage archaïque dont le sens profond aurait été

« ici rien n'a changé » ou « personne ne troublera notre sommeil ». Ça m'a fait du bien de penser ça. Au résultat, dans cette partie reculée du monde, ce studio et cet appartement, le soir de ma sortie de Clairvaux, deux hommes dormaient.

Mylène m'a dit que ma chambre était prête. Une petite chambre de service à l'étage au-dessus. Sixième étage, le dernier de l'immeuble. Autrefois un débarras, pièce inutile s'il en est, elle l'avait rendue propre pour moi. Douze mètres carrés de murs fraîchement retapissés qui finissaient par une lucarne avec vue sur Paris. Sur un plan topographique, cette chambre, ce petit rectangle était situé juste au-dessus du studio paternel. J'ai dit *Merci Mylène.* J'ai éteint la lumière, les draps se sont refermés sur moi.

Mon père ne devait plus descendre dans la rue, ou alors dans le cadre d'un exercice accompagné, le plus souvent par ma sœur, et ça prenait des allures d'expédition. Descendre dans la rue, pour lui, c'était vraiment descendre, parce qu'une fois dans la rue, il n'était vraiment plus personne, mon père. C'était son dos voûté, sa tête de travers et son air du Sud. *Dehors* n'avait plus besoin de lui. C'était devenu évident un jour d'été où il était resté assis deux heures sur un banc ; le car de ramassage SDF s'était arrêté à sa hauteur, personne n'était descendu du véhicule grillagé, mais le doute s'était présenté là, quelques secondes, dans le regard des employés municipaux. Et mon père en était resté profondément blessé. Il disait *L'organisme rejette les vieilles choses, et comme tous les organismes, la société rejette les vieilles choses !* Son visage s'était vidé, je pourrais même dire qu'il s'était *ouvert* de rides et de crevasses profondes, son ancienne figure y avait glissé. Dans un mouvement sensible, un nouveau visage était apparu, c'était, ce devait être l'homme qui s'était toujours caché derrière, planté là, maintenant, au milieu de lui, son faciès surpris. Un tout petit bonhomme en fait. Une carte pittoresque de lui tracée dans ses pommettes : des routes, des arbres tordus et des rivières, mais rien au fond, pas de boue. Mon père était resté sec en dedans, fissuré, ouvert malgré lui, mais sec.

Ce jour-là, mon père avait donc été confondu avec un homme de la rue et ça avait été la dernière fois. Depuis, il restait dans son studio, planté gauche palier, en résistance. Dehors l'avait définitivement déçu, l'ennemi s'appelait tout le monde. La télé que ma sœur lui avait offerte gisait par terre dans un coin du salon. *PANASONIC*, c'était marqué en gros sur l'emballage. *Les Américains ont débarqué !* disait-il en désignant l'objet du pied. *Tu vois, les Américains ont débarqué. Si je veux les voir, je branche et j'allume, mais je ne m'ennuie pas !*

Mon père ne s'ennuyait pas, il s'économisait tous azimuts. En guise de très rares loisirs, il jouait au loto pour lui-même, c'est-à-dire qu'il remplissait chaque semaine une nouvelle grille et vérifiait les résultats dans les journaux sans l'avoir validée. Comme des millions de gens, il perdait, mais lui n'avait pas joué. Et puis son spectacle préféré restait sa chaise devant la fenêtre avec, en ligne de mire, la perspective des toits, l'enchevêtrement parisien. C'était quand même un miracle tout ça, inconcevable *a priori. Les hommes qui ont construit ça ne se sont pas concertés,* disait-il. *Une suite de maladresses, de prime abord abrupt, illogique. Un mur plus un mur, Paris n'est qu'une bagarre de briques. Un immeuble que l'on écrase, un autre qui prend sa place, rapide comme un coup tordu. S'il fallait résumer ça d'un plan, ça tiendrait du champ de bataille. Et puis tout ça n'est pas si simple !* se permettait-il encore d'ajouter. *Parce qu'au final, les maisons s'aiment, tu vois, elles s'aiment, c'est plus qu'un combat, tout ça, c'est un accouplement. Il y a beaucoup d'amour dans tout ça, beaucoup d'amour, juste de l'amour. L'amour est irrationnel, et pourtant tout ça tient debout.*

Voilà, sur le tard, mon père était devenu sentimental. C'en était presque gênant. Il n'avait peut-être jamais parlé ainsi du corps d'une femme, la sienne, ma mère. La lumière avait fini par infiltrer ses murs, l'entreprise de construction avait vécu, les maisons se tenaient maintenant d'elles-mêmes, enlacées, ou commençaient elles aussi à craquer. De toute façon, un jour ou l'autre le soleil prendrait tout, définitivement. En attendant, l'appartement qui le protégeait lui, ma sœur et mon frère Virgile, l'ossature du palier qui les réunissait, tout ça tenait encore.

Le soir, je regagnais ma chambre, aligné sur les horaires paternels. Extinction des feux à vingt-deux heures. Ce serait le prix de mon hébergement, pas une histoire d'argent mais des histoires de chiffres quand même. Les horaires, monnaie d'échange entre lui et moi, la discipline. J'ai décidé que oui, je m'y tiendrais et je n'avais pas le choix, donc j'avais déjà dit *Oui* une première fois à mon père et je l'ai senti fier de ça, *son fils,* moi. Ce serait peut-être le début d'une longue série, il y en aurait peut-être plein d'autres des oui et sur des sujets plus importants pour lui et bien plus graves pour moi, comme trouver un emploi. Un jour, il me dirait *Alors t'as trouvé ?* Et je répondrai *Oui,* certainement. Un jour on traverserait la rivière comme ça, raccommodés sur une promesse d'emploi en marchant lui et moi sur des oui et mon père pourrait partir tranquille vers son autre monde, celui des gens qui n'ont qu'une parole et il n'emporterait rien d'autre qu'une série de oui de son fils.

La promesse s'était scellée par un regard brûlant posé sur moi comme de la cire. Un regard sans âge celui-ci, et j'aurais dû réfléchir, remplacer le *oui* affirmatif par le prudent *peut-être*. Parce que la question des horaires ne s'était plus posée depuis trop longtemps pour moi, réglée par le seul mécanisme de la prison, ce temps-là m'avait mis dehors et je n'avais plus de réflexes.

Je me donnais des occupations, rudimentaires *a priori*, comme un test. Je partais faire un tour de quartier, l'objectif d'une exploration, me resituer dans un décor. Des tours de Paris que j'envisageais de plus en plus grands et dans la logique infaillible du cercle. Un arrondissement par jour. Parfois, c'était juste un tour de quartier et je mettais trois heures, parce que je m'étais arrêté dans un grand magasin pour acheter des piles de transistor ou encore une montre qui ferait de moi l'homme ordonné, et qu'en marchant dans les couloirs, je m'étais pris à regarder le rayon des produits électroménagers. Littéralement saisi par la nouveauté des objets. Le passage du temps se mesurait ici mieux qu'ailleurs, dans les contours d'un aspirateur ou d'une machine que l'on appelait il n'y a encore pas si longtemps : fer à repasser. C'était l'impression folle d'avoir mis un pied dans un laboratoire de la Nasa, ici les vaisseaux se nommaient « presse-purée », « machine à laver », « lave-vaisselle », « percolateur ». Conçus partout sur le thème de la multifonction, ces objets faisaient tout dans la beauté, le silence, la transparence et se vantaient de surcroît de consommer peu et d'être indispensables. J'en restais ébloui, sidéré. J'essayais bien sûr de ne pas avoir l'air trop ahuri, mais c'était un véritable défi, parce qu'ahuri, je l'étais au point maximal. C'était ma fête foraine à moi, ma grande exposition universelle. Ça s'appelait DartyFnac ou je ne sais quoi, et même les gens qui travaillaient ici, ces hommes et ces femmes encastrés derrière leur caisse conseil retrait réclamation, rien ne semblait les déborder, pas d'agacement. Le moindre geste se présentait à vous : posé, réfléchi, cohérent, chorégraphié.

Est-ce que les gens qui travaillaient ici, en plus de leur costume et de leur sourire, avaient appris à se mouvoir de cette manière particulière. Sans se voir, ni se heurter pour autant ?

Il s'agissait bien d'un monde avancé et même si c'était l'œuvre du diable, ça n'en était pas moins magnifique. Simplement prodigieux. Je me demandais ce qui, chez moi, avait bien pu évoluer, ou plutôt ce qui me donnait le droit à moi d'être un contemporain de ces machines. J'étais un homme, oui, toujours un homme, doté d'une colonne vertébrale, c'est sûr, je savais marcher depuis quelques millions d'années. Mon cerveau avait certes été endommagé par une bille de plomb, mais j'étais encore dans la catégorie terrestre de *ceux qui parlent* et qui pensent et se posent encore éventuellement la question de ce qu'ils pensent. Je faisais donc partie d'une espèce vivante évoluée, je pouvais déjà être fier de ça. Oui. Mais ces objets-là, avec ce même cerveau, je n'aurais simplement pas pu les imaginer et c'est là que ça déconnait. C'était loin devant, très loin, posé là devant moi sur un rayon, prêt à l'emploi.

En somme, je croisais ça de mon vivant et que je le veuille ou non, ça faisait de moi l'homme primitif, le singe curieux qui tentait d'apprivoiser, cul en l'air, son image dans le chrome facial d'un sèche-linge. Dans l'œil de ces machines, j'apparaissais grotesque, superflu, dubitatif. Le monde avait été vite en avant, et moi j'avais doucement reculé vers ce que je me permettais d'appeler l'intelligence de l'homme sage, celui qui veut « moins », ou, plus raisonnablement, celui qui ne *voudrait* plus du tout *vouloir*, si plus du tout était encore possible.

Ce grand fatras ne se résumait pas à un banal étalage d'objets, il y avait encore les nouveaux gestes assortis, ces objets-là et d'autres avaient engendré de nouveaux comportements et encore de nouvelles sortes de mots. Parmi eux, un mot résonnait constamment, c'était « relier ». *Relier, re-lier, se relier, lier.* Ces nouvelles machines permettaient avant tout de se relier, entre autres, entre elles, avec d'autres ou juste avec vous, votre tête, spontanément, comme ça. C'est-à-dire au stade légitime de la pensée, et pour dire quoi ? C'était la vraie question pour moi. Le grand mystère. Qu'est-ce que les gens avaient trouvé de si particulièrement urgent à se dire en si peu de temps dans ce monde qui était encore le mien récemment, et quel y était le rôle précis de ces machines ? J'étais heurté par ça : les mots. Parler, toujours parler, avoir forcément quelque chose à dire. J'avais atterri sur la planète Blabla. La grande nouveauté pour moi, c'est que les gens parlaient tout seuls dans la rue. Oui, voilà, je peux le dire, je sais que ça paraît terriblement dérisoire maintenant, mais les gens parlaient seuls dans la rue. Ça avait été ça, le grand tournant dans ces années-là, les téléphones s'étaient rendus portables et les gens marchaient *haut et fort* et tout semblait normal. Les affiches publicitaires vendaient du temps de parole en plus, calibré à la minute près, avec des options « signal d'appel », pour pouvoir passer encore plus rapidement d'une conversation à l'autre. Ne pas perdre de temps à répondre à telle personne, lui donner la boîte vocale comme interlocuteur.

Ça va-tu y es-tu es où-tu y es encore-t'es sûr que t'es là ? où ça-je te vois pas ! J'entendais ça dans mon dos, dans la rue, *t'es sûr que t'es là ?* Et moi, bêtement, je répondais *Oui. Oui je suis là, oui.* Comme à mon père, sans réfléchir. Le temps de réaliser que c'étaient des mots pour l'au-delà, j'étais baisé, cerné. Tout le monde avait quelque chose à dire, et moi, pour ainsi dire : rien.

Il m'arrivait de noter des mots entendus dans la rue, des bribes de conversation que je regroupais dans un carnet sous le titre de « Mots à comprendre », parce que plus positif que « Mots incompréhensibles. » Cela me serait peut-être utile dans les mois à venir, des mots nouveaux. Je pourrais peut-être les glisser au milieu d'une conversation, dans un cercle de gens que je ne connaissais pas encore, et qui seraient peut-être des sortes d'amis, des relations, pourquoi pas des gens auxquels je serais « relié » dans la logique même des pages de mon carnet. L'équivalent de la méthode Assimil. En attendant, ça faisait des poèmes d'une certaine manière indéchiffrables.

Je me disais *Mon pauvre Jean-Pierre.* Objectivement, très objectivement, mon arrivée sur la terre ne se présentait pas si évidente. J'étais loin du rêve de l'homme accompli, l'être *vide indispensable.* Cet homme dont je me disais qu'il viendrait là avec sa propre place. J'étais à côté de la plaque, à côté de la plaque. Juste un homme, et encore : pas de grade, pas de diplôme, aucune sorte de qualification, en somme « uni-fonction », *l'homme Jean-Pierre,* c'est tout.

Je rentrais vers mon quartier, chaussures de plomb et nouvelle montre au poignet que j'avais simplement oublié de regarder, et je mesurais le prix de ma promesse en montant les escaliers, sur vingt minutes de retard. Mon père n'avait que ça à faire lui, de m'écouter rentrer, le monde du dehors l'avait définitivement vaincu. La revanche était de mon côté. Il m'attendait sans même avoir besoin de sortir, calé sur le bruit de mes pas. Et c'est rapidement devenu une obsession et j'ai recommencé à avoir peur de lui, des grosses peurs d'autrefois, des peurs d'enfant. Ça n'était plus l'idée de recevoir sa main, mais juste de l'entendre hausser la voix. Toute l'énergie qu'il devait falloir à cet âge-là pour sortir la colère de ses fissures, ça faisait doublement mal. J'étais débordé. Vingt minutes de retard sur ce qu'il appelait *l'heure de la maison* et je devais m'expliquer, pas à lui directement mais à ma sœur qui se chargeait de lui faire la commission, à voix basse sur le palier de son tribunal.

Mylène ne cessait pas de me le répéter, à chaque fois qu'elle me croisait dans l'escalier, elle avait confiance en moi. *N'oublie pas que j'ai confiance en toi JP !* Elle devait bien le dire cinq fois par jour et ça ne produisait pas l'effet escompté, bien au contraire. Loin de me rassurer, j'étais inquiet, pour elle, sa lucidité.

Mon frère Virgile me reposait, continuellement assis dans le gros fauteuil du salon qui avait fini par s'assouplir à ses contours, c'était devenu un visage calme et souriant. Bouddha en personne. De sa vie, il n'avait jamais su dire que deux ou trois mots à la fois, des mots qui revenaient par cycles sur une ou deux semaines, ça sortait de lui à l'improviste. Il pouvait s'agir de la fin d'une syllabe collée au début d'une autre, une contraction de slogan publicitaire mêlée à une expression météorologique, un morceau de chanson ou encore un simple grésillement. C'était passé d'un transistor allumé à son cerveau en veille et ça ne faisait que passer. Il les oubliait pour d'autres sons, et puis entre ces mots, enfin ce genre de sons, rien. Virgile ne disait rien. Maintenant, du haut de ses cinquante-six ans, il n'y avait pour ainsi dire plus de mot entre ses silences. Les rides l'avaient épargné, inscrites autour de lui, dans les replis du skaï de son fauteuil. Rien sur son front, le cou et les joues bien remplies. Ses cheveux et ses sourcils étaient tombés, au passage d'un hiver, comme ça, sans que personne ne sache trop pourquoi. Démission capillaire. Un genre de mue qui faisait maintenant de lui l'homme au crâne lisse. Plus rien d'animal sur cette partie haute de lui. Propre, civilisé, parfaitement propre mon frère. Un globe en guise de tête, une tour d'ivoire. Mystérieux, comme le soleil et mieux encore, la perception qu'on avait de lui n'était pas décalée de sept minutes comme l'astre lumineux, mais d'une vie tout entière. Au moment où l'on croyait percevoir un homme, c'était encore un enfant de six mois.

Surnaturel, il me regardait rentrer dans la pièce, toujours comme si c'était la première fois, mais ce n'était pas la première fois curieuse et hostile d'un étranger, c'était une première fois heureuse et bienveillante. *Bienvenue pour toujours*, semblait dire Virgile en ne proposant aucun son particulier, à sa manière de simplement poser sa main un peu en biais sur l'accoudoir, un geste d'ambassadeur, tout en nuances, tentative avortée de courtoisie. Je m'asseyais en face de lui, l'espace d'un instant, par une multitude de frissonnements il semblait sortir de sa gracieuse inertie. On aurait pu imaginer des phrases sensées tourner derrière ses pupilles, inattendues dans la bouche d'un frère. Il m'aurait dit, par exemple, *Tu vois Jean-Pierre, pendant toutes ces années tu ne m'as pas du tout manqué. D'ailleurs c'est bien simple, je t'avais complètement oublié et pour cette raison je suis content de te voir !*

C'était tellement bon de sentir ça, être un homme neuf à chaque fois présent dans les yeux d'un frère. Oui, autre chose que le néant, parce que mon frère était l'homme du néant, il en était la conscience même, la sentinelle. Impossible de trouver moins : actif, bruyant, polluant, animé de sentiments contraires. Un saint homme qui, comme tout saint homme, ne pouvait pas en avoir le moins du monde conscience. Impossible d'être un saint sinon, n'est-ce pas ? Bouddha vivait chez moi, dans cette alcôve du quartier de la place d'Italie, l'homme le plus lent du monde au milieu de ses peluches. Il était là et personne ne s'en doutait. C'était l'intelligence d'un arbre de n'avoir jamais su parler, il ne fallait rien dire de tout ça, à personne, à lui non plus, mon secret. Je sortais de la pièce, repu de lui, je ne fermais pas la porte du salon, c'était pour le percevoir encore un peu, le temps des quelques pas jusqu'à la porte d'entrée, et là déjà, il ne me regardait plus. Disparu. À partir de là, j'étais un autre. Mylène viendrait plus tard, elle ne verrait rien dans ses yeux, son souffle, rien, aucune trace de mon passage.

De nouvelles lettres de Massimo arrivaient en pagaille. Les moins récentes avaient transité par Clairvaux, messages surtaxés en veux-tu en voilà. Ça devait être l'installation de la fosse septique ou d'un ranch derrière sa villa ou la mort d'un de ses chiens fidèles ou les dernières nouvelles du milieu, la mort ou l'arrestation de je ne sais qui. Il fallait du courage pour les ouvrir. J'étais moins solide qu'à Clairvaux, je brûlais moins fort. Je ne les ouvrais plus, je n'ouvrais aucune sorte de courrier. Ce qui arrivait cacheté le restait. À l'exception de cette enveloppe griffonnée de cette écriture que j'avais vue naître autrefois sous la main grossière de Pierrot Barek. Pierrot m'écrivait pour me donner son numéro de téléphone, suivi d'une longue formule de politesse incompréhensible et d'un plan pour aller chez lui à la Plaine-Saint-Denis. Banlieue que j'envisageais à ce moment-là de ma vie inaccessible comme les plaines de Sibérie. Je m'offrirais ça plus tard, une visite de courtoisie chez les Barek. En attendant, il fallait que je trouve un emploi et ça n'était plus seulement dans le but de satisfaire mon père, c'était le projet plus urgent de ne plus devoir croiser son regard. J'ai fait les annonces d'emploi classiques, celles des vitrines et celles des journaux, catégorie « emplois les plus simples » et je me suis trouvé face au problème : un certificat de formation pour avoir le droit de monter dans une grue, ou même juste poser une demi-fesse à l'arrière d'une fourgonnette de plomberie. Perdu d'avance. Évident pourtant que le monde entier fonctionnait comme ça depuis l'invention même du mouvement. Un geste égale une qualification. N'importe qui n'est pas tenu de pouvoir faire n'importe quoi. J'ai essayé quand même. Un stage de deux mois, secteur électricité. Mauvais, j'étais mauvais. Un type du recrutement qui n'avait pas plus de vingt-cinq ans m'appelait *Monsieur*, il ne le faisait pas exprès. *Monsieur, s'il vous plaît, venez voir votre raccordement !* J'ai abandonné.

Je rêvais d'aller m'asseoir dans un coin tranquille, hors du temps. Je pensais : bois de Vincennes, sortir de la ville. Là, dans ce bois, j'aurais trouvé quelque chose, un cours d'eau, un ruisseau, oui, un petit ruisseau plat, je m'y serais allongé, l'eau serait entrée en moi par le haut, je me serais nettoyé comme ça, dans le courant d'un ruisseau. J'aurais perdu vingt ans d'un seul coup, uriné des jours entiers, réuni des branches, qui auraient progressivement pris la forme d'un toit, j'aurais construit une cabane, cette cabane serait devenue la mienne, j'aurais disparu dans la rumeur lointaine du périphérique et le cri des singes de la montagne du proche zoo de Vincennes.

Avec le temps, les habituées du bois, les vieilles putes, auraient fini par m'adopter. Une place assise dans leur fourgonnette, quelques mots gentils, entre deux clients en échange d'un petit service : vider le seau en plastique, devenir, le cas échéant, témoin menaçant pour les mauvais payeurs. Elles sont comme ça les putes, en vieillissant elles ont profondément besoin d'un homme gentil, rien de plus. Et la nature de l'homme importe peu, il peut d'ailleurs s'agir d'un chien. Je serais devenu ça : compagnie agréable. Un petit sandwich par-ci par-là, j'aurais survécu et puis disparu lentement, convenablement. Ma sœur Mylène se serait un peu inquiétée au début et puis elle se serait fait une raison, *ça devait finir comme ça, Jean-Pierre*, n'importe comment, dans le non-dit. Un avis de recherche dans un journal, un autre au commissariat, pour la forme celui-là parce que ç'aurait été compliqué d'expliquer aux gendarmes que ce même homme n'était plus celui recherché pour évasion quelques années auparavant. Cette fois c'était l'homme libre qu'il fallait retrouver, et puis au revoir. Ma tête photocopiée accrochée au tronc d'un arbre, voisin d'un chat perdu, *si vous voyez cet homme.* Oui, ma tête photocopiée quelque part dans ma tête, aux abords du bois de Vincennes.

Je m'interdisais d'y penser, comme je m'interdisais de revoir Gros Marc et Massimo, les bons samaritains possibles, trop accueillants et trop lisses pour ne pas être le diable en personne. Non, je devais trouver mon espace ici, en cet endroit qui s'appelait ma réalité, ma tête, mon escalier. À ce point crucial de mon existence, je ne devais pas fléchir pour la raison simple que je n'avais jamais envisagé vivre jusque-là : la cinquantaine. Un mot que j'avais toujours prononcé comme *falaise abrupte* ou *marécage*, par-delà cet âge, rien. C'était un âge quelque part. L'âge banal où le monde des hommes se divise en deux : ceux qui ont amassé et ceux qui n'ont pas su. Les repus et les déçus. Et sur un plan de l'énergie vitale c'est pareil, le même terrible cafard, la même rouille intérieure. Cinquante années, comme cinq traces de doigts merdeux sur un gâteau d'anniversaire.

Alors non, trop facile. Moi je n'étais pas ça, non, impossible. Moi, j'étais Jean-Pierre, l'homme nouveau, celui qui vient de sortir, léger de n'avoir rien su amasser. Sans biens et sans réputation. Curieux.

Avide. Je reprenais mes tours d'observation du quartier, arrondissement par arrondissement, avec en guise de bagage, mon plan de Paris et mon carnet de « Mots incompréhensibles ». Et comme point de départ, encore et encore le quartier du 13ᵉ, place d'Italie, le lieu de ma naissance. Ma tête se calmait. J'élargissais vaguement, en prenant plus à droite, je me déplaçais vers la périphérie, quartier porte Dorée. Je me donnais ça comme limite, ne pas franchir le seuil de la porte Dorée et ça voulait tout dire, parce qu'au-delà c'était le bois de Vincennes avec ses fourgonnettes et ses cours d'eau miraculeux. Je m'arrêtais au bord des voitures pour reluquer les arbres de l'autre côté du périphérique. Je longeais, longeais encore et encore en évitant de traverser les passerelles, parfois même à flanc de coteau, sur le plan incliné des pelouses, vraiment tout au bord du périph. Ainsi j'étais sûr de faire le tour complet du quartier. Cette ligne périphérique était délimitée en rouge sur le plan, double trait rouge, pour moi ça voulait dire *Attention, très attention* même. Je ne devais pas franchir ce trait rouge, ne pas devenir l'homme préhistorique du bois de Vincennes. Un jour peut-être, mais pas là, pas déjà, pas maintenant. Je remontais à droite direction porte de Charenton, j'y allais un peu à reculons, parce que Charenton ça avait été longtemps la porte des fous, le lieu supposé de l'asile, « l'asile de Charenton » qui n'était peut-être qu'une légende, mais je n'étais pas curieux de vérifier. Et puis entre la porte Dorée et celle de Charenton se situait encore celle du cimetière, le grand portail que j'avais à peine franchi, l'endroit où reposait ma mère, ce grand portail, gigantesque bordel de fer forgé qui ne dissimulait que très grossièrement le chemin de gravier blanc lumineux, éblouissant. Mes sables mouvants. Ma mère était par là-bas, quelque part vers le fond, son nom gravé sur une plaque. J'apercevais de loin le lierre qui débordait du mur, ce lierre avait considérablement poussé lui aussi, il se jetait vers l'extérieur.

Dangereux, très dangereux pour moi et très mal indiqué sur le plan du quartier, ce cimetière. Ce parc des morts, on pouvait le confondre avec un square. Dans les parages, en guise de seul repère il y avait, une rue en dessous, une petite vieille qui faisait la quête, cul posé sur son strapontin, gobelet de carton à ses pieds. *SVP, une petite pièce pour manger*, vraie comme la mort, un beau sourire pourtant, impossible d'y échapper. Alors, au vu de la vieille, je bifurquais vers l'intérieur. Je lâchais la périphérie pour l'enchevêtrement des rues plus étroites, comme disait mon père : *La grande bagarre de brique.* La panique me prenait. J'avais frôlé les portes du cimetière. Le hasard m'avait jeté là, vers la mort. Mon pas s'accélérait et je m'en trouvais tout étourdi, presque aveugle. Dans ces zones-là, cette fuite en avant, il m'arrivait de me perdre, vraiment, vainement, tragiquement comme le Petit Poucet mais bien au-delà de la forêt, sans le projet de mourir vraiment. Perdu, juste perdu. Bien forcé de constater qu'en l'espace d'un quart d'heure à peine, telle rue avait sournoisement changé de nom. Mon plan était devenu inutile, totalement inutile. J'abandonnais toute idée de comprendre, je déambulais. Et c'est comme ça, dans un jour de grand largage que je me suis retrouvé devant la piscine, la très belle piscine, celle-là même où j'avais tenu l'emploi de maître nageur, trente ans plus tôt, la même grande façade futuriste mais distendue d'un parking, beaucoup de belles voitures devant.

Ce fut un choc pour moi de me retrouver là. Non, vraiment, cette façade, je ne m'y attendais pas. Je suis bien resté une demi-heure sans bouger avant d'oser en franchir le seuil.

L'intérieur s'était divisé. Une partie des bassins était maintenant découverte, l'ensemble plus lumineux, et d'autant plus résonant qu'une grande baie vitrée remplaçait l'ancienne et très austère chape de béton. Un monde béant, cristallin, à ciel ouvert. D'après Gilbert, le directeur, celui-là même qui m'avait embauché autrefois, ça avait été des travaux faramineux, dignes de la grande pyramide. Son avis avait été requis pour les dispositifs de sécurité, la décoration et la nouvelle typographie sur la façade. Au final, ce résultat prestigieux, cette pénétration solaire, c'était un peu lui, son inspiration, sa patience. Et lui n'avait bizarrement presque pas changé, un homme proche de la retraite, pourtant. Son équilibre s'appelait cinq kilomètres nage libre, *libre comme un oiseau dans l'eau,* disait-il.

Il était content de me voir et d'une certaine manière content de ne pas m'avoir reconnu tout de suite. Il a pris la peine de bien me regarder en me répétant cette phrase absurde : *Alors, tu es sûr que c'est bien toi Jean-Pierre ?* En posant doucement sa main sur le haut de mon crâne dans une gestuelle experte de paléontologue et ça le faisait rire aux éclats. C'est vrai que c'était drôle, rien d'humiliant dans sa manière de faire. Pour lui, j'étais juste un personnage, une histoire brinquebalante, un petit tableau pompier, un passé de voyou, *l'homme qui se promenait avec une mitraillette pliée dans son sac de sport.* Parce qu'à l'époque c'était ce que les gens disaient de moi. Lui, comme d'autres, ne l'avait jamais vue cette mitraillette, mais il l'avait entendue plus d'une fois quand je posais le fameux sac sur les carrelages des vestiaires. Un bruit insolite, on s'en souvenait. À part ça, il m'imaginait riche ou mort, mais pas là, comme ça devant lui avec mon plan du 13e sous le bras. Ça le faisait rire encore, et il se permettait de rajouter que ce n'était pas drôle tout ça, parce qu'au fond je valais bien mieux. Avec un peu d'acharnement j'aurais pu mener une carrière sportive, j'en avais eu l'énergie autrefois et il se permettait encore de rajouter *C'est con, mais ton énergie à toi, JP, elle ne pouvait sortir que par là,* accompagné d'un geste de mitrailleur.

Au final, il était content de me retrouver et fier de me faire visiter l'édifice, la nouvelle et très belle piscine, son système informatisé de régulation des bassins, le mécanisme électrique d'ouverture de la verrière, l'ensemble télécommandé depuis son bureau qui, lui, n'avait pas beaucoup changé dans ses modestes proportions, ses boiseries et son allure désuète de placard à trophées. Mais le plus beau se situait au premier étage, dans une nouvelle partie du bâtiment. Un lieu suspendu, en retrait à gauche, orienté sud. Un petit complexe sportif auquel on accédait par un escalier métallique derrière les guichets, quelques marches résonantes qui vous laissaient devant une porte coulissante. Pour rentrer il fallait composer un code ou présenter sa carte d'adhérent. Une salle toute en longueur, avec un plancher brillant qui divisait l'espace d'un reflet longiligne. Des machines à muscler profilées comme des hors-bord, recouvertes d'un plastique brun. Loin, très loin des machines en fonte d'autrefois, les mêmes machines à torturer pourtant, mais rendues considérablement confortables à l'œil. Certaines machines étaient agrémentées d'un écran de contrôle, affichant les performances, prévenant poliment des difficultés. La version terrestre des tapis volants. Des tapis roulants qui vous emportaient comme ça, sans le moindre à-coup pour une longue promenade en montagne. En rectifiant le programme des difficultés d'une simple pression digitale. Les versants montagneux devenaient dociles, collines, vallons, jusqu'à terre-plein et paysage ennuyeux. À certains endroits de la pièce, proches de la porte du sauna des écrans plus grands diffusaient des images : exploits sportifs filmés au ralenti, des visages et des corps dont la couleur même semblait avoir été retravaillée jusqu'au surnaturel. Les protagonistes de ces exploits filmés ou refilmés n'étaient plus ni noirs ni blancs, ils étaient monochromes, sorte de beige clair universel, une couleur à venir, proche de l'or. L'ensemble baignait dans une harmonie de douce musique classique. Très peu de clients. Quasi désert et très reposant à cause du prix m'a dit Gilbert, *exorbitant*. Et pour cette raison les gens qui traînaient là, au premier étage, les adhérents, n'étaient pas tout le monde. C'était la partie supérieure, très haut de gamme, pas mal de gens du spectacle. Ce n'était pas le lieu des performances, la course *en avant* comme autrefois. C'était l'inverse. Les gens venaient ici pour se détendre.

Sur un plan de l'avancement humain, cette magistrale disposition, c'était l'équivalent des rayons DartyFnac, en moins con, moins absurde. Le temps avait pris ici une forme familiale et courtoise. On m'aurait dit à moi, l'humain Jean-Pierre, *Dessine une salle de gym !,* avec mon cerveau moyen, je l'aurais peut-être tracée exactement comme ça. En fait, je me trouvais là, devant la seule usine dont je pouvais admettre sans trop de difficulté l'utilité : la salle des machines à refabriquer les corps.

Gilbert ne parlait plus. Ce premier étage était le clou de la visite, rien au-dessus, l'émotion était là, palpable entre nous. Il me montrait ce lieu merveilleux, ça ne cessait pas d'être un miracle pour lui, un endroit de rêve pour moi. Totalement inaccessible pourtant. En redescendant l'escalier, j'ai dû reprendre mon souffle pour lui demander poliment s'il n'y avait pas un emploi ici, n'importe quel genre d'emploi. Pas spécialement maître nageur comme autrefois, n'importe quoi. *Pratiquer des massages, ou même juste briquer les machines si tu veux.* Et Gilbert a compris, il m'a rappelé le soir même, c'est ma sœur qui a décroché et c'est mon père qui a mis le haut-parleur et c'est moi qui ai dit *Oui.* Sans hésiter, comme ça, devant témoins. Oui à Gilbert pour un petit emploi rémunéré au minimum, pas vraiment suffisant pour me payer un nouveau loyer, mais avec libre accès à la piscine, le grand ventre lumineux et la salle des machines ultramodernes de l'étage supérieur. Le paradis, en échange de quelques services : massages, conseils en utilisation des machines, organisation du roulement d'entretien. Le même travail qu'à Poissy, mais dans un édifice de rêve, impossible de dissimuler ma joie, j'étais brûlant.

Mon père ne comprenait rien. C'était quoi cet emploi, ça voulait dire quoi : travailler à la piscine ? Il ne comprenait rien, parce que pour lui « piscine » ne voulait rien dire. Dans ses vieux tympans, ça résonnait comme « bassin », « bassine », « pissotière », c'était l'endroit du gaspillage liquide et du temps perdu. Y tenir un emploi et *a fortiori* tarifé comme un salaire de stagiaire, c'était comme devenir contremaître d'une raquette de ping-pong, ça tenait de l'entreprise surréaliste. Au mieux, c'était le sujet d'une blague et comme il m'a dit *Toi et moi on n'a plus beaucoup de temps pour rire, hein Jean-Pierre ! Ça veut dire quoi, à ton âge de travailler à la « piscina » ?* Il nous ressortait son accent pour l'occasion, et c'est vrai que prononcé comme ça, à l'italienne, ça ne faisait pas l'affaire, ça nous renvoyait aux activités antiques romaines, les danseuses nues et les grappes de raisin entre deux incantations bâillées aux dieux de la paresse. Alors j'ai dit que c'était une activité « temporaire » et je ne me suis pas étendu sur le sujet du salaire, ça aussi c'était en attendant mieux, parce que *pas grand-chose* c'est déjà ça. N'importe qui peut comprendre : *Déjà ça.*

Les enfants criaient à nouveau, oui, les enfants n'avaient jamais cessé de crier. Les aigus, les rires, les hurlements de rire des enfants. Le son montait vers la verrière pour revenir en écho frapper violemment l'eau par le haut. Rires philharmoniques, cathédrale avec récital. Tous les matins, le jeu de tomber dans l'eau pour les enfants, la peur, la joie. Et moi, mon nom, pareil, les enfants hurlaient *Jean-Pierre, Jean-Pierre !*

Je sortais les bouées en traînant volontairement les pieds. Je voulais les entendre encore et je m'entendais, je m'entendais et c'était ça dont j'avais besoin, juste ça depuis toujours : entendre mon nom dans le rire des enfants. La joie vraie. J'apparaissais dans l'arène aquatique, piles de bouées plates tenues en équilibre sur ma tête que je jetais pêle-mêle sur l'eau. Avec un peu d'élan, les enfants arrivaient à courir dessus, ils traversaient le bassin dans sa diagonale. Il fallait fatiguer les groupes scolaires, rendre l'eau familière aux plus réticents avant les leçons. Gilbert avait confiance en moi. L'espace d'un quart d'heure, pour l'occasion, je devenais grand maître de séance. Me proposant monstre des fonds, j'apparaissais à la surface de l'eau, traître comme une orque, en poussant des hurlements rauques, graves, immondes. Les enfants en redemandaient, c'était de la peur vraie. Ils voulaient encore voir *le monstre Jean-Pierre* et ça dégénérait en bagarre générale, tous contre moi, bête à tuer de mon plein gré.

Et moi, moi, dans tout ça j'étais Dieu, voyez-vous. Les enfants croyaient en moi, en criant éperdument sur moi, mon imagination, ma folie. La colère restait dans l'eau.

Le soir, vers dix-neuf heures, c'était la clientèle reposante des vieux, vigoureux comme des poussins, venant tirer leurs dernières bouffées d'oxygène à la surface de l'eau. De très belles choses se produisaient dans ces heures-là, des danses maladroites. Ultimes tentatives tremblantes d'un battement d'aile de papillon, avec des noms de nages oubliées comme « nage indienne ». Les corps parvenaient à faire surface sans prétention. Une longueur, deux longueurs, trois longueurs, le plaisir d'être en vie. Juste sincères, terriblement sincères, gracieux.

La clientèle du premier étage utilisait son propre langage. Un jargon que j'aurais pu prendre la peine de noter dans mon carnet de mots incompréhensibles, mais la manie m'était passée, je me foutais d'être compris, je ne tenais plus de carnet. J'utilisais moi aussi mon propre langage, que je pouvais d'ailleurs moi aussi rendre à souhait incompréhensible : celui des muscles. La tenue des muscles, le corps humain : ses boudins roses, ses petits ligaments et ses tendons, je connaissais ça par cœur, on ne parle que de ça dans les salles de musculation, et la prison ne fait pas exception. Termes ô combien rébarbatifs, que je me permettais encore d'enrichir de nouveaux ligaments, sortes d'intermuscles que j'improvisais selon l'humeur, dans la catégorie *muscles psychologiques*. Les gens ne me demandaient pas de répéter, ils ne comprenaient rien, et m'en faisaient d'autant plus confiance qu'ils ne comprenaient rien. Seuls comptaient la bonne position des mains, l'assise du bassin, le nombre de mouvements. Les machines faisaient le reste avec intelligence et pondération.

Passé l'effet filtrant des lumières tamisées et à y voir d'un peu plus près, ces hommes et ces femmes, c'étaient pas mal de corps refaits, et pas seulement du côté des femmes, des petites coutures par-ci par-là, des petits pectoraux en plastique, des petits cheveux greffés. Miraculeux progrès scientifique. Un monde en peignoirs blancs, confortables et moelleux. Et ces peignoirs donnaient à l'ensemble un sentiment d'uniformité à la manière des judokas, la couleur des ceintures mise à part bien sûr, parce qu'ici personne ne semblait être l'inférieur de personne. Pas de chef, pas d'élève, tout le monde haut placé. Ici, le mot « relier » prenait un sens. Oui, les gens du premier étaient reliés, re-liés, relégués à un lien, un air de famille indescriptible qui pouvait se résumer à une intonation de voix, une manière de faire de l'humour sans le faire vraiment, tout en nuances, plus clair encore que le moelleux des peignoirs blancs. Ce monde était cohérent, harmonieux, en somme, réuni par la fatalité de l'argent. Savoir gagner de l'argent. Les gens du premier étage *avaient su* à un moment ou un autre de leur vie *gagner de l'argent*. Ils avaient su. Le système d'abonnement était saturé, ça fonctionnait par parrainage, beaucoup d'adhérents ne venaient que très occasionnellement, une fois ou deux par an pour parler affaires comme il se doit, c'est-à-dire sans en avoir l'air, en faisant bouger mollement leurs avant-bras sur un rameur. Dans les agendas d'entreprise, ça devait se situer entre le bureau et la chambre d'hôtel.

Passé le portillon automatique, je ne représentais rien d'hostile. Je le sentais, je faisais sourire du simple fait de traverser la pièce. C'était ma coupe de cheveux, mes sandales en plastique antidérapantes, ma manière de parler, de porter ce peignoir trop grand, ridicule sur moi comme une robe de premier communiant. Monstre utile en ce lieu tel un miroir à l'envers. En me regardant, je suppose que beaucoup de gens s'en trouvaient positivement intelligents et élancés. J'étais rassurant. Dans une pièce mitoyenne du sauna, je proposais des massages, enfin, des sortes de massages pour calmer l'inflammation d'un muscle ou pour accentuer la tenue de tel tendon psychologique de mon invention. Des gestes appliqués à la manière d'un chat, du bout des doigts. Parmi mes clients réguliers, il y avait ce vieil homme dont j'ai su plus tard qu'il était acteur. Il souffrait d'insomnies chroniques et il était là tous les matins, à l'ouverture. Un corps évident au toucher. Sous la graisse dorsale, c'était une montagne de nervosité, tendu comme un violoncelle.

Par sa corpulence, son teint blême, sa calvitie où subsistaient quelques cheveux hirsutes, cet homme sortait du lot. Il s'allongeait sur un banc, je lui faisais une liste de tous les mouvements que nous allions devoir faire ensemble. Je prenais bien le temps d'articuler. Je disais *Alors, aujourd'hui, nous allons faire une série de...* En faisant semblant de régler méthodiquement l'arrimage des poids le plus lentement possible. Les petites plaques de fonte s'entassaient dans un bruit de cloche lointaine. C'était le bruit de l'effort à venir. Dans ce laps de temps, quelques minutes à peine, et cette perspective de travail musculaire, il sombrait de lui-même dans un profond sommeil. Je posais une couverture sur ses jambes, il restait endormi dans la cabine. Un sommeil sans ronflements ni trompettes qui l'emmenait jusqu'à l'heure du déjeuner. Acteur de renommée, il souffrait, entre autres problèmes, de trous de mémoire et ce n'étaient pas les substances illicites qui l'avaient endommagé, c'était, je crois, de vraies contrariétés.

Pour ce vieil homme, cet acteur, j'étais un homme de confiance. De tous les gens qui fréquentaient la salle de gym, je devais être le seul à ne pas éprouver le besoin de lui parler et, donc, je l'intéressais comme une curiosité. Il voulait avoir mon avis sur un certain nombre de choses, comme par exemple sur un rôle qu'il avait tenu en telle année dans tel film, parce qu'il disait ne plus savoir lui-même. Et moi non plus je ne savais pas, parce que je n'avais vu aucun de ses films et son visage me disait peut-être quelque chose, mais je ne pouvais pas tricher, son visage me rappelait quelqu'un comme des milliers de gens me rappelaient quelqu'un depuis mon opération de la tête. Alors je lui disais *Non, franchement, je ne sais rien de tout ça, pardon de vous dire que votre visage m'est inconnu. Je ne regarde jamais la télé, je n'ai pas les moyens d'aller au théâtre et le cinéma m'emmerde prodigieusement. C'est l'idée même de rentrer dans une salle noire et par-dessus tout l'obligation de devoir fixer un écran. Non, franchement, le cinéma dans toute sa dimension m'emmerde prodigieusement.*

Cette phrase lui plaisait. *Le cinéma vous emmerde prodigieusement ?* disait-il. Il applaudissait. Il n'était pas dans les mains de n'importe qui, c'étaient les mains d'un homme qui ne le connaissait pas. Ça l'endormait spontanément.

Un enfant manchot m'attendait sur le quai du RER, bras valide tendu dans ma direction. J'ai cru que c'était pour me demander de l'argent, mais c'était pour me serrer la main. Il m'a dit *Je suis le cousin de Pierrot, c'est moi qui dois vous emmener.* C'était donc lui, l'enfant du rendez-vous. Pierrot m'avait dit de ne rien faire et de juste attendre sur le quai. Il m'enverrait quelqu'un, et ce quelqu'un c'était donc lui, cet enfant manchot, la dernière génération Barek. Il était venu en camionnette, et il ne conduisait que d'une seule main, d'ailleurs plutôt très habile. De cette même main, il tournait aussi le bouton radio, allumait des cigarettes et remettait le rétro plafonnier en place, ce dernier tenait par les effets miraculeux d'un simple morceau de sparadrap. Le rétro tombait, le jeune homme le recollait. Ainsi nous avons traversé Saint-Denis et nous avons encore roulé, et puis encore roulé.

On s'est arrêtés au bord de la Seine, sur la route des camions, proche d'une palissade. Derrière la paroi, un petit cercle de maisons et de résidus de hangar comme il s'en trouve encore sur la route d'Épinay. Quelques bâtisses éphémères organisées autour d'une cour, une esplanade de terre affaissée en son centre jusqu'à devenir une fosse. De la masse du sol imbibé d'huile noire, émergeaient ici et là des morceaux de fer amalgamés. C'était la vision d'une petite ville après la guerre, le juste après bombardement. Parmi les carcasses, à certains endroits, on reconnaissait encore çà et là ce qui avait pu être une cabine de camion, un essieu. Un peu en retrait du terrain, à une dizaine de mètres de la fosse, dans la fumée d'un brasier, dominait une grosse presse à métaux, impressionnante dans son allure de guillotine. Elle ne tournait plus depuis peu, mais les hommes qui s'activaient encore à cette heure tardive sur le chantier hurlaient comme sourds pour se parler. Au milieu de ce carnage, assis sur son bulldozer, Pierrot Barek orchestrait la manœuvre, gracieux comme Hannibal sur son éléphant, s'activant à déplacer un monticule de tuyaux de cuivre d'un bout à l'autre de la cour, pour les laisser retomber dans la benne ventrue d'un camion qui avait fini par prendre, elle aussi, la forme molle martelée des épaves de ses chargements.

C'était ma sortie du mois, je m'étais offert ça, une petite soirée chez les Barek et je ne le regrettais pas. Le spectacle valait le détour. On était loin du folklore tzigane, on était vraiment loin de tout dans ce coin reculé de juste après la Plaine-Saint-Denis. Pierrot a coupé le moteur, jeté un vague regard dans ma direction. Très peu d'enthousiasme dans sa manière de tirer le frein et de descendre du véhicule, un suspense de trente secondes qui m'a laissé penser qu'il ne m'avait pas reconnu, c'était gênant. Très gênant. Et puis au moment où je m'y attendais le moins, il m'a prévenu : *Pose le blouson JP !* Le temps de sortir un bras de ma manche, je me suis retrouvé couché par terre, face contre sol. Et lui, Pierrot assis sur mon dos à me marteler de coups de poing.

Le temps était un peu moins passé ici, on était resté coincé quelque part entre la maternelle et les civilisations barbares. Jackie n'était plus là, et je n'ai pas réussi à comprendre s'il était mort ou malade. Pierrot m'a quand même présenté son chien, il m'a dit *Tiens, c'est le chien de Jackie*, comme s'il y avait un lien direct, une sorte de croisement bovin qui hurlait depuis mon arrivée et je ne m'en étais pas rendu compte à cause du ronflement du bulldozer. Joseph passerait dans la soirée. D'après Pierrot, il ne voulait pas manquer ma visite. Il faisait trois cents kilomètres pour venir me voir.

Dans un coin du terrain, parmi les habitations qui n'étaient pas sans rappeler une zone pavillonnaire construite sans mode d'emploi, subsistaient encore quelques caravanes pour la plupart sans roues, dont celle des parents. Le père de Pierrot n'éprouvait visiblement plus beaucoup le besoin de bouger, mais pour l'occasion, il a passé une tête par sa portière. Un homme prudent, roué aux bonnes manières distantes. Un petit signe du doigt en guise de bonjour. C'était la présence insolite du pape sur un champ de foire. Vigilant comme un bernard-l'ermite à ne pas dépasser son parapet, cette caravane sans roues, cette coquille retournée devait être les limites de son territoire. Frontières fixées par Pierrot ou par le bon sens lui-même. Un pas de trop sur le terre-plein et c'était le risque de mourir écrasé par son bulldozer, accident stupide.

Au centre de la cour, Pierrot gesticulait. Tout le monde devait venir me voir. Les hommes encore présents sur le chantier et le reste, ses autres frères et quelques cousins plus ou moins lointains des baraquements d'à côté. C'était une vraie tribu, la famille Barek, beaucoup de similitudes dans les visages, quelque chose de rude, pas totalement abouti dans les détails du fait peut-être des consanguinités. J'étais, et j'avais même toujours été sans le savoir une pièce manquante de cette famille, tout le monde rêvait de me connaître ici. Je devais peut-être valoir quelque chose comme un demi-frère ou quatre cousins, ou cinq beaux-frères. J'étais surtout « l'homme qui écrivait les lettres », les fameux courriers de Poissy à la famille Barek. Eh oui, c'était moi l'érudit, le seul homme qui avait été capable de son vivant de faire réciter une leçon de grammaire à Pierrot. Fait quasi héroïque, d'ailleurs, tout le monde avait encore une ou deux lettres de moi dans un tiroir. Ici, j'incarnais la culture, la vraie, l'indispensable. Oui, en ce soir d'été, Jean-Pierre le ministre de la Culture se rendait en personne sur les lieux de la ferraille Barek. Et c'est vrai que, pour rédiger ces courriers, ces très fameux courriers d'autrefois, j'avais dû faire un effort d'imagination. La mère de Pierrot surtout. Je lui avais dit « je » dans les courriers, sans manière, une multitude de fois : *Je t'embrasse, je pense à toi, je ne manque de rien, ici, porte-toi bien.* Je lui avais dit : je, pense à toi, sans réfléchir. Et pour la première fois, je me retrouvais en face d'elle, cette gentille petite bonne femme qui semblait bien moins timorée que son mari. On ne pouvait pas la berner. Toute cette animation, un certain nombre de ces hommes monstrueux étaient sortis de son cul. C'était elle la matrice. Ses mains ont remué quinze secondes dans un chiffon avant de tomber dans la mienne. Une main propre, docile, et puis elle a voulu que je m'assoie à côté d'elle, sur un banc. Elle a posé un bras sur le mien, et pendant ce temps-là des hommes ont dressé une table sur des trépieds, sorti deux enceintes et une sono de l'arrière d'une fourgonnette, puis quelqu'un y a glissé un disque de Michel Sardou. Le même disque qui est passé en boucle une bonne quinzaine de fois dans la soirée. Les « montagnes du Connemara » sortaient des enceintes globalement défigurées, du fait de l'amplitude sonore ou de la mauvaise qualité originale de l'enregistrement. Peut-être une imitation, un disque acheté dans les bacs promo d'une station-service. Au final, ça tenait quand même son rôle d'ambiance musicale. Là-dessus tout le monde s'est mis à boire, manger. Boire surtout, l'ambiance est devenue hilare. La mère de Pierrot continuait de me parler, accrochée à mon bras comme si je risquais, moi, Jean-Pierre, de m'envoler. Elle voulait me dire des choses, c'était mal articulé et j'ai cru comprendre qu'elle me parlait de ma mère, ma défunte mère, elle lui souhaitait des choses là-haut quelque part dans le grand *méconnu*. C'était, ce devait être des paroles rassurantes, elle me tapotait sur le bras pour les faire mieux passer, comme on le fait depuis toujours dans le dos des nourrissons.

Je ne comprenais rien, mais sûr que l'amour était bien là, pour moi. Un amour fou, inquiétant, consanguin lui aussi. Plus tard, Joseph et d'autres hommes ont débarqué et l'ambiance est encore montée d'un cran. Inévitables histoires d'autrefois. Pour distraire l'assemblée, Pierrot évoquait mes activités théâtrales, et ma non moins fameuse composition de Brutus, le clown dégénéré de la prison de Poissy. Il voulait que je lui refasse un numéro. Il disait *Allez Brétus, joue pour ma famille, refais-nous les grimaces !* Comme je me faisais prier, il a raconté l'histoire à ma place. Il ne se souvenait pas des mots, juste des mimiques. C'était moi, interprété par lui. C'était reparti, je me revoyais. Oui, ce type grotesque qui traversait la scène dans des postures de centurion, ça avait été moi et c'est vrai que je me trouvais assez drôle. Sa famille m'applaudissait, je n'avais rien fait. Les gens me prenaient à part, ils me disaient *Tu nous as bien fait rigoler.*

Et puis sur les coups de trois heures du matin, Pierrot a eu chaud, subitement, d'un seul coup comme ça, Pierrot s'est levé et il a dit *J'ai chaud. JP, tu viens avec moi, on va faire un tour de moto !* Moi, j'étais ivre et j'ai mis un certain temps à réagir. Il me les avait déjà racontées pourtant ses petites sorties en deux-roues sur le périphérique. Il appelait ça « le tour du ring » parce que c'est le nom du périphérique dans un autre pays, à Bruxelles je crois. « Le ring ». Un jeu avec l'autorité. Rouler le plus vite possible, sans phare et sans casque, et si les flics nous arrêtent, il faut ralentir, se présenter poliment, *Bonsoir messieurs nous sommes désolés*... Et leur cracher dans la gueule avant de redémarrer. Et donc le jeu, le vrai jeu amusant, c'était censé être juste après, la course poursuite effrénée sur le périph. Pierrot le disait *Sur le périph, en moto sans phare, on est obligé de gagner !* Et moi en écoutant cette histoire, j'avais toujours pris ça pour de la poésie. C'était comme tout ce que racontait Pierrot, je n'avais jamais fait l'effort d'y croire vraiment. Donc, j'ai dit *Quoi ? Qu'est-ce que t'as dit Pierrot ?* Mais son cousin manchot s'activait déjà à sortir la machine. Une moto sans marque, un assemblage de pièces volées rendu informe par les chocs, une création du destin. Le monstre d'acier refusait de démarrer et j'ai pensé que c'était mon jour de chance. *Trop vieille, cette moto,* me suis-je dit. *Bonne pour le musée !*

Les hommes s'étaient mis à quatre pour essayer de la faire tousser. Ils la poussaient à la manière d'un taureau qu'on dirige vers l'arène. Des insultes, des coups de pied et puis la tôle s'est mise à vibrer, et le spectacle a été grandissant parce qu'il n'y avait pas de pot d'échappement. La fumée sortait par-devant à la face des cylindres. Un monstrueux raffut qui faisait jaillir çà et là de petites flammes bleues.

Pierrot, visage crispé, méconnaissable tel Mermoz au décollage, tâtait maintenant du pied le levier de vitesse. Là non plus c'était pas fluide, la première ne répondait plus, j'ai cru qu'on s'en sortirait comme ça, mais par malchance la deuxième vitesse a fini par craquer.

On y était presque. Maintenant c'était à moi de grimper. *Et le casque ?* me suis-je risqué. Pierrot m'a montré du doigt le périph en rigolant et donc il n'avait pas compris. J'ai encore essayé d'en placer une, toujours au sujet du casque, mais Pierrot n'écoutait plus, il avait de plus en plus chaud et il toussait à cause des gaz d'échappement. Plus du tout envie de s'expliquer. Maintenant, c'était de la sueur vraie qui coulait sur son front, il était vraiment énervé, il avait vraiment très chaud, il fallait démarrer. Je me suis retrouvé assis derrière lui, paré pour un dernier grand tour de manège avec ma pauvre boîte crânienne rafistolée en guise de seul casque intégral, cherchant la posture idéale pour un grand vol plané. En cas d'accident, qu'est-ce qui était le plus confortable ? Un grand saut dans le vide, ou bien rester accroché au sol avec l'engin ? Impossible de choisir. J'optais pour une rudimentaire crispation des mains sous la bordure du siège. Mais c'était encore pire, parce que là, sous la bordure de cuir, je sentais les fils électriques dénudés, ça me piquait le bout des doigts. Raison évidente de l'absence de lumière. Dans cette posture, aussi confortable soit-elle, je risquais de mourir bêtement électrocuté. Alors non, il fallait assumer. Je me suis collé au torse de Pierrot du plus près que j'ai pu. Les cousins consanguins riaient sous cape. De l'extérieur, ça devait être beau comme une photo de mariage, la lumière, les costumes et les projets d'avenir en moins. De sa main libre, Pierrot essayait maintenant d'extirper une petite médaille de sa chemise, un bonhomme doré qui pouvait être le Christ en personne ou un de ses représentants, bref, une figurine au regard endormi coincée dans les boutons de sa chemise, qu'il a embrassée fougueusement en disant, comme pour se justifier d'un éventuel agacement de ma part pour le retard, *Ça va être bon Jean-Pierre. J'embrasse le patron et on y va !*

La moto a démarré dans une suite d'à-coups très violents. Quelques zigzags qui nous ont jetés en orbite sur le bitume lisse du périphérique. L'air tiède est devenu sifflement strident. Dans la perspective du dos de Pierrot, je voyais défiler les grandes inscriptions publicitaires de la porte de Clignancourt rendues illisibles à cause de la vitesse et ça me faisait l'effet de grandes insultes lumineuses : RRRZZZER, BOOOOSCCH, SONNNNZY déchiraient violemment le ciel. J'ai fermé les yeux et j'ai pensé que quelque chose se jouait là. Dans le meilleur des cas, on repartirait en prison pour insultes, délit de fuite et violence à agent de police et dans le pire, on mourrait bêtement comme ça. Ce serait le destin de cette moto d'être raccommodée encore une fois. On récupérerait le cadre et les cylindres pour en faire une autre, plus grosse, plus difforme et ça durerait le temps que dure le fer.

La prière faite au saint patron avait dû se révéler efficace parce que trois tours de roulette russe plus tard, nous étions toujours vivants et nous n'avions toujours pas rencontré le moindre policier. Pierrot semblait totalement déçu, calmé, abruti par le vent. La moto donnait maintenant l'impression de se conduire toute seule. On a repris le chemin du campement, tout le monde était parti, les baraquements étaient éteints. Pierrot a poussé la moto, puis il a essayé de sortir la béquille, en vain, la moto s'est couchée sur le côté. Il a encore fait quelques pas en direction de son bulldozer qui attendait dans l'obscurité au centre du terre-plein. J'ai pensé que la soirée n'était peut-être pas terminée, mais avant d'atteindre le bulldozer, Pierrot s'est mis à tituber et puis il s'est couché à son tour, bras écartés dans les gravats. Il s'est fendu d'un dernier *Ah, Brétus !* Et puis il s'est mis à ronfler.

J'ai repris le chemin du périph en sens inverse, sans casque, sans pneu, sans moto, sans rien. À pied. J'ai enlevé mes chaussures pour apprécier pleinement la chaleur du bitume. Nous étions le 11 août, je crois, jour des étoiles filantes et cette nuit-là, le ciel était couvert. J'ai atterri chez moi vers les cinq heures du matin, j'avais largement dessaoulé. En entrant dans ma chambre, mes pas faisaient grincer le plancher, j'essayais de marcher le plus doucement possible, mais rien à faire, le bois traduisait ma peur, fidèle comme un Stradivarius. Je piétinais le sommeil sacré de mon père. Un étage en dessous, ce n'était pas une journée de travail qu'il épongeait, mon père, c'était une vie. Et moi, en ne dormant pas, je marchais sur lui, son corps endormi, ou pire, attentif et dérangé de m'entendre poser le cul sur mon lit pour délacer mes chaussures. Parce que le lit grinçait, oui, le lit grinçait aussi, et ça, je ne m'en étais pas rendu compte les premiers jours. C'était pourtant évident ce matin-là, un gémissement à l'assise comme si j'avais posé mes fesses sur la tête d'un animal blessé qui n'aurait eu que le dernier réflexe du grognement, traître lit. J'avais envie de pisser, j'étais couché et je n'osais pas me relever. Ça n'était rien d'avoir envie de pisser à côté de ce beuglement sinistre.

J'ai fini par céder au besoin et ça n'a pas manqué, mon père est venu frapper à la porte, une fois, deux fois. J'ai mis un certain temps à réagir, imitant tant bien que mal le bruit du ronflement. La porte s'est ouverte. Il était là, debout devant moi dans son pyjama bleu gris, clés en main. Mon père avait un double des clés, bien sûr. Je ne l'avais jamais vu aussi proche du maton, il voulait des explications. C'est à cette heure-ci que je rentrais de la « piscina » ? Et il voulait encore savoir ce que je faisais exactement là-bas, et surtout ce que j'y faisais aussi tardivement.

Et c'est là que je me suis entendu lui dire sur un ton de premier communiant : *J'ai passé la soirée avec des copains, on a été voir un film et après on a discuté devant le cinéma.*

Mon père s'est énervé subitement, beaucoup plus fort que je ne l'avais jamais entendu. C'était six mois de colère jetés sur moi, en vrac, un flot d'insultes. Après ça, il est redescendu dans sa chambre, totalement libéré et moi, je suis resté là, transi, l'envie de pisser en moins, mais incapable de dormir.

Gilbert, le directeur de la piscine, m'a dit qu'il comprenait, d'ailleurs ça ne le regardait pas. Tout le monde a connu ça un jour ou l'autre, un père qui vieillit, c'est banal. En attendant de trouver mieux, je pourrais dormir dans la salle de sport au premier étage. Ce serait quelque temps, juste pour me dépanner. Évidemment, il comptait sur une discrétion maximum de ma part. Je devrais me trouver là tous les soirs à vingt et une heures, heure de la fermeture. Une fois les portes verrouillées, je serais ici chez moi. Je pourrais me faire un lit avec les matelas, ce serait dur, mais on ne dort pas si mal sur les lits durs. Alors j'ai dit *Merci, merci Gilbert*, et j'ai déménagé le jour même. Quand je dis déménager, c'est un bien grand mot, j'ai traversé Paris avec mon sac de sport. L'ensemble de mes affaires roulé en boule : deux pantalons, quelques t-shirts et un jogging. Et c'était comme le sentiment d'une immense liberté ce jour-là, j'aurais pu chanter en traversant la ville.

Rien ne semblait plus s'opposer au bonheur. Les choses s'organisaient d'elles-mêmes, je ne devais plus lutter, juste admettre que quelque chose, quelque part dans l'espace, et auquel je n'osais donner aucun nom, mais qui aurait pu s'appeler *bon sens des choses* ou *grand ordre du monde* ou l'ensemble, veillait sur moi, attentif à mon bien-être, jusqu'à concentrer en un seul et même lieu mon logement, mes activités sportives et mon emploi. Cette piscine que je percevais maintenant comme un petit pays en soi. Zone franche déresponsabilisante comme l'avait été autrefois pour moi l'organisme carcéral.

Je n'éprouvais pour ainsi dire plus le besoin de sortir. Une fois par jour, pour faire des courses à l'épicerie d'en face et deux fois par semaine pour une visite à Virgile qui, et c'était le seul ombrage à ma tranquillité, avait contracté une petite infection pulmonaire *a priori* sans gravité, mais ô combien culpabilisante, car impossible de ne pas faire à ce moment-là le lien avec les tensions familiales. Un bruit dans sa respiration, comme de l'eau coincée quelque part. Bruit sans nom qu'on aurait qualifié de « ronronnement » s'il s'était agi d'un chat, mais là, c'était Virgile mon frère, l'homme silencieux depuis toujours, et c'était chiant. Virgile ne toussait pas, n'éprouvait visiblement aucune gêne et si on voulait rester vraiment positif, ce bruit nous indiquait seconde par seconde qu'il était bien en vie. Pas de panique pour l'instant, d'ailleurs le médecin s'abstenait de tout pronostic. Il fallait laisser le temps agir, observer sans acharnement pour ne pas provoquer plus d'anxiété inutile. Donc rien de nouveau pour Mylène, parce que surveiller mon frère de loin en passant l'aspirateur ou en refaisant les lits, c'était sa vie, alors la vie continuait. Sur les conseils du toubib, elle avait quand même investi dans un appareil « Bébé Sommeil » qu'elle gardait près d'elle pendant les tâches ménagères. Virgile ronronnait au bout du fil.

Durant ces visites, j'évitais de croiser mon père et réciproquement. Ce bruit dans les poumons de Virgile, c'était devenu entre lui et moi comme l'alibi d'une trêve. Ça parlait de nous, menaçant comme l'orage, pas la peine d'en rajouter. Et si, par le hasard de son palier, on en venait à devoir se trouver l'un en face de l'autre, on faisait semblant de contenir les mots déplacés en singeant de notre mieux la détermination et ce n'était qu'une pose, parce qu'entre nous tout était dit : mots déplacés et autres, absolument tout. Chacun son mur et chacun son silence. J'avais définitivement perdu au jeu d'être un fils. L'anxiété paternelle, fruit d'un regain d'espoir passager, avait fait place au plus habituel et plus confortable sentiment de déception. Pour le reste, ces petits simulacres de tension c'était l'orgueil de lutter contre le laisser-aller. Donc rien de grave, vraiment rien de grave : juste de l'orgueil.

Une fois la piscine fermée. Il y avait la valse des balais. Gilbert laissait la musique pour le passage des serpillières, le ménage s'effectuait en douceur. Le lino brillait, les équipes de nuit partaient, les néons s'éteignaient. Je restais seul au premier étage de la piscine et je fabriquais mon lit chaque fois de plus en plus grand à l'aide des beaux matelas de stretching, agneau cuir véritable. Un lit spacieux, géométrique. Une fois couché, une fois couché seulement, je devenais maître des lieux, seul capitaine à bord du vaisseau, je coulais avec lui, enfermé de l'intérieur. Je me réveillais souvent au milieu de la nuit, j'avais besoin de ça, me réveiller. Manière d'être parfaitement sûr de ne pas rêver et je ne rêvais pas, j'étais encore bien là, moi, JP, seul dans l'édifice, loin des complications paternelles et de l'absurde enchevêtrement du monde. Gardien de mon confort, détenu de moi-même, résolument calme.

Qui pouvait se vanter d'avoir bénéficié de ça, ne serait-ce que cinq minutes dans sa vie, un complexe sportif pour lui tout seul ? Double bassin au rez-de-chaussée avec salle de gym, sauna et jacuzzi à l'étage. Un grand délire de riche sans les emmerdes, avec un petit salaire en plus.

À l'approche du sommeil, j'étais régulièrement pris de fous rires, comme à Clairvaux, ça me reprenait, ça m'échappait. C'était de l'oxygène en trop, je débordais. Je n'essayais pas de contrôler. La vie était trop belle, je me disais *T'es fou JP !* Et je m'en foutais. Pour l'occasion, je remettais la musique d'ambiance, les enregistrements de Gilbert, petites sonates de Bach préenregistrées pour l'entraînement du troisième âge, et ça me donnait le pas sautillant et l'humeur légère pour redescendre vers les bassins. Les grands bassins bleu nuit dans ces heures-là. L'eau dormait. Je regardais ça longtemps avant de plonger. Couleuvre, étoile filante, je fabriquais une onde : cinquante mètres d'eau rendue vibrante d'une simple brasse. Un geste de physicien, quelque part entre le sport et l'art, ça n'a pas de nom. Bach et son piano en paraissaient presque manchots. Je fabriquais un son avec de l'eau. Oui, le moindre clapotis partait dans les couloirs, la perspective des casiers métalliques, numérotés de 00001 à 01357 et ce son me revenait scintillant, numérisé et métallique lui aussi.

La seule lumière émanait des boîtiers « Issue de secours », fixés çà et là à l'aplomb des bassins. « Issue de secours » se réfléchissait à la surface de l'eau, infiniment, comme un poème absurde. Oui, absurde, parce qu'en suivant ces indications au pied de la lettre, on aurait disparu par le fond. Obsession des hommes que de toujours vouloir prévoir une issue à tout, « Issue de secours » pour aller où ? Je m'accrochais aux échelles métalliques, immergé jusqu'à la ceinture. Je mettais un temps fou à sortir, je le faisais comme un milliardaire, avec l'inquiétude de n'avoir rien d'autre à faire. Une fois sorti, je flânais dans les couloirs, me laissant surprendre par mon reflet dans la verrière. J'étais là, seul en face de moi, l'ombre du lieu. Mon corps s'était tassé, j'avais vieilli, gagné en poils sur une bonne partie du torse et sur les épaules, mais quelle tranquillité dans cette ombre, oui, un monstre de tranquillité, Quasimodo sans la violence des cloches. Qui pouvait deviner ma présence ici, qui ?

Je ne manquais jamais de faire un petit détour par le bureau de Gilbert. Je me servais dans son frigo, une boisson fraîche ou même juste quelques glaçons. L'alcool aurait été superflu. Les vapeurs de chlore suffisaient amplement à m'apporter ce très subtil effet de tournis.

Un verre à la main, je prenais place dans son fauteuil en imitant ses manières, pieds sur le bureau. Je m'emparais du micro. Après quelques borborygmes, en prenant les intonations d'Elvis Presley, je chantais *Blue Moon*, la première phrase seulement car je ne parle pas anglais. Je faisais avec ma voix tout ce qu'il est possible de faire sur ces deux mots, je descendais vers les graves profonds, mon souffle se faisait tremblement de terre. Je m'en donnais des érections à moi-même. Par certains soirs magiques, la lune apparaissait au loin derrière la ville, elle montait sur la verrière, telle une bulle portée par mon souffle, elle obéissait à ma voix. J'en étais ému aux larmes.

Pour finir, je retrouvais mon lit démesuré du premier étage jusqu'aux premières lueurs du jour, vers les cinq heures du matin. Seul inconvénient de ce grand décor de verrière : la lumière matinale tonique comme une gifle au réveil. Entrave au rêve, impossible de dormir plus.

La piscine ouvrait ses portes. Je redevenais l'homme de la salle des machines, conseils en tout genre, deux bras au service des massages. Je retrouvais mes clients habituels avec, en premier lieu, les groupes scolaires, Bertrand, l'acteur insomniaque qui s'endormait presque maintenant du simple fait de me serrer la main. Et puis les autres, la longue liste des autres. La grande ribambelle des peignoirs blancs que j'assimilais de plus en plus à une seule et même personne. Corps social jactant, réfléchissant. Un seul corps avec des cerveaux différents. Satanés cerveaux qui fabriquaient sur ce corps-là un petit mal de dos et sur celui-ci de l'urticaire géante. Je m'interdisais de penser, je prenais ça comme un exercice et même un défi, et je n'en finissais pas de progresser dans l'art de penser moins et de mieux sentir les corps. Ma petite salle de massage improvisée derrière le sauna battait son plein, je tenais un carnet de rendez-vous et ce carnet était à certains jours obèse. Les gens me voulaient moi personnellement, l'homme de main, je m'activais sur leurs vertèbres. J'étais l'attraction suprême, le monde entier venait à moi. Et c'est dans cette période que j'ai fait la connaissance de Daniela.

Daniela, somptueuse Daniela, dont je pense maintenant qu'elle sera peut-être la femme de ma vie, ma dernière femme, la femme de ma dernière vie. Et pour cette raison je veux vous parler d'elle, je ne parlerai jamais trop de Daniela, d'ailleurs Daniela me le demande parfois, elle me demande *À qui pensez-vous Jean-Pierre ?* Et je lui réponds *Je pense à vous Daniela bien sûr, à vous terriblement,* parce que c'est vrai que je pense à elle de manière insensée.

C'était une cliente occasionnelle d'une ou deux fois par trimestre, moins, peut-être. Une femme remarquable : elle entrait dans le sauna en comptant les gens, c'était sa manière très personnelle de faire. Et quand on parlait d'elle, on disait qu'elle était remarquable ou encore qu'elle ne faisait jamais les choses à moitié, doigt tendu sur chaque personne. *Bonjour ! Bonjour ! Alors, combien sommes-nous aujourd'hui ? Un, deux, trois* et puis elle disait le chiffre total, par exemple : sept. Et elle ajoutait *Sept c'est bien, très bien même !* Puis elle prenait place dans la vapeur en souriant. Et ça ne manquait pas, dans l'intimité du sauna il y avait toujours quelqu'un pour demander *Pourquoi* ?

Pourquoi ce chiffre-là valait-il mieux qu'un autre. Et là, c'était parti, Daniela existait vraiment. Elle embrayait sur le fait qu'elle était praticienne numérologue entre autres, et qu'elle gérait sa vie comme ça. Autre manière de dire qu'elle ne faisait rien sans compter, parce qu'elle savait faire, absolument. Elle était capable d'affirmer des choses énormes comme, par exemple, qu'elle ne mangeait pas la viande provenant d'animaux à « quatre pattes », deux, oui, mais pas quatre. Donc Daniela mangeait du canard ou du poulet. Jamais les deux la même semaine, parce que là, poulet plus canard, ça aurait fait quatre. Avec ce genre de considérations, les gens ne savaient pas encore s'il fallait rire ou pleurer, mais l'auditoire était sur elle, ferré comme on dit. Parce que les gens sont ainsi faits, curieux. Terriblement curieux. Et parce que le point d'interrogation agit depuis toujours comme un hameçon à la fin des phrases. Donc, sur ces quelques absurdités, les gens étaient ferrés. Et le plus énorme était encore à venir parce qu'en deux temps trois mouvements, on savait qu'elle avait eu tel ou tel grand homme politique parmi ses clients : ministre, député ou autre. Son métier lui interdisait d'en dire plus. *Secret professionnel,* disait-elle. Elle avait le sens de la formule, d'ailleurs elle n'employait pas le terme « astrologue », mais « conseillère spirituelle », je suis conseillère spirituelle. Daniela se présentait conseillère en spiritualité et il ne fallait pas la contredire, même pas essayer, parce qu'elle disposait d'un tas de parades, dont la plus radicale était de ne rien répondre, manière de renvoyer l'interlocuteur à son infini néant. C'était son truc, le néant, l'obscurité, elle s'en revendiquait, la plupart des gens s'y perdaient, mais elle non, elle connaissait le chemin. Et sur le sujet des morts, pareil, elle savait. Elle côtoyait. *Dans l'absolu, il n'y a rien à craindre,* disait-elle : *on ne meurt jamais vraiment. Les morts sont quelque part autour de nous, il y a les bons, les mauvais, on les sent parfois, mais ils sont toujours là, toujours. Ils veillent sur nous et nous écoutent. Ce sont nos anges,* disait-elle.

Et elle ne croyait pas si bien dire, puisque moi, dans cette cabine mitoyenne du sauna, j'étais là. L'homme ressuscité, vivant, vacant avec ma balle dans la tête et je l'entendais faire.

Elle venait ici à la pêche au bon client, et les bons clients n'étaient plus si faciles à trouver. Autrefois, les affaires avaient bien marché pour elle. Elle n'était pas obligée de traîner dans les saunas, non, autrefois elle ne traînait pas. Elle avait eu un très gros réseau. Beaucoup de gens vraiment : les hommes politiques, certains hommes d'affaires dont elle parlait, et puis surtout leurs femmes dont elle ne parlait jamais. Elle avait bel et bien eu tout ça. Et puis elle était malencontreusement tombée malade et je ne sais plus le nom de cette maladie. Je ne saurais plus le prononcer. Ses nombreux clients politiciens et autres s'étaient méfiés d'elle à ce moment-là, parce qu'elle n'avait pas été capable de se prédire les choses pour elle-même. Le doute s'était immiscé, du jour au lendemain, la bêtise du monde n'avait plus eu besoin d'elle. Daniela en était là. Astrologue sans emploi.

Daniela gardait le moral, elle ne baissait pas les bras, c'était une femme déterminée. Dans tous les cas, elle se voyait encore comme ça : utile, indispensable, déterminée. C'était une belle femme de soixante ans, entièrement refaite certes, mais sa beauté ne résidait pas dans son corps. Elle était belle d'une autre manière, je veux dire qu'elle avait quand même un certain sens de l'humour et ce monde en peignoir blanc, elle le percevait comique et crédule, tout comme moi je le percevais. La piscine n'était pas son lieu de prédilection, elle fréquentait d'autres endroits, du club de bridge en passant par les centres de thérapie, partout où règne une atmosphère de confidences, elle se sentait chez elle. *L'argent est partout chez lui,* disait-elle.

Daniela et moi, on ne s'est pas plu immédiatement. Elle est restée longtemps une cliente parmi les autres, une simple cliente, un corps et d'ailleurs ce corps était remarquable lui aussi, puisqu'à ce corps, il manquait un sein. Elle avait laissé ce sein dans sa maladie innommable et, je dois l'avouer, ce sein orphelin me touchait beaucoup. Je ne l'ai jamais touché, mais je l'aimais et je l'aime encore dans mes pensées, éperdument. Et je ne désespère pas de le toucher un jour.

Elle me disait *Je vous sens bien, Jean-Pierre !* Et c'était réciproque. Oui, je la sentais bien moi aussi parce qu'il n'y a rien de pire que la malhonnêteté qui s'ignorent, et Daniela avait l'honnêteté de ne pas s'en cacher. Elle venait passer certains de ses coups de fil dans ma cabine, parce que, disait-elle, c'était l'endroit le plus tranquille du monde pour converser. Au téléphone et à voix basse, je l'entendais dire *Vous savez, j'ai encore rêvé de vous et je pense que ce rêve était prémonitoire. Il faut que je vous voie très vite absolument, c'est important pour vous !* Daniela devait bien dire ça trente fois par jour : *J'ai encore rêvé de vous, voyons-nous.*

Je ne sais pas à qui étaient destinés ces coups de fil, et j'ignorais encore la teneur du rêve, mais son jeu était énorme. Elle se faisait tour à tour menaçante, flatteuse ou énigmatique, ponctuant son discours d'incessants : *voyez, je vous l'avais bien dit.* Daniela était une artiste merveilleuse. Le monde entier était son terrain de chasse. Le monde entier était son terrain de chasse, elle ne ratait jamais une occasion. Elle me parlait souvent d'un projet qu'elle entretenait comme un secret, parce que c'était sa manière à elle de tout présenter sous le sceau de la confidence et du secret, et ce secret n'était rien d'autre que son appartement. Pour s'en sortir financièrement, elle avait divisé son appartement et elle voulait louer une pièce à quelqu'un qui serait dans son même registre de spiritualité. Le prix qu'elle annonçait pour la location de cette pièce était assourdissant. Elle m'encourageait à venir le visiter. Elle me disait qu'un homme comme moi méritait bien mieux qu'un emploi d'homme à tout faire ici, à la piscine. Elle me disait *Avec un tel talent, vous devriez avoir votre plaque quelque part, Jean Pierre !* Elle disait ça : votre plaque quelque part, et ça me faisait l'effet d'une tombe et je m'en foutais. Elle regardait mes mains, comme on regarde celles d'un banquier ou d'un expert en coffres-forts, ou comme on regarde de l'argent tout simplement, avec une certaine émotion, un certain respect, je dois le reconnaître.

Un autre jour, elle m'a dit *De toute façon, les choses sont en train de changer pour vous ici, vous n'y avez plus beaucoup d'avenir !* Elle parlait de la piscine et de mon emploi de masseur et je me rappelle que ce jour-là j'avais ri, presque aux éclats. Parce que tout me faisait rire et que je n'envisageais aucune sorte d'avenir, et donc je lui avais répondu *Le sujet de l'avenir nous opposera toujours, Daniela.*

Et ça l'avait bien fait rire aussi. C'était un bon mot, un bon mot vraiment, et c'était des conneries. Parce que je le sais maintenant, rien n'est immuable. On voudrait fixer les choses et c'est impossible. Le bonheur comme le malheur ou comme la beauté ne se fixe pas, et j'en ai encore eu la preuve à ce moment-là, parce que tout s'est mis à déconner d'un seul coup. La même semaine, qui devait être la dernière de l'été ou la première de septembre de cette année-là, et ça n'a pas beaucoup d'importance, parce que cette semaine-là faisait rupture dans le calendrier. Un mini cataclysme. Oui, une transformation qu'on aurait pu qualifier de tout en profondeur. Sur plusieurs mois, sournoisement, très sournoisement dans l'organisme souterrain de la piscine, en bas, vraiment tout en bas, sous les bassins, le système de régulation automatique de chlore s'était déréglé à notre insu, l'eau avait produit des germes, bacilles invisibles et barbares, quelques gamins étaient tombés bêtement malades, boutons, plaques rouges et vomissements pour les plus graves. Les parents s'en étaient plaints. Les services de l'hygiène étaient passés, tout était rentré dans l'ordre et j'avais dit *Bon vent.* Cela m'avait fait rire encore. Mais l'inspection du travail avait suivi deux jours plus tard par le fruit du hasard, ou pas, et là, une bonne dizaine d'infractions au code du travail avaient été relevées. Ajoutée à cette longue liste d'infractions, ma présence en tant que stagiaire technique préposé à l'entretien des machines, titre ne pouvant excéder soixante jours de présence dans un même emploi, avait fait l'objet d'une bonne demi-heure de justifications.

Ce jour-là, dans le regard de l'inspecteur, j'avais senti sur moi le poids de la culpabilité. Je n'avais plus rien à faire ici. Rien. Gilbert avait pris sur lui, allant même jusqu'à essayer de transformer mon statut de stagiaire en premier emploi à temps partiel, et ça l'avait mis dans un tas de paperasses et toutes sortes de démarches administratives qui n'avaient de toute manière donné lieu à aucune forme de réponse positive. L'administration bloquait pour une obscure histoire de « caisse retraite ». Alors voilà, cette semaine-là, Gilbert était très remonté, contre l'inspection du travail, les caisses retraites et plus encore contre les bacilles, petites saloperies pernicieuses qui avaient disparu aussi sournoisement qu'elles s'étaient fait connaître, en laissant ici, incrusté dans la céramique, un vrai sentiment de peur palpable. Poisseux.

Il me disait *Faisons comme si de rien n'était Jean-Pierre, ne cédons pas à la panique, laissons passer la tempête ! En cas de nouveau contrôle, on racontera de nouvelles histoires. On ne va pas se laisser avoir par des fonctionnaires, hein JP ? Toi et moi, on sait ce que c'est que de lutter !*

Il me disait ça en me tapotant l'épaule, comme un geste pour me rassurer et c'était pire encore, parce que je sentais la peur monstrueuse dans ses mains, l'énergie du naufrage. Une vraie pile électrique, Gilbert. Et je ne parle même pas de mon statut de réfugié nocturne dans la salle de gym, c'était devenu tellement sensible qu'on évitait de l'évoquer. Je savais, et il savait que je savais, qu'il faisait semblant de ne plus savoir. Bref, une période d'emmerdes à n'en plus finir. Quelque chose frappait dans mon sommeil, un bruit de gong annonciateur qui me disait *Debout JP, dehors !* Et moi, comme Gilbert, je ne voulais rien entendre, je ne voulais pas sortir du grand ventre tiède. Je disais *Ma place est ici*, comme si c'était possible. Je continuais d'aller et venir dans mes couloirs, la nuit. Je ne mettais plus la musique, je ne descendais plus non plus vers les bassins, je sentais l'angoisse monter. Je priais pour voir venir le jour. Prière adressée au ciel tout entier, la prière dans ce qu'elle a de plus pathétique avec des velléités de petit négociant, comme on joue à la loterie, je promettais d'être bon, en échange d'autre chose, oui, mais quoi ? C'était ça le sujet : qu'est-ce que j'attendais ? Question sans réponse.

Je traversais Paris pour aller voir mon arbre, mon frère, dans l'objectif du recueillement et là, rien, pareil, néant. Mon père acceptait à nouveau de me parler, ce qui ne nous donnait pas pour autant un vrai sujet de conversation. C'était *Bonjour Papa* et *Bonjour Jean-Pierre.* La situation de Virgile avait considérablement évolué, le mystérieux bruit dans sa respiration avait fini par prendre un nom de maladie. Ma sœur ne décollait plus de sa chambre, elle disait *Regarde comme ses yeux sont vides ! regarde, Jean-Pierre.* Et c'est vrai qu'ils n'avaient jamais été aussi vides, mais le plus curieux, c'est que leur couleur avait changé. Phénomène tellement étrange qu'avec Mylène, on n'osait même pas le mentionner. Son regard s'était teinté d'un beau gris vert, sorte d'argile mat. On y cherchait un éclat, un genre de reflet, en vain, c'était un lac à la tombée du jour. On se retrouvait, elle et moi, tous deux penchés sur lui, ses deux yeux, mais rien ne s'y reflétait. Aucune sorte de *nous* et aucune sorte de souvenir. Prodigieusement vides. Mylène disait encore *Tu as vu cette drôle d'expression qu'il a ?* Alors qu'elle aurait très bien pu dire *Tu as vu cette drôle d'expression qu'il n'a plus,* tant mon frère n'avait jamais incarné un quelconque repère dans la normalité.

En fait, il n'y avait rien à dire. Il semblait repartir en arrière, tout au début de lui. Un regard de nourrisson qui vient d'ouvrir les yeux, ce regard que tout le monde s'accorde à trouver immédiatement touchant, alors qu'il est proprement effrayant, sans estime pour personne. Oui, mon frère repartait en arrière et ça en donnait presque un sens à sa vie, parce qu'on ne revient pas de nulle part, n'est-ce pas ?

Virgile empruntait doucement le chemin de n'être plus, ou plus ou moins *plus du tout.* Les microbes s'organisaient, logiques en lui dans l'esprit même de la survie, assurant frénétiquement leur descendance dans l'organisme vacant. C'était, ce devait être la grande période des microbes. Il y avait certainement quelque chose à comprendre dans tout ça, et je ne sais pas quoi vraiment. Les yeux de mon frère se vidaient, ma sœur s'acharnait, plus fort qu'elle et d'une bien étrange façon. Elle se livrait à des petits simulacres en faisant passer des photos devant les pupilles de Virgile. Des images de notre famille, marbrées, racornies. Sur ces images, nous retrouvions ma mère et mon père, jeune couple marié, sur un parvis, Mylène en vacances à la campagne, petite fille souriante et déjà responsable. J'apparaissais dans des séries d'images le plus souvent floues, qu'un spécialiste aurait définitivement classées irrecevables ou bonnes à jeter. C'était bien moi pourtant l'enfant qui bougeait trop, ici dans une tenue de Tarzan, là en position de judoka. Là en train d'imiter un chien, mâchoires refermées sur un coin du canapé. Ça me faisait drôle de revoir tout ça, ce petit fatras qui s'appelait ma vie, mon enfance. N'importe quoi. En revanche, toutes les images de Virgile semblaient parfaitement réussies, l'enfant immobile, modèle rêvé pour un photographe. Impossible de le rater. Parfait petit bonhomme à part et qui pourtant regardait l'objectif comme tous les enfants, sans vraiment rien comprendre. Les images défilaient. Mylène me disait *Tu vois, on dirait qu'il a réagi !* Elle disait ça comme les enfants disent depuis toujours : on dirait, on dirait... Alors que rien chez lui ne bougeait. Rien.

J'essayais d'interrompre à ma manière ces petites séances de rétroprojection. Je le faisais avec beaucoup de délicatesse, parce que c'était un moment très sensible pour Mylène. Une fois mon frère disparu, elle serait une femme seule, devant sa destinée de femme, et tout serait trop tard. Je lui disais *Tu sais, Virgile va bien, il est heureux*, et je n'en pensais rien. Mon arbre mourait.

Et mon paradis terrestre aquatique mourait, lui aussi. J'avais peur dans cette piscine. Je n'attendais plus seulement la lumière du jour, j'attendais le prochain contrôle. Je le sentais venir. Il n'y avait aucune raison que l'inspection du travail ne repasse pas. J'en devenais un microbe moi aussi. Je me voyais comme ça maintenant dans ce grand décor de verrières, un homme coincé dans une éprouvette.

Et ma vie s'est précipitée. Je dis que ma vie s'est précipitée, mais ce ne devait pas être ma vie, ce devait être moi, mon propre mouvement Ou le sentiment de mort imminente qui m'a fait penser que je ne devais plus perdre de temps, et que durant ces dernières années passées dans cette piscine et dans cette multitude d'autres lieux protégés par des murs, des verrières et dans cette vie en général, j'avais perdu beaucoup de temps, et qu'il était temps et même grand temps de faire quelque chose.

Je le sais, à ce moment-là, j'étais terriblement troublé par le regard de mon frère, son regard de nouveau-né. Je n'avais plus rien à perdre.

Je me suis dit *C'est le bout du couloir,* le bout du couloir. Parce que l'appartement de Daniela était tout en longueur et que la pièce qu'elle mettait à ma disposition se situait au bout d'un long couloir. Un couloir à l'ancienne, avec moulures et gravures. Ce couloir devait faire dans les sept mètres de long et cette pièce, je parle encore de la mienne, cinq mètres par cinq. Son bureau à elle était coincé dans l'entrée à l'autre bout du tunnel et faisait office de réception. Le loyer était exorbitant, je l'ai déjà dit et je sais que je me répète : chaque fois que j'entendais ce chiffre, le montant de ce loyer, je pensais : ce chiffre est irréel. C'était paraît-il, les tarifs du quartier, parce que son appartement était très, très bien situé, dans ce qu'on appelle *les beaux quartiers.* Et donc c'était à prendre ou à laisser. Et je me suis dit que ça ne se ferait pas tout seul, et que je n'aurais jamais les moyens. Je l'ai dit ou peut-être même que je l'ai pensé à voix haute, parce que Daniela m'a répondu que ce n'était pas un problème, qu'elle se paierait sur mes premières consultations. *L'argent ne sera jamais un problème entre nous,* elle me l'a dit plusieurs fois et ça n'était pas une parole de voyante. Daniela n'était plus une voyante pour moi. C'est vraiment devenu la femme de ma vie à ce moment-là. Je lui ai dit *Oui, je ferai de mon mieux.* Pas comme à mon père, à Daniela j'ai dit oui, définitivement. Elle m'a beaucoup aidé, beaucoup. Ensemble, on a essayé de trouver un nouveau nom à ma pratique, « praticien masseur » n'était plus un nom suffisant ou plus suffisamment prestigieux, toujours à cause des beaux quartiers. Faire des massages ne suffisait pas, et moi j'ai dit qu'à partir de là, mon activité ce serait « yoga tantrique ». Parce que j'en avais fait autrefois, je veux dire que je m'y étais intéressé. J'en avais entendu parler. Et donc, à partir de là, je me suis senti devenir maître en quelque chose, maître en yoga tantrique et j'ai dit que je m'appellerais « Maître Angelo ». Maître Angelo. Parce que *Jean-Pierre,* c'était pareil que *massage,* c'était un peu vague, ça ne se suffisait plus. J'ai demandé une avance à Daniela, une première avance, et Daniela m'a dit qu'elle ne pouvait rien me refuser. Avec cette avance, j'ai acheté une grande statue place d'Italie dans les supermarchés chinois, une statue dorée qui devait être de fer, recouverte d'une vraie peinture dorée. Un bouddha en promotion et j'ai pensé que ce Bouddha serait la pièce maîtresse de la pièce, de ma pièce. Celle du bout du couloir. Ce bouddha était une forme rassurante entièrement dorée, enfin, moi elle m'a rassuré spontanément et c'était déjà ça. Et puis j'ai accroché un miroir sur l'un des murs, ce miroir agrandissait la pièce et c'est comme si Bouddha était là deux fois, il était là, et son reflet était là encore. Et j'ai aussi disposé une grande peau de bête sur le sol, une peau qui devait être de vache, un pelage noir tacheté de blanc.

À partir de là, cette pièce est devenue comme une caverne, très inspirante, et j'ai pensé que tout irait bien. Dans cette caverne, je serais chez moi. Je pourrais y dormir. Je serais entièrement rassurant. Je serais Maître Angelo, et pour ne pas en douter moi-même, je me suis fabriqué un costume. Je ne me le suis pas fait fabriquer, je me le suis fabriqué moi-même : une toge orange qui faisait de moi, et dans mon miroir, un homme méconnaissable. Je n'étais plus Jean-Pierre, j'étais beaucoup plus que Jean-Pierre. J'étais Maître Angelo, et j'étais prêt à recevoir les clients dans mon salon. Parce que je ne l'ai pas dit non plus, mais j'avais ma plaque en bas, ma fameuse plaque. La plaque promise par Daniela, dorée elle aussi. « Maître Angelo, Yoga tantrique et massages relaxants. » Les clients n'étaient plus des clients, c'étaient des clientes, les amies de Daniela, son ancien carnet d'adresses du temps où elle pratiquait la voyance. Toutes sortes de femmes qui avaient son âge et bien plus, les femmes des beaux quartiers, de très belles femmes âgées, très bien entretenues et ces femmes rêvaient de me connaître. J'étais celui qui pratiquait des miracles. Je n'étais plus seulement l'homme qui marchait avec une balle dans la tête, j'étais l'homme capable de réveiller un corps avec ses mains. Et c'était un combat permanent, ces femmes payaient avec l'argent de leurs maris, qui étaient la plupart du temps des hommes très riches et souvent très absents.

Daniela faisait les comptes et je ne discutais pas, j'avais décidé de ne plus jamais discuter d'argent, et il faut que je vous parle du gong, parce que j'avais encore acheté un gong avec l'argent prêté par Daniela. Ce gong était doré comme le bouddha, il se reflétait comme lui dans le miroir. Ces femmes venaient de plus en plus souvent et c'était une sorte de joie immense. Mes mains ne se suffisaient plus, je n'étais plus seulement masseur, je les prenais tout entières et de la manière la plus harmonieuse du monde, je veux dire encore de la manière la plus ancienne. Je n'étais plus rien d'autre qu'un homme, j'étais un sexe. Et ces femmes n'étaient plus des momies ou des femmes pétrifiées jambes ouvertes dans la poussière de lave de Pompéi, comme il m'était parfois arrivé de le penser. C'étaient des femmes éveillées, je les enroulais dans ma peau de bête, et ces femmes se laissaient enrouler et parfois même en souriant. Et ça peut paraître ridicule, très ridicule même, mais c'était beau. Tous ces mélanges de fourrures, tous ces pubis. Un nombre incalculable de femmes qui se disputaient parfois pour avoir un rendez-vous, et puis encore parfois pour des prolongations, parce que je travaillais lentement, très lentement, par séance d'une heure trente. Je faisais jouir ces femmes. Je les faisais jouir et parce que ce n'était parfois pas assez ou pas encore assez lent, ces femmes demandaient des séances plus longues. Et j'entendais souvent cette phrase folle, j'entendais *Prolongez-moi, prolongez-moi Maître Angelo !* Alors je frappais un grand coup sur le gong et c'était un son à destination de Daniela, un son pour le bout du couloir, parce que Daniela y tenait son carnet de rendez-vous et la comptabilité, les comptes de l'argent. Tout cet argent qu'elle allait encore et encore devoir m'avancer. L'argent de la salle, l'argent du bouddha, l'argent du gong doré. Et donc ce bruit de gong à destination du bout du couloir voulait dire : prolongations.

C'était une belle matinée et c'était une église. Tout le monde était là, enfin je crois avoir senti le monde entier autour de moi, et c'était bon. Gros Marc l'empereur des lavomatics, Massimo mon ami commissaire à la retraite, Pierrot Barek et tous ses frères et ses cousins, qui ne sont pas venus nombreux comme une famille, mais bruyants comme un village. Tout le monde était là, nous étions tous là.

Et maintenant nous sommes tous dehors sur le chemin du cimetière. Plus tard, nous nous engagerons dans l'allée. Il y aura encore le portail. Ce sera encore une très belle journée, plus que jamais je serai le fils de mon père et j'aurai été le frère de Virgile, nous marcherons tous derrière lui, je n'aurai plus peur du gravier blanc. Au bout de cette allée, il y aura le corps de ma mère, nous y déposerons celui de Virgile et je reviendrai sur mes pas. Mon frère, mon ombre, sera là, sous cette allée, et je ne serai plus inquiet, et pour autant, je ne ferai plus jamais rien sans lui. Je veux dire que je ferai tout deux fois, une fois pour lui et une fois pour moi. Ainsi, je pourrai vivre encore et marcher, marcher, marcher, marcher, marcher. Aller doucement moi aussi vers la mort, et ce jour-là que j'envisage le plus tard possible, je fermerai deux fois les yeux.

Table des matières

Cet ouvrage a été imprimé par la
SOCIÉTÉ NOUVELLE FIRMIN-DIDOT
Mesnil-sur-l'Estrée
pour le compte des Éditions Flammarion
en septembre 2006

Composition et mise en page

NORD COMPO
multimédia

Imprimé en France
Dépôt légal : août 2006
N° d'édition : L01ELJNFF9039A001 - N° d'impression : 81098